GANGORRA
Um relato autobiográfico sobre o transtorno bipolar

copyright Hedra
edição brasileira© Hedra 2017

edição Jorge Sallum
coedição Felipe Musetti
assistência editorial Felipe Musetti
revisão Ana Clara Cornelio, Bruna Cecília Bueno, Felipe Musetti, Luiza Brandino
preparação José Eduardo S. Góes, João Pedro Rocha
capa Ronaldo Alves

ISBN 978-85-7715-485-2
corpo editorial   Adriano Scatolin,
Antônio Valverde,
Caio Gagliardi,
Jorge Sallum,
Oliver Tolle,
Renato Ambrosio,
Ricardo Musse,
Ricardo Valle,
Silvio Rosa, Filho
Tales Ab'Saber,
Tâmis Parron

Grafia atualizada segundo o Acordo Ortográfico da Língua
Portuguesa de 1990, em vigor no Brasil desde 2009.

Direitos reservados em língua
portuguesa somente para o Brasil

EDITORA HEDRA LTDA.
R. Fradique Coutinho, 1139 (subsolo)
05416–011 São Paulo SP Brasil
Telefone/Fax +55 11 3097 8304

editora@hedra.com.br
www.hedra.com.br

Foi feito o depósito legal.

GANGORRA
Um relato autobiográfico sobre o transtorno bipolar

Regina Sawaya

1ª edição

hedra

São Paulo_2017

Sumário

Apresentação, *por Beatriz Bracher* 9

GANGORRA 15

O transtorno bipolar é uma doença mental grave, caracterizada por mudanças bruscas no humor e nos níveis de energia do indivíduo. Há uma fase de elevação do humor conhecida como mania ou hipomania (uma forma um pouco mais leve de mania), bem como um período de depressão. Pode haver também uma fase mista, na qual a mania e a depressão aparecem juntas, causando um estado de agitação extrema. A passagem de uma fase de humor para outra é chamada de ciclo e cada ciclo pode perdurar por alguns meses. Durante os episódios de mania, o paciente pode se sentir extraordinariamente alegre, enérgico e agitado. Muitos indivíduos em mania podem ser imprudentes e manifestar comportamentos impulsivos, como apostas, gastos excessivos, uso de drogas e álcool em excesso, bem como apresentar um comportamento sexual de risco. Alguns podem ficar acordados por longos períodos de tempo, sentindo que precisam de pouquíssimas horas de sono graças aos níveis extremos de energia. Durante a mania severa, o indivíduo pode também ser acometido por um quadro psicótico.

Adaptado de Pedersen, T. *Bipolar Disorder.*
Psych Central. (2016)

Apresentação
Diário de guerra

Beatriz Bracher

Compartilhar a vivência da bipolaridade é o tema e o motivo explícito de *Gangorra*, de Regina Sawaya. O livro tem forma de diário: às vezes os dias são seguidos, outras vezes há saltos de meses. Após cada data, lemos o que foi escrito naquele dia, ou o que foi escrito a partir daquele dia e segue até alguma data não mencionada.

Regina narra seu dia a dia, sua energia ou falta de energia, os compromissos a que não conseguiu ir, ou a que foi com muito esforço; a raiva com a obesidade; o cansaço; o orgulho de ter conseguido acordar antes do meio-dia; o prazer em pintar, ir a uma exposição; o telefonema de um irmão, o não telefonema de pessoa alguma; a solidão; a falta de tônus psíquico para ir ao cinema com uma amiga; a demora em se vestir; as compras que fez, as comidas que comeu, as bebidas que tomou; a arrumação do apartamento; a gatinha; a empregada que disputa espaço, a que toma conta; idas à igreja Messiânica, ao terreiro de Candomblé, ao psiquiatra e ao analista; remédios, remédios e mais remédios: quando tomar, quanto tomar, mudanças de prescrição, efeitos colaterais.

Misturada à narrativa do cotidiano, há a do passado. No começo do livro, o que mais aparece é a história de sua bipolaridade, desencadeada após a morte da irmã e, a partir de então, uma condição permanente de sua vida. Mania e depressão se revezam, emergem e submergem, com períodos de alívio e "normalidade" que tendem, inexoravelmente, a ser cada vez mais curtos.

Aos poucos, o registro do cotidiano e do desenrolar da doença vai se misturando com o relato da história da família e da juventude da autora. Descendente de família paulista antiga e de imigrantes libaneses, neta de médico de Campinas e de mascate vindo do Líbano, filha de importante professor da USP e de uma "lady, quando estava bem", Regina é a sétima de dez irmãos. Viveu sua juventude nos anos 60 e 70: escutou Jimi Hendrix, Janis Joplin, Jorge Ben, vendeu artesanato na Praça da República, estudou Artes na FAAP, namorou o Gaiarsa, entre muitos outros, trabalhou com estamparia no Moinho Santista, bebeu, fumou e transou de tudo.

Regina Sawaya é artista plástica, trabalha com cerâmica e pintura. É arte-educadora, deu aula na Pinacoteca do Estado, na Escola Vera Cruz e organizou seminários no Museu Lasar Segall. Regina Sawaya é uma excelente escritora, escreveu *Gangorra*.

O que há de único neste livro é a quantidade de energia e sensibilidade que Regina consegue revelar em sua narrativa. É um touro revoltando-se contra a leseira da depressão e a correnteza da mania.

A cada volta da mania, o desespero de ter-se deixado levar, o rombo na conta do banco, os perigos a que se expôs, a percepção renovada e trágica de que a alegria é sinal de perigo. A vitalidade a toma, assume o comando, e Regina, eufórica, acorda cedo, arruma o apartamento, se irrita com as pessoas, vai a exposições, compra e come muito.

Quando a depressão bate à porta, o corpo e a casa se desmilinguem, não há ânimo para limpeza, para "bom-dia, como vai?", para ir a lugar algum. Livros de arte, exposição, aula de gravura, tudo que a alimenta não diz mais nada. Deprimida, Regina quer a solidão, privacidade, não ser dependente, não acordar, quer o escuro. Precisa da ajuda da empregada, dos acompanhantes terapêuticos, dos irmãos e da luz do sol. Nem sempre tem o que precisa. E mesmo quando tem, tudo é ruim. Lemos estes dois estados nas lembranças de seu passado e no cotidiano que oscila entre um polo e outro ao longo dos dias que compõem o livro. A bipolaridade é uma doença que se manifesta em comportamentos característicos, praticamente iguais em todas as pessoas. Não há nada de original, leseira e correnteza são o padrão, extremos da gangorra em que milhares de pessoas vivem.

O original neste livro é a pessoa que está na gangorra, seu modo de reagir e de se deixar levar. Principalmente a sua capacidade de descrever a vida que vai muito além da sua condição bipolar.

Talvez "além" não seja a palavra, já que a mania e a depressão são constituintes da vida da autora, condicionam de maneira significativa seus passos, as relações afetivas e profissionais. Portanto, não existe uma Regina bipolar e outra sã. Não é uma Regina estável que escreve sobre a vida e os sofrimentos de uma Regina desestabilizada.

Se a vida não está além dos ciclos de euforia e melancolia, também não se resume a eles. O que há de cativante na autora do livro, marcada por sua condição psíquica específica, é a riqueza de seu olhar sobre a vida ao redor e sobre si mesma. É a inteligência e a extrema sensibilidade, potentes e instáveis, que nos revelam seu mundo interior, as vivências passadas e atuais.

Mais do que a formação de Regina, que combina um ambiente familiar tradicional e intelectualizado com a onda libertária dos anos 60 e 70, é a urgência da escrita o que nos cativa. *Gangorra* se desenvolve como uma onda, cada vez maior e mais forte, em busca do fora de si. O interior da autora, ao ser escrito e lido, transforma-se em fora de si. E, parece-me, essa convocação do leitor para sentir e compreender a solidão exposta é uma das preciosidades do livro.

Faz parte desse interior partilhado conosco a aguda percepção para a fisicalidade do mundo. A beleza dos detalhes do copo, do ouriço-do-mar e da luz roxa sobre a árvore na esquina da Rebouças com a avenida Brasil. Quando são descritas a sala da casa dos avós, a dança de umbanda e a pequena chácara onde compra as ervas para o banho de descarrego, é explícito o prazer do convívio com as coisas em seus detalhes, o deleite com sua evocação. O vidro colorido do copo e a forma oval de sua boca, a textura da areia da praia de São Sebastião, o brilho das estrelas do mar vão compondo a paisagem dentro da qual as crises se sucedem.

Somos envolvidos pelo despudor da raiva contra o inimigo, que não será vencido, e apresentados às estratégias sistemáticas de Regina para contê-lo, ou, ao menos, para proteger-se de seus piores efeitos. Uma destas estratégias são as listas que povoam o livro:

▷ ações para segurar a mania e a depressão;
▷ o que comprar nas farmácias;
▷ remédios para levar na viagem;
▷ ervas para banho;
▷ vezes que já foi para S. Sebastião e com quem;
▷ coisas para se fazer em Recife;
▷ o que comprou.

Por vezes parece que a sensibilidade da autora são como raios que saem de um vaso de argila cozida e esmaltada, escura. Vemos as faíscas e seu brilho forte, mas não sua fonte.

É como um sol escondido que não consegue se libertar para brilhar livremente. O livro não ameniza a tragédia da doença, pelo contrário, mostra com muita verdade sua prisão e a falta de perspectiva de cura. E porque Regina é uma pessoa tão vibrante, com talento incomum para captar as várias formas da beleza se manifestar, talvez sua bipolaridade seja ainda mais terrível e o sentimento de crueldade, maior. A mania e a depressão estão e não estão no controle. Não é um demônio que entra no corpo, um santo que se encarna, o corpo não é apenas a casca da euforia e da depressão. Não no caso de Regina. É um demônio e um santo que entram no corpo, e a resistência a eles pelo controle é o elemento central do drama que se conta nestas páginas. Personagem importante do livro, Del Porto, psiquiatra de Regina há 24 anos, lhe aconselha: "Não acredite na leitura depressiva da sua vida". Este livro existe, em grande parte, graças ao acolhimento do conselho pela autora.

Regina Sawaya é minha tia. Faço parte da "sobrinhada" do ramo de Soninha e Fernão. Acho que 80% das pessoas que aparecem no livro são parte dessa família numerosa, que também é a minha. Esforcei-me para imaginar como será *Gangorra* para quem não conhece nem conheceu Paulinho, Soninha, Rogério, Tuxa, Sylvio, Tina, Beti, Zeca e Tomi. Evidentemente não foi possível.

Gangorra

28 de janeiro a 17 de março de 2010

Esqueci o outro caderno na malinha que ficou no carro da Vera. Saco! Vou continuar neste. Tenho vivido um tempo terrível. Para evitar uma possível mania, o Del Porto suspendeu completamente o Pristiq, no dia 24, domingo. Na segunda-feira passei muito mal, a cabeça latejando forte, tanta fraqueza que tive que me apoiar na Juce para conseguir andar. Para ir à análise, tive que tomar um energético. A sessão depois das férias foi muito boa, voltamos a falar da mania de 2008, da atitude do Celso, da do Del Porto, assim como das acompanhantes. Acho que ainda voltaremos a esse assunto muitas vezes. O Celso, que também é psiquiatra, em vez de me indicar outro psiquiatra para manias, já que analista não medica, me medicou. Acho que ele quis ajudar, mas cometeu um erro, além de não ter me falado claramente que eu estava em mania, outro erro crasso. Quem resolveu se consultar com o Itiro fui eu sozinha e acho que ele deveria ter me internado naquele momento, eu ia gastar muito menos dinheiro. Só há pouco tempo o Celso me contou que ligou para o Itiro e falou para ele que eu não queria ser internada. A intenção foi boa, mas acho que não concordo. Será que sou excessivamente crítica e não aceito os limites das pessoas? Sou reclamenta?

O que me atrapalhou muito foi que, sob a orientação do Rudi, que era meu guia espiritual de linha indiana, um espírito cujo retrato estava no vidro da janela do meu quarto e na frente do qual eu meditava diariamente, parei de tomar os remédios. Mas falando honestamente, quando eu entro em mania, tomo todos os remédios, mas uns três dias depois eu acho que estou ótima, curada e paro, com guru ou sem guru. Mas em 98, quando tive uma mania e já fazia meditação, a Ciça, que era professora de meditação, disse que eu deveria parar os remédios para a energia que ela mandava não ter que atravessar a barreira química de remédios. Só assim eu subiria de degrau, ela falou. Quem é que não fica tentando subir de degrau, se desenvolver? Ela não entende nada de bipolaridade e é uma puta irresponsável. Tive a maior briga com ela quando saí da clínica.

Eu não sei como voltei à meditação anos depois, quando estava mais forte devido à analise e aos remédios. É impressionante a atração que tenho por esse trabalho espiritual, e deu no que deu, neste desastre que já dura quase dois anos de sofrimento. Em 98, tive uma crise de mania e fui internada pela primeira vez na Clínica Conviver, por dez dias. Me deram um sossega-leão e eu desmaiei, acordei no dia seguinte imunda, com a mesma roupa com que tinha chegado. A Soninha mandou uma malinha de roupas que não eram minhas, ela comprou, e isso só prejudicou a retomada da minha identidade, apesar da generosidade dela em me ajudar. Mas eu precisava retomar o meu eu, e roupa é algo pessoal, é símbolo.

Eu adorei quando ela mandou uma cesta imensa, linda, do Santa Luzia, cheia de biscoitos, geleias e chocolates finíssimos. Reparti com todo mundo. E adorei também quando o Paulinho mandou um caixote cheio de sorvetes, inclusive Häagen-Dazs, que todo mundo devorou. A Bete mandou uma caneta linda, e o Sylvio um caderno de desenho, eu acho.

A internação, para falar a verdade, não foi tão difícil quanto eu imaginava, arranjei até um namorado. Eu acho até que concordei logo, porque o mais insuportável era a ansiedade dos irmãos em cima de mim. Isso, sim, é enlouquecedor e muito pesado, desintegrador. Eu não acreditei que o Rogério chegou atrasado à reunião com Dr. Mário Queiroz, na qual já estavam presentes o Sylvio e a Soninha. Talvez, ele fazendo uma dobradinha com o Sylvio, conseguisse evitar a internação. Na mania de 1987, a segunda, eles conseguiram e se responsabilizaram por mim. Eu fiquei morando na minha casa com um amigo que a dividia comigo, e uma empregada ótima, a Maria, que ficou cuidando de mim. A Maria veio em janeiro e, em agosto, eu já estava coordenando uma Equipe de Cultura (música, dança, artes plásticas, teatro) num projeto da Secretaria do Menor. Fantástico, apesar de ser do Governo Quércia. O Sylvio que me arranjou esse emprego na Secretaria da Cultura, que me emprestou para a Secretaria do Menor; a Secretária era a Alda Marco Antônio. Meu psiquiatra era o Luiz Milan. Foi o Sylvio que mandou a Maria lá para casa.

O lítio foi a primeira porrada química, a primeira de infinitas porradas químicas que duram até hoje, aos 61 anos. É um calvário, um longo calvário, com poucos intervalos de descanso. E tudo isso para quê? Não é melhor um suicídio construído, uma demissão digna por absoluta exaustão? Eu estou exausta, muito exausta.

De que adianta o talento para a pintura, para a cerâmica, para o trabalho educacional, se não tenho um pingo de energia para fazê-los?

Apesar de tudo, eu estou satisfeita porque lutei contra a absoluta falta de energia desta noite e consegui escrever estas reflexões, o que me ajuda muito. Pensar ajuda muito. A viver. A morrer.

Que dor, que angústia, que dor, que angústia. Que medo do final. O suicídio se constrói com todo o sofrimento acumulado durante anos e anos, lentamente. Com todo o sofrimento, como o de agora, a rejeição por parte do Zeca, do Rogério, da Soninha e do Fernão em eu ir para a fazenda no carnaval, por ser portadora de uma doença mental. A dor infinita de ter uma doença mental, logo agora que eu estava ficando bem, renascendo, levantando da tumba às custas de um esforço enorme e de D-Ribose, umas pílulas de açúcar que me dão energia e eu descobri numa loja para atletas que tem bem em frente à análise. Eu estava muito feliz aproveitando as liquidações do *shopping*. Eu estava curtindo perceber como eu estava calma, comparando com a loucura de 2008, quando eu estava na joalheria Vivara e briguei, a ponto de a dona da loja ameaçar chamar o segurança. Naquele momento, eu tirei as joias que estavam em mim, piquei o cheque em pedacinhos e fui embora. Graças a Deus, porque me livrei de pagar R$ 8.000,00, que obviamente eu não teria. É obvio que as compras foram todas absurdas.

Na mania de 2008, eu deixei de ser alternativa e passei a ser madame com tudo. Afinal, eu tenho uma porção madame: eu sou filha da dona Sônia Sawaya, aquela *lady* que recebia com perfeição e ensinou a todos nós tudo que existe de bom e de melhor.

Esforço.

Esforço.

Esforço.

Um puta esforço lembrar tudo isso, ressentir tudo isso. Ressentir, ressentir e ressentir.

O Rogério criou agora um quadro de mania e possível internação, justamente no momento em que eu estava conseguindo levantar da cama e andar com as próprias pernas. E estava muito feliz com isso. E ele passou esse quadro para o Zeca e para a Soninha. Deu no que deu.

Viva o Nelson Rodrigues!

Viva o Nelson Rodrigues!

Só Nelson Rodrigues e o Gaiarsa me entenderiam neste momento. E o Freud, o Winnicott, a Melanie Klein e o Bion. Me senti ameaçada, foi muito desgastante. O tempo todo eu imaginava os três chegando aqui e me levando para internar, como da última vez, o Paulinho, o Rogério e o Zeca. E ninguém acreditou no Del Porto, com o qual eu tive uma consulta anteontem e falou que eu estava bem e deveria ir para a fazenda, mas deixou uma receita de Zyprexa para uma eventualidade. Será que a família até hoje não sacou que quem percebe as manias sou eu e liga para o Del Porto? E tem que ser assim, porque afinal ele não mora comigo. É este o grande risco dessa doença: perceber na hora e ser medicada na hora. Eu sou craque, já consegui ficar sete anos sem ter mania! Arre! Os meus irmãos tinham razão. Eu estava mesmo em mania no carnaval. Tive certeza quando chegaram os extratos dos cartões de crédito.

14 de fevereiro de 2010

Voltando à "vaca fria"...
Eu tenho que tomar muito cuidado, muito, muito cuidado agora. Ontem o Rogério já usou comigo, na conversa telefônica, o termo "DESCOMPENSADA". "Não precisa ficar descompensada!". Tudo porque eu me irritei, e me irritei mesmo, com aquele questionário chatérrimo e infindável que ele faz sempre sobre a novela. Ontem eu estava cansada. Parece sempre que estou fazendo um exame vestibular! SACO! SAQUÍSSIMO! Eu sempre tenho o maior saco e "guento" firme, mas ontem não consegui me controlar. A luzinha acendeu, eu tenho que me esforçar muito agora para discriminar o que é "irritação maníaca" e o que é "irritação natural".

Me observar, me observar e me observar. Como sempre.
Mas às vezes a gente "viaja na maionese", e eclode uma crise...

Eu sei mais que ninguém que eu corro esse risco! Não vai eclodir nenhuma crise! Eu não vou deixar. Eu estou fazendo o máximo, "o supermáximo para isso"! Eu estou dando tudo de mim, mas tem um monte de coisas que podem me ajudar e que eu ainda não consegui começar:

1. REGIME. Estou pesando 97,500kg, Zyprexa, Zyprexa, Zyprexa... Saco! Como é que dá para emagrecer tomando esse remédio? Mas agora talvez dê, porque estou tomando só 2,5mg diariamente. Já cheguei a tomar 12,5mg e então cheguei nos 107,500kg! Não podia ser diferente. Foi um terror, um verdadeiro terror. Fiquei deformada, enorme, inchada, uma verdadeira "balofa", horrível!

2. CAMINHAR. APROVEITAR O SOL DA MANHÃ. O Del porto já me falou umas 500 vezes sobre os benefícios que isso traz aos bipolares, mas... preguiça, preguiça, preguiça e preguiça. Agora vou encarar essa preguiça, estou disposta, apesar do calorão que tem feito. Quando tive *personal trainer*, por duas vezes na vida, foi bem fácil. Vou procurar um que caiba no meu orçamento, na Revista da Vila devo encontrar anúncios.

3. NADAR. E eu adoro nadar! E sou sócia do Pinheiros! Amo aquele piscinão da minha infância, mas nunca vou... Burra... Preguiçosa... Regina, chega de ser tão preguiçosa e chega de se atacar, se atacar, se atacar, como bem diz o Celso.

4. UMBANDA, JOHREI, MEDITAÇÃO: não, não e não. Acabam me desestruturando. Aprendi a duras penas, agora CHEGA! Só uma vezinha raro em raro. Quero muito ver a Dagui e o Saulo, tô morrendo de saudades!

A Filó, minha gata, deu cria há muito tempo e teve quatro gatinhos. Até hoje eu me arrependo muito e sinto culpa porque não deixei um dos gatinhos ficarem em casa, fazendo companhia para ela. Ela tem uma vida muito solitária. Quando chega alguém em casa, ela vem correndo para a sala ao ouvir a campainha. Ela adora gente. Gato é um bicho de rua, mas a Filó é uma gatinha doce, meiga e feminina, de apartamento. Quando eu chego, ela logo tenta sair pela porta e eu tenho que afastá-la rápido. A Filó é a minha mais fiel acompanhante terapêutica. Ela me faz companhia 24 horas por dia e ainda dorme comigo, entre as minhas pernas, para onde vai logo que eu deito de bruços para dormir.

Antes disso ela me espera sentadinha na frente da porta do banheiro, enquanto eu escovo os dentes. Quando eu chego e sento no sofá, ela logo deita do meu lado para eu coçar a barriga dela. Ela adora receber agrados. Quem não gosta?

Eu rezo para morrer antes dela porque eu acho que a morte dela seria insuportável para mim. Eu amo muito essa grande companheira. Essa fiel companheira. Eu não sei como iria sobreviver sem ela me pedindo atum *light* para comer o dia todo.

22 de fevereiro de 2010

Foi duro, foi duro e é duro. Duríssimo. Ter sido internada duas vezes por estar maníaca, de final de junho a agosto. Del Porto me liberou antes da hora. Imperdoável. Afinal, ele me conhece há 20 anos, como não soube discriminar? E aí, na segunda fase, eu gastei muito, mas muito dinheiro. Os objetos não cabiam na minha casa, tive que me desfazer do jogo de pratos antigos para caberem os novos. Ridículo. Doloroso. Doloroso. Quando eu lembrava disso na clínica, eu chorava. O aparelho Vista Alegre completo entope o meu armário da cozinha até hoje. Só usei uma vez numa hipomania do ano passado. Fiz um cuscuz maravilhoso junto com a Cida, acompanhante, para receber o Antônio, o Pierre, a Sara e o Zé. Tive o maior prazer em cozinhar e em arrumar tudo, do aperitivo ao cafezinho. Tudo impecável. Filha da dona Sônia. Irmã da dona Soninha. Florzinhas na mesa, taças de champanhe e tudo mais.

Não sei por que, nos últimos anos, só consigo receber em hipomania ou mania. Claro que em parte é porque nesses estados me sinto mais segura de mim, mais interessante, com algo a oferecer para os outros. Quando estou depressiva, sinto que os outros não acham a menor graça em mim, fico muito quieta, muda, parece que nem existo. Como vou receber alguém nesse estado de vazio? E se alguém me convida para alguma coisa, que seja um cinema, é muito difícil eu conseguir ir, apesar de às vezes até querer ir. Impotência total. Total mesmo. Mesmíssimo.

Não sei por que, na mania de 2008, comprei tantas coisas para casa: louça Vista Alegre e uma mais simples, italiana, e copos bordô, Strauss, lindos. Outro dia vi na loja que meia dúzia custa R$780,00! Na mania, a gente vai mandando ver, o preço não tem a menor importância, no meu caso só o visual, o desenho, a cor. Todos os sonhos e desejos, antes reprimidos, se realizam então. E, pra falar a verdade, os copos são lindos, pelo menos até hoje enfeitam o meu armarinho de médico, de vidro, que foi do papai, a parte de ferro eu pintei de azul. Estou sentindo angústia só de lembrar de tudo isso. Aquela angústia que dá um nó na garganta e a gente engole em seco. Seco, seco, seco. Seco pra burro.

A gente engole em seco. Pelo que passou. Pelo que passo. Pelo que passarei. A doença é INCURÁVEL. Terei outras crises. Não sei como serão. Ninguém tem bola de cristal. ISSO AMENDRONTA. ISSO ASSUSTA. NÃO QUERO SOFRER MAIS. ME SINTO ES-

GOTADA. EXTREMAMENTE CANSADA DE FAZER TANTO ESFORÇO PARA SOBREVIVER. PARA AGUENTAR TANTOS EFEITOS COLATERAIS DOS REMÉDIOS, ESPECIALMENTE O SONO E A TOTAL FALTA DE ENERGIA E A GORDURA, 103kg! Afinal, onde está a eficiência do Del Porto, o grande mestre dos remédios, o frequentador assíduo de congressos internacionais, que vibra com cada remédio novo que ele tasca em você? CANSEI DE SER COBAIA, quem sente os efeitos colaterais sou eu, o meu corpo, a minha mente e não a dele.

Estou fodida, estou amarga, estou desesperançada. O Del Porto falou, por telefone, e eu tinha tido uma consulta na véspera, que só sobrou um remédio para segurar a mania: o terrível Zyprexa. É um remédio também usado para abrir o apetite dos anoréxicos, que dá uma fome e uma larica infernal. A gente é capaz de sair de casa só para ir ao supermercado comprar duas latas de leite condensado e tomar de uma vez. Falo com propriedade, pois já tomei Zyprexa algumas vezes. Foi quando cheguei no meu maior peso na vida: 107,700kg. Eu tinha muita vergonha do meu corpo, de ir aos lugares. A minha sorte foi que achei uma loja de tamanhos grandes, na Zé Paulino, e as roupas de verão, pelo menos, eram legais e transadas. No inverno só acho roupas que me servem em duas lojas do Shopping Iguatemi: a Sinhá e a Erica's. O problema é que é tudo muito caro. Mas... eu tenho que ter o que vestir. Encontrei também *jeans* que, para falar a verdade, eu adoro, mas percebi que está em desuso para mulheres de 60 anos, pelo menos no almoço da Soninha. A eterna necessidade de me adequar, de ser aceita, a eterna dificuldade de ser eu com tranquilidade e segurança. Mas eu queria estar mais feliz com a minha aparência. E agora essa – Zyprexa, claro que é melhor do que uma mania seguida de uma depressão. Em quantos quilos vou chegar dessa vez? Vou suportar?

Viver, isso dói. Dói muito. Estou cansada, eu estou com medo, eu estou insegura.

Venho de um período especialmente desgastante. No segundo semestre do ano passado, 2009, tive uma asma sufocante. Angustiante. Fiquei muito surpresa de a doença voltar 45 anos depois. Revivi todo o sofrimento da infância até a adolescência, as bombinhas, as idas ao pronto-socorro, o abandono, o dormir praticamente sentada, com vários travesseiros. A sorte é que achei uma médica muito boa, que zerou o meu pulmão, e o lucro é que parei de fumar. Quando a asma chegou, eu já estava há vários meses com uma forte diarreia. Não dava tempo de levantar da cama de manhã e chegar ao banheiro. Uma vez isso aconteceu no meio de uma consulta do Del Porto, mas ele não percebeu, acho que só achou estranho que eu tenha ficado horas no banheiro. As acompanhantes foram fundamentais e extraordinárias nessa época. A conclusão do gastro, depois de examinar os 27 exames que levei, foi: "Ninguém toma tantos remédios sem que o intestino seja afetado", e me pediu uma colonoscopia depois de dois meses, para o intestino ter um tempo de se refazer da diarreia que agride muito. Fiquei ARRASADA, concluí que a minha diarreia não tinha cura porque eu precisava continuar a tomar todos aqueles remédios. O que fazer? Eu não aguentava mais fazer cocô daquele jeito, ir na maior insegurança aos lugares e usar um *modess* geriátrico enorme para ajudar a segurar as pontas da diarreia e da incontinência urinária.

Sim, porque, ao mesmo tempo, comecei a ter uma incontinência urinária, às vezes durante o dia e sempre durante a noite. A Cida, acompanhante, forrou a cama com um plástico, um lençol por cima, começou a trazer fraldas geriátricas, e com o tempo passaram a trocar a fralda às 7h00 da manhã para a cama não encharcar e ter que trocar o lençol todo dia. A Preta, minha empregada, não aguentava mais lavar tanto xixi e tanto cocô. Elas, as acompanhantes, foram maravilhosas, só ouvi um pouco de reclamação. Para elas esse tempo foi duro, foi chato, foi exigente. Eu me sentia uma bebezona nas mãos delas, sobretudo porque continuava deprimida, apesar de já estar, nessa altura, no quinto ou sexto antidepressivo. A depressão começou depois da mania, mais ou menos em outubro de 2008, e essas doenças ocorrem normalmente juntas, e foi até o segundo semestre de 2009. Junto com tudo isso, tive os efeitos colaterais de um remédio chamado Risperdal, ministrado pelo Del Porto. Fiquei quase paralisada, com muita dificuldade para andar. Andava só de passinhos e devagar, como uma velhinha. Não conseguia levantar sozinha nem do sofá nem da cama, só com a ajuda das acompanhantes. Não conseguia escrever, o banco mandou eu ir lá preencher um novo cartão de assinaturas, um saco! Detesto ir ao banco. As minhas mãos tremiam muito. Achei que nunca mais iria escrever, desenhar, pintar, fazer cerâmica.

24 de fevereiro de 2010

Há dois dias tive uma gigantesca crise de ódio de tudo e de todos, sobretudo da doença. Me sentia como um enorme tigre que podia arranhar, até sangrar e matar a todos, os amigos e a família. Eu estava no auge da irritação, pensei até em ligar para o Del Porto, mas resolvi dar um tempo. Esse ódio também me consumia por dentro, queimava e mordia minhas vísceras. Eu passei perto do suicídio, muito perto. Percebi que esse tipo de emoção, sentimento ou sei lá o que, é que te dá forças para ir até o fim. É uma energia muito forte e a dor e o sofrimento de ter a doença é enorme. Já são 25 anos de luta diária, de efeitos colaterais diários, 24 horas sem trégua. Eu estou exausta, eu estou exaurida, agora, também, dessa incontinência urinária, que já dura mais ou menos oito meses. Eu estou absolutamente farta de ter acompanhantes, e o Del Porto não me libera. Há quase dois anos existem quatro mulheres nesta casa. É muito. Elas mexeram nas minhas coisas, sumiu um talão de cheque, ainda bem que estava bloqueado.

Enquanto eu estava largada, deprimida, elas usaram meus cremes. Eu odeio ser invadida. Eu fui superinvadida enquanto elas estiveram aqui, sempre fazendo inalteráveis seu tricô ou seu crochê. Viver pelo menos até ter publicado este diário, textos misturados com desenhos, com fotos, como sugeriu a Bia. Será que vou conseguir? Achei muito legal a ideia da Bia Bracher de que a publicação fosse assim. Esse seria novamente um trabalho de "educadora". O intuito é divulgar a doença para ajudar os seus portadores, ajudar os familiares dos bipolares e também aqueles que têm a doença e não foram diagnosticados, ainda não sabem que têm.

2 de março de 2010

Início de uma fase nova: as duas acompanhantes, Cida e Juce, finalmente irão embora! Virão durante 15 dias, dia sim e dia não. Depois, só duas vezes por semana. Nem acredito, eu não aguentava mais elas ficarem aqui 18 meses corridos! Eu já estava sufocada e a ponto de perder a Preta, exausta com a pressão da Cida. Elas são boas pessoas, me ajudaram muito quando precisei; quando fiquei bebê, regredindo e deprimindo, mas agora chega, sinto que voltei ao normal, voltei a ser eu, emergi daquela caverna escura e tenebrosa. Eu estava tão esgotada com a presença delas que adiantei a consulta com o Del Porto em 22 dias para ele me liberar das acompanhantes, e deu certo. Ainda bem que ontem eu estava ótima e daí ele liberou. Eu sabia que ele só iria liberar se me visse ótima.

Eu fui também para perguntar se não seria bom ter uma segunda opinião de um outro urologista sobre a incontinência urinária, que já dura oito meses. Ele achou melhor ir a um ginecologista e indicou o Dr. Felipe. Eu estava cansada de fazer xixi na cama, sou muito moça para isso, preciso ter paciência de Jó, e a Preta também, por causa dos lençóis e camisolas molhados. Agora encontrei uma fralda que é uma calcinha, eu mesma posso me trocar e por isso dá para descartar as acompanhantes. Fiquei muito chocada quando o urologista falou que essa incontinência urinária é causada pelo uso do lítio, que tomo há quase 25 anos! O Del Porto tirou o lítio devagar, ao longo de dois meses. Fiquei três dias sem tomá-lo, mas o Del Porto logo reintroduziu, porque tive uma ameaça de mania. Saco! Saco! Saco! Nada nunca dá certo. Como deu excesso no exame de sangue, ele diminuiu o Carbolitium para 25mg e aumentou o Depakote para mais 25mg, que eu tomo depois do almoço.

Fico entupida de remédios e de efeitos colaterais. Só entende isso quem vive com doença na pele. Emagreço e engordo como uma sanfona. Ah! Muitas quedas de energia.

Percebi agora que parei simplesmente de tratar a minha pele à noite porque estou exausta, não tenho forças. Comprei um monte de cremes novos e nem assim, só dou um trato de manhã: sabonete, tônico, creminho para os olhos etc. Não é muito. Aprendi com a Soninha, que tem uma disciplina férrea e uma pele linda. Nenhum bipolar, eu acredito, tem uma disciplina férrea, a própria doença impede. Só dá para ter "fases de disciplina férrea" quando a gente ESTÁ BEM, ESTÁ ESTÁVEL. A gente tem, no máximo, pequenas fases de disciplina, pelo menos comigo é assim. E quando eu era jovem, eu era bastante disciplinada, ordeira, tinha força de vontade. Agora eu preciso estar muito bem para ter essas qualidades de novo.

4 de março de 2010

Hoje vai dar para escrever muito pouco. Pouco. Pouquíssimo. Eu não sei por que vem assim repetido. Isso é infantil? É senil? Isso começou no texto sobre "efeitos colaterais". Fiquei um tempão com a Soninha no telefone, ela queria saber o que achei da consulta com o Dr. Caio Monteiro, ontem, junto com ela e o Zeca. Falei com ela que parecia que tinha passado um caminhão em cima de mim. Fiquei exausta. Absolutamente exausta. É fantástica a dificuldade enorme que mesmo as pessoas mais inteligentes têm de entender esta doença. Não adianta explicar, não adianta ler, só entende quem tem. Sobretudo a mania. O choque, o choque, o choque. Lá vem a Soninha de novo... O choque, sempre o choque, eterna fantasia dela. Parece que ela quer que eu passe por tudo que a mamãe passou. Por que será? Ainda bem que eu já tinha perguntado para o Del Porto sobre isso e contei para eles. O Del Porto acha uma judiação eu ter que passar por 11 anestesias gerais. O Fernando completou, dizendo que quem toma choque fica com a memória completamente abalada por algum tempo. Falou também que o Del Porto é um especialista em choque, fiquei surpresa, eu não sabia. O Del Porto também falou de uma técnica mais moderna que se chama "não-sei--o-que-transcraniano". É um capacete que colocam na sua cabeça para ativar algumas áreas do cérebro e responder melhor aos antidepressivos. Eu nem acredito que estou tão bem sem tomar antidepressivo. Tomara que dure, dure muito! Tenho acordado cedo, às 7 horas, por causa da troca de fralda, incontinência urinária por causa do lítio que já dura oito meses. Uma porra! Ai, que cansaço, que cansaço essa consulta me deu. Um saco, apesar da boa vontade e generosidade enorme destes dois irmãos, o Zeca e a Soninha, em me acompanharem.

Uma vez tive uma mania que ninguém percebeu, absolutamente ninguém. É inacreditável! Foi quando eu saí do Museu Lasar Segall, em janeiro de 1996. Eu percebi que estava entrando de novo numa "máquina de moer carne" e caí fora. Caí fora porque estava absolutamente frágil devido à morte de mamãe, em dezembro de 1994, e a de papai, em setembro de 95. Esse intervalo foi muito doloroso porque eu adorava papai e vê-lo sofrer era algo quase além de minhas forças. Fiquei extremamente fragilizada e comecei a sentir a máquina me engolir, como já tinha me engolido quando eu era chefe do DAC, lá no Segall mesmo. Apesar de eu adorar o projeto que fazia, o "Conversas Quartas-Feiras no Segall", eu caí fora. Eu não ia segurar toda aquela mistura de rasteiras, questionamentos, inveja, competição. Não adiantou, a mania veio por seis meses. A família não percebeu. Os amigos não perceberam. Solidão total. Eu vivia na Messiânica perto de casa, era meu maior apoio, maior que a psicanálise da época. Será que essa afirmação é mesmo justa? Não sei... Eu estava tão mal que teve algumas noites em que um pedreiro, que conheci na Messiânica, dormiu lá em casa porque eu tinha medo. Não houve nada de sexual entre nós, ele apenas cuidou de mim, velou meu sono. Foi bem difícil essa fase, aquela sensação de abandono total, de total fragilidade. Estranho que não gastei rios de dinheiro. Fundo de Garantia. Estranho esse nome. Foi o Fundo de Garantia que me segurou e o Seguro-Desemprego, que é uma mixaria. A vida é uma grande mixaria de vez em quando. Foi o Ernesto, meu analista, que me ligou e falou que achava que eu estava em mania. Obviamente eu estava faltando à análise mais do que nunca, ele não tinha como me ajudar. Eu mandei uma *corbeille* enorme de flores lindas para ele. Ele ligou perguntando se era uma despedida. Ele era um psicanalista. Três dias depois caiu a ficha. Admiti a mania. Fiquei arrasada, como sempre. Arrasada e dura, não tinha mais dinheiro para o cigarro, para a gasolina, para a comida. Desespero total. Rogério, santo Rogério... Fui correndo para ele pedir ajuda. Só a minha família poderia me socorrer. Quem mais?

Cansada. Estou muito cansada de escrever tudo isso. Reviver tudo isso. Re-perceber tudo isso. É puxado pra caralho. Não sei nem se vale a pena. De repente começo a duvidar desse desejo, até agora enorme, de publicar um diário descrevendo meu processo como bipolar. Para ajudar a mim, para ajudar os outros bipolares, as famílias dos bipolares. Será que vale a pena? Será que estou no caminho certo? Gasto tanta energia com isso. Eu, que já tenho normalmente uma energia tão escassa por causa dos remédios, por causa da doença. Em mim há anos a doença bate assim, minando a energia que resta, a pouca energia que resta.

7 de março de 2010

Acordei às 11h40, tomei café da manhã e já estou morrendo de sono. Fui deitar às 24h00, dormi bastante. Isso acontece com frequência. Ah, os remédios! Ah, os remédios! Que paciência a gente tem que ter com os efeitos colaterais. Como este: o sono. Como a falta de energia, como a obesidade mórbida. O lítio causa diurese e, ao mesmo tempo, faz você reter líquidos. É demoníaco. Meus pés continuam inchadíssimos, apesar de o calorão já ter passado. Não posso nem usar os sapatos novos, as sapatilhas lindas que comprei na hipomania que se revelou quase mania quando chegou o extrato do cartão de crédito, que é o maior e mais seguro indicador do quadro.

As acompanhantes foram embora, finalmente! Hoje é domingo, na quinta à noite a Juce teve um ataque agressivo comigo, foi supermalcriada. Pensei até em pedir para o Rogério vir para cá, mas depois resolvi ignorar e levar as coisas normalmente. Fiquei morrendo de medo de ter essa mulher aqui dentro de casa. Quando fui dormir, percebi que dentro do pires tinha dois comprimidos de Stilnox e não um, que é o normal. Stilnox é um remédio para dormir. "Por que ela está querendo me sedar?", eu pensei. "O que ela está querendo fazer comigo?". O medo aumentou. Talvez ela tenha errado na dose, até sem querer. Eu nunca vou saber. Passei a noite acordada. Não via a hora de ela ir embora e eu poder trancar a porta.

Na realidade, na segunda-feira anterior tive consulta com o Del Porto, quando pedi a ele que me liberasse das acompanhantes. Eu não aguentava mais a falta de privacidade, a invasão constante, a inveja. E da parte da Cida, o autoritarismo, a rigidez absoluta, o supercontrole de cada gesto meu. Acho que só suportei isso por 18 meses porque estava realmente muito mal, embora, agora que passou, eu me pegue até questionando isso. Será que teria sido viável, nesses 18 meses, ficar só com a Preta e os acompanhantes terapêuticos (AT) "antigos", aquela moçada vinculada ao Hospital Dia A Casa? Será que eu não teria conseguido levar mais sozinha a depressão sem esse inferno de ter acompanhantes 24 horas por dia? Será que eu não teria me entregue menos à depressão, caracterizada sobretudo pela total falta de ânimo para fazer qualquer coisa? Só consegui fazer um esforço gigantesco para fazer análise três vezes por semana. E só eu sei que foi um esforço gigantesco. Um saco ter que levantar da cama, tomar banho e ir. Um saco ficar lá naquela cadeira, me sentindo totalmente exposta e incomodada com isso. Foi difícil, foi exigente, mas foi o que me valeu. O Celso teve uma paciência enorme comigo. Aquele monte de sessões se sucedendo iguais, ou quase iguais. Aquela depressão se arrastando, arrastando. "Eu não aguento mais esta vidinha", eu falava para ele, até que um dia ele disse que a "vidinha" não era tão "vidinha" assim, afinal, eu fazia uma boa análise três vezes por semana. Achei que ele tinha ficado ofendido porque eu o incluí na minha vidinha insossa, insatisfatória, frustrante, triste, muito triste.

Em abril, graças ao Cymbalta, tive um intervalo hipomaníaco que, apesar de logo percebido, me custou R$19.000,00! Era tudo que eu consegui juntar depois da mania de 2008. Para variar, torrei tudo ou quase tudo no Shopping Iguatemi. Quando eu me sinto rica, é para lá que eu vou, na Erica's Boutique. Para falar a verdade, fiz pelo menos boas compras, tenho usado as roupas até hoje constantemente e vão durar muito porque são boas. Pelo menos isso.

Percebi dessa vez a mania porque comecei a acordar às 7h30 da manhã sem o menor esforço e com uma puta energia, como das outras vezes. Esse sinal, junto com o pensamento acelerado, já é suficiente para detectar a hipomania. Eu preciso ficar sempre muito atenta.

Percebi a mania pelo olhar de pânico da Preta ao me ver acordada, tomando café preto na cozinha às 7h30 da manhã. Ela, mais que ninguém, sabe o que isso significa. A Cida e a Valdiná, que eram as acompanhantes da época, não perceberam nada. Mais tarde, a Cida percebeu e tentou me brecar quando voltei a frequentar a Erica's Boutique. Consegui chegar no Del Porto a tempo de a mania ser contida.

Se eu tenho um anjo da guarda, ele se chama Preta. Ela foi incansável na loucura de 2008. Ela não entendia nada do que estava acontecendo, me falou depois que ficava exausta, pois, quando ela chegava aqui, eu já estava acordada e pedia para ela fazer coisas sem parar até o horário de ir embora. Normalmente, ela chega às 8h30, e eu acordo às 11h00. Remexi a casa toda, mudei tudo de lugar, escondi objetos em cestos normalmente vazios, decorativos. Joguei muita coisa fora pela janela do banheiro, que é a única que não tem rede. Rogério me contou que os porteiros disseram para ele que joguei coisas valiosas. Até hoje não tenho ideia do que foi. Também dei muitos presentes para a Preta, para uma vizinha, não me lembro mais para quem, mesmo sabendo que depois eu me arrependo e, alguma vezes, quando percebo, até peço as coisas de volta. Vivi um verdadeiro inferno na maior alegria e deslumbramento, esfuziante, contente.

Como é que ninguém mais percebeu? Como é que não fui socorrida antes? Morar sozinha... O grande furo do Del Porto, o de eu não encontrar ajuda médica a tempo para me socorrer, uma vez que ele estava de férias. Ele foi um grande irresponsável comigo e com outros pacientes graves. Como é que pode um psiquiatra com o gabarito dele não verificar se os pacientes estão ou não conseguindo entrar em contato com sua equipe? Até hoje sinto uma mágoa enorme, sinto um ódio maior ainda e continuo paciente dele... Por quê? Voltando à "vaca fria", na última consulta o Del Porto me liberou das acompanhantes e, graças a Deus, como era a Cida que estava lá, ele falou com ela. Falou que na primeira semana elas viriam na segunda, quarta e sexta-feira, e na segunda semana, na terça e na quinta. Eu disse para ele que no primeiro final de semana eu achava bom elas virem no sábado e no domingo, porque fico muito sozinha nos finais de semana, e é muito duro, e estava um pouco atemorizada. Na sexta-feira, a Cida e a Juce foram embora. No domingo, eu fui almoçar com o Hailton, um acompanhante, e, ao chegar em casa, às 18hoo, dei um cochilo pesado. Tomei dois chopes. A bebida ultimamente tem feito um efeito muito maior do que antes. Certamente deve ser por causa da dosagem dos remédios: 625mg de Carbolitium e 1250mg de Depakote é bastante. Eu sempre bebi, mesmo tomando remédios. Não consegui renunciar a esse prazer. Tenho, no entanto, bebido cada vez menos, naturalmente. Há anos não bebo mais sozinha em casa, como fazia antigamente. Eu adorava tomar uma cerveja, um uísque, eu adorava pintar bebendo. Teve uma fase em que tinha amnésia alcoólica, quando ia com minhas amigas beber no Nabuco, um bar na Praça Vilaboim. A sorte é que eu morava perto. Hoje até adiei um exame de sangue para poder tomar dois chopinhos no almoço. Aqui, nos finais de semana, o telefone nunca toca, e, se toca, é alguém me convidando para ir ao cinema, mas, se estou um pouco deprimida, eu não vou. Eu não consigo. Acho que me tornei uma pessoa difícil e inacessível para os amigos. Por isso fico mais isolada. Sem contar que a doença assusta e afasta todo mundo. É difícil segurar essa onda. Acho que é desta realidade, da solidão, que às vezes brota a ideia de suicídio, de que "estou esgotada, já sofri muito, não vale mais a pena". Da solidão além da doença. Os dois juntos tornam-se um fardo muito pesado para enfrentar a vida. A gente tem que ter muita garra para dar conta. No momento, escrever este livro, que é "para os outros", me motiva muito, pois como arte--educadora sempre trabalhei pelo "crescimento do outro". Estou retomando um fio condutor importante da minha vida. Se não conseguir publicar, vai ser, sem dúvida, uma grande frustração e um grande vazio porque acredito na função educativa deste livro. Tenho certeza de que existe público para ele.

Escrever, escrever, escrever. Nunca imaginei que fosse ficar assim, tão tomada pelo desejo de escrever. Escrever está sendo para mim um ato tão intenso como foi o pintar por tantos anos, o desenhar, o fazer cerâmica. Estou mergulhada em pleno processo criativo, embora não domine a escrita como linguagem criativa. Escrevo como leiga absoluta, mas escrever nos momentos difíceis sempre me ajudou muito. Ajudou a clarear as emoções e os pensamentos que tomavam conta de mim. Sempre escrevi muito nos momentos de crise política nas instituições onde trabalhei, nos momentos de crise amorosa nas quais me envolvi. Tenho uns seis cadernos de anotações. Até que não é muito para quem tem 61 anos de vida.

Por que será? Perdi o fio.

Agora não dá para escrever. Hoje é sábado e tem almoço de aniversário da Marina, filha da Coca.

Pra falar a verdade, estou um pouco sem jeito de ir, embora já tenha comprado presente e tudo. No fundo, sou tímida. Sempre é um esforço. Mas, afinal, adoro a Marina e sou amiga da Coca há uns 40 anos, desde o Vera Cruz.

16 de março de 2010

Hoje faz 26 anos que a Tuxa morreu naquela tragédia imensa. Hoje faz 26 anos que a minha doença começou, a minha tragédia. Dor, dor, dor e dor. Perda irreparável. A gente se dava muito bem. Quando a gente ia para a fazenda, e eu ia muito, ela sempre me mostrava o trabalho dela e a gente comentava. Ela dizia que eu era a pessoa mais sensível que ela conhecia, e eu adorava ouvir isso, claro. Ela estava pintando para valer, já tinha sido aluna do Rubens Matuck, e fez aquarelas lindas. Quando morreu era aluna do Cabral. Fez paisagens maravilhosas da fazenda e retratos em aquarela dos empregados. Até hoje lembro do retrato da Ana, jardineira, e do seu Mariola, marceneiro. Luto maníaco, reagi ficando doente. Muito uísque, muitos namorados, muita boate. Licença de 15 dias do trabalho para pintar, pintar, pintar. Foi a única coisa que consegui fazer. O Paulo Portella me emprestou um livro de Goya com a reprodução das gravuras sobre as tragédias. Ele sacou, era exatamente o que eu estava sentindo, o gosto amargo da tragédia, a dor imensa da tragédia. Lembro que acordar e dormir era muito difícil, vinha a sensação de que outra tragédia iminente estava por acontecer, dava uma angústia enorme.

Romaria a psiquiatras. Começou aí. Fui ao Taboada, antigo terapeuta junguiano e psiquiatra, mas não deu certo. Eu não tinha nenhuma experiência com psiquiatras, se o primeiro remédio não desse certo, eu já caía fora. Teve o segundo, o terceiro, não lembro nem os nomes, não deram certo. Lembrei do Del Porto, meu professor de Psicopatologia na faculdade. Resolvi arriscar. Ele foi um excelente professor, muito culto, levava os últimos artigos de revistas de psiquiatria para a gente ler. Deu certo. Há 25 anos sou paciente dele, fora os cinco de "traição", como ele fala.

Foi o Del Porto quem diagnosticou a minha bipolaridade e me deu lítio para tomar. Na verdade, fui eu que diagnostiquei a minha bipolaridade, mas não fui ouvida por ele. Em 1986, tive uma depressão muito forte devido a um rompimento amoroso. Senti uma tristeza funda, doída e, de vez em quando, eu tinha muito medo. Crises de medo. Minha casa tinha sido assaltada no meio dessa depressão, e isso me deixou mais apavorada ainda. Eu já estava muito frágil e muito instável devido à depressão, que foi muito longa. Frágil e instável. Frágil e instável. Medrosa. Solitária. Muito solitária. Naquela época não tinha acompanhante terapêutico nem família perto. Nem amigos. Solitária. Frágil. Instável. Mas lutando para dar conta, para sobreviver, para encontrar a luz no final do túnel, clichê que funciona, que expressa a situação muito bem.

Imagino que o Del Porto tenha dado um antidepressivo e eu comecei a melhorar. Era dezembro quando cheguei lá muito melhor. Em janeiro eu falei para ele que estava em mania. Ele não concordou, "Você está bem", ele disse, "Tome esse remédio". Eu falei a mesma coisa para o Júlio Noto, meu psicanalista da época, que é também psiquiatra, e ele interpretou: "Você não está aguentando o bom". SACO. SACO. SACO! Você vai aos melhores especialistas e eles não te enxergam e isso faz com que você duvide do que você está enxergando em você. Só a catástrofe que ocorre depois mostra que você estava certa.

Foi o que aconteceu. Porque eu só queria dormir, dormir, dormir. Com as férias chegando, fiquei com medo de ser internada pela família. Ingenuidade! A família estava muito longe de mim, ninguém tinha noção de como eu estava. Mas a minha família é assim mesmo. A gente não se frequenta. Resolvi reagir e, num esforço heroico, comecei a pintar camisetas pra vender, montei um ateliê na garagem de casa. Deu supercerto. Levei as camisetas numa loja chamada Arte Assinada, na rua Oscar Freire, a moça de lá me elogiou muito e disse com todas as letras: "Você pode ser a nova MMCL", que era na época uma supermarca de pintura em tecidos. Eu levei o maior susto. Ela até me deu o endereço da confecção que fazia as camisetas deles. É raríssimo isso acontecer no comércio, é contra todas as regras deles. Ela achou que eu deveria pintar numa camiseta melhor do que a Hering. Eu achei que a melhor coisa a fazer era passar uns dias em São Sebastião para pensar com calma nesse sucesso inesperado. Eu não sei se a essa altura eu já tinha mostrado meu trabalho para o Jean, um supercostureiro da Soninha, que me elogiou muito e me indicou uma outra loja na Oscar Freire para vender. Eu fui lá e a dona da loja me deu um monte de amostras de seda para eu fazer um mostruário pra ela. O Jean disse que eu devia pintar seda e não camiseta. Eu já devia estar hipomaníaca quando tudo isso aconteceu. Não sei. Fui para São Sebastião e lá enlouqueci de vez. A casa virou um ateliê e eu pintei milhares de camisetas e alguns tecidos que eu esticava no corredor para pintar melhor. Um dia quebrou uma garrafa de cerveja, os cacos machucaram meus pés que ficaram sangrando, mas eu disse para a caseira: "Artista é assim mesmo". No deserto que era aquela prainha, eu consegui vender várias camisetas para as pessoas que passavam, vindas de Pitangueiras, a praia vizinha. E o pior é que eram pessoas conhecidas e me viram naquele estado! Às vezes eu ia jantar na cidade. Eu tinha tanta pressa, estava tão impaciente que, muitas vezes, quando a comida chegava, eu mandava embrulhar para levar para casa. Eu atraía muito os homens, faz parte do quadro, deve haver alguma mudança hormonal na mania. É uma coisa química, ficam como um urso no mel. Eu dei algumas "ficadas", como diz a moçada hoje. Lembro de ter convidado um rapaz para ir para a casa comigo e lá ficamos, passeando pelo costão em plena noite, olhando a lua, e depois sucedeu o que tinha que suceder. A sexualidade fica mesmo muito exaltada na mania, você absolutamente não tem controle e corre grandes riscos. Naquelas alturas eu já era uma mulher muito vivida, filha legítima da década de 70, contava quase 36 anos.

A minha "mediunidade" está voltando, tenho sentido isso mais nos últimos tempos. Hoje foi muito claro, entrei na sala do Celso e me senti mal imediatamente. O corpo pesado. Um formigamento na cabeça. Falei para ele. Aos poucos foi melhorando. Achei que o paciente anterior devia estar muito mal. Acredito que os ambientes ficam impregnados com as energias das pessoas que lá estão, lá estiveram. A energia de uma igreja, por exemplo, é muito diferente da de um supermercado. A de um casamento, a de uma missa de sétimo dia.

Há muitos anos, tia Dagui falou que sou médium, e, com o correr dos anos, percebi que isso é pesado. Acho que até hoje não consegui canalizar a meu favor. Ela falou para eu trabalhar com criança e pintar. Naquela época eu fazia exatamente isso.

Hoje foi terrível. Está sendo terrível até agora. Senti claramente uma "presença maléfica" no meu lado esquerdo, essas sensações ocorrem sempre no lado esquerdo. Dizem que é o lado espiritual. Esse é o lado mais sensível. Eu já aprendi muito na prática sobre isso. Estava me sentindo tão mal que não fui ao Dr. Marcos, cirurgião plástico, tirar os pontos das orelhas. O trânsito estava infernal, eu me sentindo física e espiritualmente muito mal, achei que era arriscado demais. Desisti.

Resolvi ir para a Livraria da Vila pegar um livro que encomendei para dar para a Soninha. Não consegui, porque me deu uma vontade enorme de fazer xixi e outra vez o trânsito estava parado. Já estava perto de casa e resolvi vir para cá, arrumar no vaso as rosas brancas que comprei no caminho. Elas ajudam a dispersar as energias negativas. Aprendi isso. Eu fico puta quando esse tipo de acontecimento me impede de fazer o que tenho de fazer. Vou ficando atrasada, muito atrasada. Vou tirar os pontos amanhã às 12h00, é um horário ruim para mim. Paciência. Paciência. Paciência. Afinal, não é nada tão grave assim. Agora melhorei, parece que ganhei a batalha. Estou inteira, não bati o carro, tomei o maior cuidado. Eu sei muito bem o que é "estar trabalhada". É quando alguém fez trabalho de "magia negra" contra mim, seguindo provavelmente as orientações do Candomblé, que é uma religião altamente especializada nesses trâmites. Já vivi isso antes e acho que nunca vou esquecer. Claro que a primeira pessoa que lembrei foi a Cida, esse bicho ruim. Hoje assinei as carteiras dela e da Juce. Graças a Deus, estou livre! Elas devem ter sido comunicadas, daí o ódio. Ficou muito claro para mim que a Cida nunca acreditou que eu pudesse viver sozinha de novo nesta casa. Ela falava com todas as letras: "Imagine você sozinha nesta casa!". E a idiota aqui respondia: "Há quarenta anos eu vivo sozinha e faço tudo sozinha". E como demorou para eu perceber a verdadeira natureza da Cida! O Zeca foi o primeiro a sacar, depois a Soninha. Eles até me chamaram para conversar sobre isso no ano passado. O Zeca estava com medo que ela estivesse me explorando economicamente, mas eu garanti que ela era uma boa pessoa, honesta, e que cuidava bem de mim. Eu estava ainda muito deprimida, frágil, dependente, sem condições de ter discernimento. Graças ao Pristiq, saí da depressão e daí, aos poucos, foi tudo clareando. Estou me sentindo muito bem morando de novo sozinha, só com a presença da Preta. Fica sempre a sombra de uma mania, de uma depressão, pelo menos por enquanto. Para falar a verdade, essa sombra é eterna e faz parte da minha vida. Não é bem uma sombra, é uma realidade, uma realidade nua e crua. É um "estar alerta", pelo meu próprio bem. Faz parte da doença, faz parte da saúde, sobretudo da saúde.

22 de março de 2010

A aula do Jardim foi absolutamente maravilhosa! Quando a sala estava vazia e eu entrei para ir ao banheiro, não resisti, dei um abraço nele e falei: "Jardim, eu te amo, você é maravilhoso! Você é ouro em pó!". Ele deu risada e ficou meio sem jeito, como sempre. Ele já conhece esses meus arroubos que acontecem de vez em quando. A gente se conhece há vários anos, desde quando cursei a FAAP, que terminei em 1974, onde fui aluna dele.

Ele é um conhecedor profundo do desenho e nos dá os fundamentos teóricos para a prática do desenhar. Hoje ele falou da visão do Apollinaire sobre o desenho. Nas duas aulas anteriores ele falou de Kenneth Clark, Sérgio Milliet, Bacon, San Juan de La Cruz, entre outros. O Jardim tem prazer em dar aula, isso é muito visível, e ele é superdidático. Também, faz isso há mais de 40 anos! Acho que está beirando os 75! Depois da aula teórica, ele faz uma apreciação dos trabalhos que os alunos levam. Nesse momento os fundamentos ficam mais claros porque ele os esclarece para a gente através dos desenhos exibidos. O que é fantástico é que ele aceita, acolhe a expressão individual de cada aluno. Cada um tem a sua cara, seu jeito peculiar de ser e de se expressar. É raríssimo acontecer isso no meio das artes plásticas. Em geral, quando a gente vê um trabalho, a gente já identifica qual foi o professor da pessoa, a escola.

Quando voltei para casa, parei no farol da rua Augusta com a avenida Brasil e fiquei olhando aquelas árvores iluminadas de roxo no jardim do lado esquerdo. Olhei um tempão, daí vi uma planta menor, pontuda, também roxa, e percebi, numa viga branca acima, a sombra roxa e branca da planta que estava no chão. Percebi que eu estava "viajando", parecia que tinha puxado fumo. Percorri todo o caminho de volta para casa, que conheço de cor, que já fiz milhões de vezes, percorri "viajando", curtindo deslumbrada. Aliás, o Jardim falou hoje na aula sobre isso, "deslumbramento". Eu pensei em passar um e--mail para ele contando tudo isso, mas agora já está tarde, são 23h30. Amanhã tenho um monte de coisas para fazer, preciso organizar a agenda.

Ducha de água fria: o Zeca me comunicou que o Fernão e a Soninha suspenderam os "acompanhantes terapêuticos". Fiquei revoltada, inconformada. Eles não sabem o que é solidão mais bipolaridade, uma bipolaridade que só piora. Eles não sabem que a doença é INCURÁVEL.

É INCURÁVEL.

É INCURÁVEL.

As crises são CÍCLICAS. OS ACOMPANHANTES TERAPÊUTI-COS ME AJUDAM MUITO NAS CRISES, AMENIZAM, PREVINEM.

SUICÍDIO.

SUICÍDIO.

SUICÍDIO.

Vou acabar me suicidando de tanta

SOLIDÃO.

SOLIDÃO.

SOLIDÃO.

MANIA.

MANIA.

DEPRESSÃO.

DEPRESSÃO.

DEPRESSÃO.

EU ESTOU CANSADA, MUITO CANSADA, SÃO 26 ANOS...

Quando será que alguém da família vai entender finalmente a doença que eu tenho há 26 anos? E olha que são todos cultos e inteligentes e vários deles analisados, terapeutizados, não é por falta de QI!

ELES NÃO QUEREM ME VER.

ELES NÃO QUEREM ME VER.

ELES NÃO AGUENTAM ME VER.

ME VER.

ME VER.

ME VER.

TOMAR CONSCIÊNCIA.

FUNÇÃO EDUCATIVA.

FUNÇÃO PUNITIVA.

Eles estão sendo "educativos" e "punitivos". Eles são assim.

ELES NÃO QUEREM QUE EU FIQUE BEM.

TODA FAMÍLIA PRECISA DE UM BODE EXPIATÓRIO!

Estou lúcida? Estou sendo mesquinha? NA MINHA FAMÍLIA, EU SOU O BODE EXPIATÓRIO! NELSON RODRIGUES, NELSON RODRIGUES. GAIARSA, GAIARSA, GAIARSA! Eu estava bem antes do carnaval, as palavras que vinham de dentro de mim eram: RENASCER!

ESTOU RENASCENDO!

FINALMENTE SAÍ DA TUMBA ONDE FIQUEI POR DOIS ANOS CHEIA DE TERRA E DE BICHOS ME COMENDO! Depois que deixaram claro que não era para eu ir para a fazenda do Fernão e da Soninha porque eu poderia ter um surto lá, todo mundo sumiu. Eles só queriam se livrar de mim. O Zeca. O Paulinho, a Soninha, nem sequer telefonaram para mim, já estavam sossegados, longe do possível surto. Passei o carnaval todo na maior solidão, embora as acompanhantes estivessem aqui. E nesse momento foi importante elas estarem aqui porque eram muitos dias. Só o Rogério me ligou para saber como eu estava. Ele é de confiança. Se eu tivesse entrado em mania, de fato, eu estaria internada provavelmente até hoje. Mas eu estava numa hipomania, feliz, e levei uma porrada tão grande que fiquei deprimida. Toda a felicidade de "estar renascendo" foi para o ralo, foi para o brejo...

Agora, de novo, cheguei tão feliz e maravilhosa da aula do Jardim ontem! Estou me reencontrando como artista nessa aula. Não é só a aula que é importante, é também conhecer novas pessoas interessadas no mesmo assunto. Embora eu seja tímida, eu adoro aquele cafezinho antes e depois da aula. Eu adoro as análises que o Jardim faz dos trabalhos dos alunos, ele sempre vê o lado positivo e negativo, mas reforça o positivo. Acho que ele, mais do que qualquer um, sabe que ninguém cresce na porrada. Eu, como arte-educadora, concordo completamente. Lembrei agora do medo que a gente tinha do Julio Plaza, que dava Comunicação Visual na FAAP, com ele era tudo na porrada. A única coisa que salvava é que ele era um bonitão.

Estou sentida, estou magoada. Ontem senti muito ódio, muita raiva do Zeca, da Soninha, do Fernão, do Del Porto com essa história de suspender os acompanhantes do Hospital Dia A Casa.

É obvio que a Soninha e o Fernão não têm a menor obrigação de me ajudar, apesar de serem ricos, muito ricos. O que me consola é que eles já ajudaram todos os meus irmãos, que são oito, em momentos difíceis que cada um passou. Eles são muito generosos e discretos nessas ajudas. Eles são, de fato, pessoas muito especiais. Outro dia, falando nisso, a Helena comentou que eles ajudam um número enorme de pessoas. Eu não sei a que pessoas ela se referia.

O Fernão e a Soninha me ajudaram naqueles momentos da vida em que não consegui me manter. Sempre trabalhei e tive o meu salário, trabalhei por 26 anos numa área que remunera muito mal, a Educação. Trabalhei antes com estamparia, no Moinho Santista. Trabalhei batendo ponto quatro vezes por dia e estudando na FAAP à noite. Era bem corrido e cansativo. Foi na época do meu "casamento" com o Ivan, e isso foi maravilhoso, me deu muita força. Ele fazia Desenho Industrial, e eu, licenciatura em Artes Plásticas na FAAP. Eu tinha 25 anos.

Desde menina eu queria ter o meu dinheiro, a minha independência. Com 16 anos, por exemplo, eu dava aulas particulares de Francês, ia de bicicleta à casa dos alunos que moravam no mesmo bairro, o Alto de Pinheiros. Dei aulas para a Célia e a Vilma Eid, que encontrei outro dia na galeria dela, ela é uma superprofissional.

Depois veio a fase dos colares de miçangas para vender na Praça da República. Minha mãe dava a maior força para esse tipo de iniciativa, para tudo que favorecesse a independência. Eu amava ir às lojinhas da Ladeira Porto Geral comprar um monte de miçangas coloridas. Eu ficava fascinada e muito feliz fazendo esse trabalho. Todo mundo ajudava. Lembro da mamãe e do Sylvio também fazendo colares. A Tina e a Bete iam na Praça da República comigo. Lembro de um dia que levamos um tronco seco cheio de galhos para pendurarmos os colares. A feira da praça estava começando, nos anos 60/70. Não tinha burocracia nenhuma, quem quisesse chegava com a sua produção e se instalava. O nível de trabalho era altíssimo, comparado com o que existe hoje. Os artesãos eram verdadeiros artistas. Lá eu tinha vários amigos vendendo também o seu trabalho. Era uma farra! Uma delícia! Quando a feira acabava a gente ia comer num restaurante e já gastava uma parte do dinheiro.

Quando eu cursava Psicologia nos Sedes Sapientiae, eu fiz um trabalho de *baby sitter* com os filhos da Lygia Reinach e do Klaus. A Lygia me pediu. A minha família exigiu que a minha irmã, a Tina, fosse junto, e foi uma delícia trabalhar em dupla, a gente se dá muito bem. Levávamos as cinco crianças conosco para vender colares na Praça da República! Até hoje, quando encontro com a Bia, uma delas, que já deve ter seus 40 anos ou mais, ela fala: "Gina, aquele foi o único período de minha vida em que eu não tive uma educação alemã!". A gente levava a criançada ao cinema, às peças infantis, em tudo que fosse do interesse delas. Eu comprava argila, guache e brincava com elas, eu já era uma arte-educadora e não sabia. Outro dia fui assistir a um balé com a Sara, e daí, na fila de trás, estava a Lygia com todos os filhos. Eu adorei encontrar a família inteira.

Também enquanto estudava Psicologia no Sedes Sapientiae, eu fui ser recepcionista no Paço das Artes, que pertencia na época à Secretaria de Turismo. Fiz o concurso e não passei, fiquei indignada porque meu francês era perfeito. Eu já estava no quinto ano da Aliança Francesa. Essa seleção se destinava às "moças de boa família que falassem francês ou inglês corretamente". Eu achava que eu era "uma moça de boa família que falava francês muito corretamente". Movi céus e terra para ganhar o emprego. Usei o famoso "quem indica" e acabei sendo indicada. Quando tive uma reunião com o secretário de Turismo – Paulo Pestana, eu acho – ele comentou: "Nossa, a senhora incomodou até o governador!". Era o Paulo Egydio, amigo do Fernão. Eu saía da faculdade e ficava no Paço das Artes das 18h00 às 22h00. Às vezes mamãe ia me buscar, era na avenida Paulista. Caso contrário, eu voltava de ônibus, naquela época São Paulo não era uma cidade tão violenta e não tinha perigo, só era bem longe de casa.

Eu gostava, às vezes, de fazer plantões nos finais de semana em Congonhas e Viracopos. A gente orientava os turistas que apareciam. E uma vez apareceu um francês muito simpático, chamado Jacques, estava com um amigo. A gente conversou muito, e eu e minha amiga, que também estava de plantão, combinamos de levá-los à noite ao Jogral para ouvir MPB. Claro que isso não fazia parte do nosso trabalho. Deu tudo certo. Foi um encontro de corpo e alma. Eu não esqueço de vê-lo tocando flauta para mim. A gente passeava pela cidade, pelos lugares mais interessantes. Um dia a gente foi na Galeria Chelsea, na rua Augusta, tomar um chá, o acervo da galeria era bom, a gente curtiu bastante. Ele perguntava o tempo todo se eu iria para a França para ficar com ele. Seria muito complicado, visto que ele era casado. Ele mandou cartas maravilhosas amorosas, até que parei de receber... Trinta ou quarenta anos depois, eu abri um livro em Cotia e tinha uma carta dele. Mostrei para a mamãe e ela simplesmente disse, com sua seriedade e severidade: "O que você queria que eu fizesse? Isso que você fez foi um absurdo!". Eu fiquei puta da vida. Por que ela não foi conversar comigo na época e, em vez disso, sonegou todas as cartas? Será que minha vida teria sido diferente? Para falar a verdade, hoje eu acho estranho ela ter guardado uma carta dentro de um livro naquela imensa biblioteca de Cotia, que contava com 10.000 volumes, e eu ter achado... A única coisa que eu lembro das cartas do Jacques é *"Je t'embrasse partout"*. Mamãe deve ter ficado babando de inveja quando leu minha correspondência amorosa. Quem é que não fica? Deve também ter ficado chocada, raivosa, impotente.

Os anos 60 e 70 foram de um maravilhamento e encantamento sem igual. O homem desceu na Lua, a pílula liberou as mulheres, os *hippies* se manifestaram. Os The Beatles. Os Rolling Stones. A Tropicália, Caetano, Gil, Gal Costa, Bethânia. Antes deles, Roberto Carlos, Erasmo Carlos, Vanderleia. "ATENÇÃO PARA O REFRÃO, TUDO É DIVINO, MARAVILHOSO!" Teve a Janis Joplin, o Jimmy Hendrix , o Joe Cocker. E teve também o movimento estudantil no Brasil, o golpe de 64, o terrorismo, a luta armada. Os guerrilheiros no Araguaia. O AI-5. Teve muita coisa. Coisa demais. Eu absorvi, eu bebi tudo isso com muita sofreguidão. Eu já tinha uma ânsia enorme de viver, de liberdade. Uma vontade enorme de conhecer o mundo além dos muros do Des Oiseaux e da família Sawaya, da moral cristã e da moral burguesa. Eu, aquela menina tão frágil e asmática da infância, me tornei uma adolescente rebelde. Eu queria me aventurar, experimentar. Experimentar tudo o que fosse interessante. Experimentar. E experimentei e experimentei, graças a Deus, e experimentei muito, e saí ilesa. Meu anjo da guarda é forte.

Na adolescência, eu fazia cursos livres de desenho na FAAP. Tive professores ótimos: a Ana Luíza, o Belucci, o Carelli, a Teresa Nazar, que infelizmente já morreu. Nesse ponto mamãe foi fantástica. Nós tivemos uma ótima educação. Ela preferia nos dar cultura de ótimo nível e não aquele vestido de *shantung* ou a calça *Lee* que eu queria tanto. Não dava absolutamente para dar os dois. Afinal, papai era professor universitário da USP e tinha 10 filhos para criar. Sou muito grata a ela por isso, Des Oiseaux , Esporte Clube Pinheiros, Aliança Francesa, Cultura Inglesa, concertos etc.

O Edinizyo? Ou Edinísio? Eu não lembro direito como é que se escreve o nome dele. Era um baiano magrinho que, de repente, aportou na FAAP e conseguiu um ateliê lá. Ele era completamente criativo e fazia maravilhosamente bem serigrafia, que na época era uma coisa nova. Não lembro como a gente se conheceu, mas a gente se deu muito bem. Muitas vezes eu matava a aula de desenho e ficava com ele lá no ateliê. Ele era descaradamente *gay*. Fez adereços maravilhosos para o Caetano, a Gal, todo o pessoal da Tropicália. O Caetano fazia o *show* semanal – e eu acho que se chamava *Divino, Maravilhoso* – e o Edinísio ia regularmente. Esse *show* eu perdi, não sei por que nunca fui. Eu comprei do Edinísio um bracelete lindo de *papier-mâché*, era vermelho, verde e amarelo. Acho que ele passou um pouco de breu na superfície irregular, porque as cores eram muito vivas, e depois fez um contraste com o preto. Ficou lindo. Uma moça de família como eu, naquela época, não ficava amiga de *gays* e muito menos de mulatos, baianos e *gays*.

Mudando de assunto, estou sentindo˙de novo um ódio agudo nas minhas costas. De quem será?

Na verdade, estou me sentindo muito sozinha sem as acompanhantes, apesar de estar muito aliviada. Mas é que tenho ficado muito sozinha, mesmo... Só agora eu percebi que perdi a análise hoje, que é às 19h00. Eu ainda não me acostumei com esse horário novo. A análise, com certeza, teria amenizado a minha solidão, mas a análise não existe para isso! Eu tomei café da manhã às 11h00, não consegui acordar mais cedo. Daí escrevi, escrevi, escrevi. Almocei. Escrevi, escrevi, escrevi... Perdi a hora, saco! Eu me programei de novo para ir ao Pinheiros fazer o tal cartão e não consegui. Até eu estar pronta, já eram 17h00. Fui na Brenda pegar as roupas no conserto, fui na MG pegar duas calças que ficaram prontas. Fui na Livraria da Vila pegar dois livros que eu encomendei. Um deles é a história de um bipolar, e o mais incrível é que eu nem me lembrava disso. Eu anotei o nome do livro na agenda do ano passado. A memória já anda péssima. O outro livro é justamente sobre a memória, chama-se *Esculpido na areia*. Fiquei consolada porque li na contracapa que depois dos 40 a memória começa a fraquejar. Eu estou com 61 e vira e mexe esqueço tudo, mas tenho visto muitas pessoas na minha situação. E eu tomo lítio há 26 anos, por isso tenho a atenção e a memória prejudicadas há 26 anos.

25 de março de 2010

Eu estou me sentindo muito bem, mas tem um fantasma de uma mania sempre me rondando... Eu achei melhor não parar o Zyprexa 5mg no final de semana, como o Del Porto mandou. Achei melhor tomar até ontem, quarta-feira, por via das dúvidas, e porque hoje tenho uma consulta com o Del Porto. O Zeca ligou para ele para ter a opinião dele sobre os acompanhantes terapêuticos do Hospital Dia A Casa. O filho da puta, ao invés de dizer que ia primeiro conversar comigo, já respondeu que concordava com o Zeca, que propôs a suspensão. O que é que eles pensam que eu sou, alguma oligofrênica? Saco! Só eu sei o chão que me dá ter esses acompanhamentos nos momentos sofridos, difíceis, paralisantes da depressão. Na depressão, eu me sinto muito insegura e com muito medo, é muito difícil ir à analise, ao Del Porto, à farmácia, ao supermercado. É nesses momentos que eles me ajudam muito a manter o meu cotidiano. Quando não estou bem, eu tenho também dificuldade de ir sozinha a uma exposição, a um concerto. Posso não estar depressiva a ponto de ficar dormindo o dia todo, trancada em casa, mas também não consigo sair sozinha. Nesses momentos eles me ajudam muito. Eu preciso estar ÓTIMA, ÓTIMA, ÓTIMA para ir, por exemplo, sozinha a uma exposição no Centro Cultural Banco do Brasil, no centro da cidade, e eu adoro ir lá, as exposições são maravilhosas.

O trabalho dos acompanhantes foi algo que a própria Soninha me ofereceu, em 2001, quando tive a "mania dos demônios" e ela me abrigou na casa dela. Na verdade, fiquei hospedada numa casa que tinha do lado da casa dela e estava vazia naquele momento. Tinha uma passagem entre as duas casas. Eu vi poucas pessoas naquela mania, mas eu sei que nunca lembro tudo o que acontece numa crise, que é um momento muito intenso e fragmentado.

A Soninha conversou com o Valentim Gentil, um superpsiquiatra que é amigo dela. Foi ele quem indicou os acompanhantes terapêuticos de A Casa. A Tina tinha vindo da Europa para me dar uma força, e nós fomos juntas para uma conversa com o Dr. Sérgio, diretor do Hospital Dia A Casa. Eu achava que não precisava mais de acompanhantes, mas ele, ouvindo em detalhes a minha crise, achou que eu precisava, sim. O fato é que finalmente, quando voltei para casa, já passei a contar com o trabalho dos acompanhantes terapêuticos, vinha um de manhã, outro à tarde e outra à noite. O fato é que todos eles já têm seus pacientes e nenhum pode ficar 24 horas comigo. Eu me senti muito bem com eles. Amenizam o meu sofrimento nas crises. Todos são psicólogos, e converso muito com eles sobre o que está acontecendo comigo. Eu os chamo, na verdade, de "ANJOS DELIVERY"! Tal o bem que me fazem!

Hoje vou conversar com o Del Porto sobre isso, eu estou PUTA DA VIDA COM O DEL PORTO, ELE SÓ FURA COMIGO! ELE SÓ FURA COMIGO!

Me dá uma vontade enorme de mudar de psiquiatra e de passar a me consultar com o Michael Blaich.

Na verdade, eu fui instada pela Soninha e pelo Zeca a pedir uma segunda opinião com o Dr. Caio Monteiro, colega do Duda. Não gostei. Tive uma primeira consulta na qual descrevi o meu caso detalhadamente.

Ele pediu uma consulta com um membro da família. Eu pedi para o Rogério ir, mas ele negou porque acredita no Del

Porto e o admira muito. Pedi para a Soninha e o Zeca irem. Foi um saco, um puta saco. Eu falei que nunca tinha pensado um mudar de médico, disse que só fui lá porque a Soninha e o Zeca sugeriram. Defendi o Del Porto com unhas e dentes. O tal Dr. Fernando me assustou quando disse que como eu estou bem, esse é o melhor momento para *mexer* nas drogas! DROGA! DROGA! DROGA! Será que ele não percebe que venho de dois anos de sofrimento intenso e que não está na hora de mexer em DROGA NENHUMA? Para os psiquiatras nós somos cobaias fascinantes para eles experimentarem suas alquimias. Eles não querem saber do bem-estar dos pacientes, eles querem é TESTAR DROGAS. DROGAS e mais DROGAS. TESTAR. TESTAR. TESTAR.

"TÔ FORA", eu pensei.

E tô mesmo.

Daí, por iniciativa própria, fui consultar um psiquiatra que a Helena me sugeriu no ano passado, o Dr. José Ferreira. Ela ficou sabendo que o Francisco, que vivia internado, passou a ser paciente dele e não teve mais nenhuma internação. Isso ficou na minha cabeça e resolvi tirar a teima por minha conta. Foi ótimo. Foi a melhor coisa que eu poderia ter feito, eu preciso contar para a Helena.

26 de março de 2010

Já estou escrevendo de novo. É fantástica a necessidade que estou tendo de escrever nos últimos tempos. Eu me planejei para desenhar e estou escrevendo completamente autocentrada.

Ontem fui ao Del Porto, e ele me achou ÓTIMA. Fiquei feliz. Quantas vezes saí de lá frágil, me arrastando e sem confiar muito no futuro remédio, devido a tantos que já tinha experimentado. Ele manteve os mesmos remédios e a mesma dosagem, fora o Prolopa, remédio para Parkinson, que ele retirou. Ele disse que eu não tenho Parkinson e também não tenho mais nenhum vestígio do Risperdal. Graças a Deus!

Estou tomando agora:
1225mg de Carbolitium;
1250mg de Depakote;
1 Stilnox, para dormir;
½ Lexotan 0,3mg, para dormir;
2 Circadin, para dormir.

Ele queria trocar esses remédios para dormir por 0,25mg de Seroquel. Como já tomei esse remédio e passei muito mal, eu insisti com ele para não mudar. Falei que, em vez disso, eu poderia me esforçar para caminhar todos os dias e assim dormir melhor à noite. Ele topou. Quando estou bem, eu consigo ser mais ativa nas consultas.

Eu não sei por que estou escrevendo e estou percebendo que estou cansada, não sei por quê. Esse negócio de baixa de energia o Del Porto nunca conseguiu resolver. Ele não me fala claramente se tem a ver ou não com os remédios. Ele sempre insistiu para eu ter uma atividade física e de preferência pegar o sol da manhã, isso ajuda muito quem tem bipolaridade. O Celso e o Rogério sempre bateram nessa tecla também, mas dessa vez eu ainda não consegui.

Em 2003, eu acho, eu tive um *personal trainer* maravilhoso, o Pedro Paulo. Foi mais um presente incrível da incrível Soninha, minha irmã querida. O mais fantástico é que o Pedro Paulo, depois de me ensinar alguns alongamentos muito bacanas no primeiro dia, nas outras aulas só "conversava" comigo durante uma hora. Ele é um cara jovem, alto astral e sabe muito bem como "motivar" uma pessoa. Uma vez por mês, ele fazia uma avaliação e colocava em mim aquele aparelho para medir a frequência cardíaca. Eu era uma aluna aplicada, mas muito lenta, no início caminhava dez minutos por dia, só tinha energia para dez minutos. Depois de uma ano, cheguei a caminhar trinta minutos. Eu de fato tenho pouca energia física, para falar a verdade, acho que foi assim a vida inteira.

Andar a cavalo, caminhar, nadar: quando eu era jovem, eu fazia tudo isso junto com os outros na fazenda da Tuxa. Nunca fui modelo de esportividade como ela, o Zeca, o Tomi, a Bete, o Rogério. Mas acompanhava bem o grupo. Descia junto com eles nas cachoeiras da fazenda. Tomava banho de cachoeira no Pinhal, que era a fazenda da Helena. Se bem que a cachoeira de lá é bem fácil de alcançar. Tem quase uma escadinha de pedras embaixo. Ai, que delícia! Ai, que saudade!

Hoje vivi uma sincronicidade, eu enviei pelo motoboy um livro de presente para a Helena e, quando saí da análise, encontrei-a na padaria fazendo compras, foi uma delícia. Ela me convidou para ir ao cinema e ficou de me telefonar. Já são 19h50, ela não ligou, acho que não vai rolar. Daí vem de novo o problema da energia, eu fiquei com medo de não dar conta de ir ao cinema, dormir tarde e estar amanhã às 10h15 na casa da Cecília para ir no Arte na Vila. Para isso tenho de acordar às 8h00! Porque ainda estou

MUITO LENTA.

MUITO LENTA.

MUITO LENTA.

E ISSO É UM SACO!

QUE VONTADE DE SER NORMAL!

MENOS DESGASTE...

MENOS DESGASTE...

MENOS DESGASTE...

28 de março de 2010

DOMINGO

A SOLIDÃO é uma coisa tão pesada e tão fodida que ela mata O DESEJO DE LER,

O DESEJO DE DESENHAR,
O DESEJO DE PINTAR,
DE VER UM LIVRO DE ARTE,
DE TELEFONAR PARA UM AMIGO.
A GENTE ACABA VENDO O FAUSTÃO PARA NÃO SENTIR TANTA
SOLIDÃO! A solidão foi tão grande hoje que eu até senti saudade da
Cida quando saí de casa sozinha para ir ao evento Arte na Vila!
Estava meio insegura, foi a primeira vez que saí de casa sozi-
nha desde que as acompanhantes foram embora, há 23 dias.
Deu tudo certo, mas tomar um lanche sozinha na padaria foi
melancólico, absolutamente melancólico. E chegar de volta
em casa foi mais difícil ainda, eu não aguentei, eu com esse
monte de livros de arte, com meu ateliezinho montado, um
monte de tintas Liquetex... Liguei a TV no Faustão e peguei
uma Coca-Cola. A televisão pelo menos tem voz de gente,
você ouve gente e vê gente!

Eu fui visitar um ateliê de cerâmica na rua Horácio Lane e
gostei muito, a artista se chama Heloísa Caldas, mas está viajando por um ano, e os alunos estão trabalhando lá. Conheci o
Vicente, um cara muito simpático, comprei dois vasos minúsculos dele, R$24,00 os dois!

30 de março de 2010

É um prazer acordar e tomar um café da manhã simples
e caprichado da Preta. Hoje tinha suco de abacaxi, uma taça
verde-limão, bojuda, cheia de salada de frutas, queijo branco,
pão integral, café. Ela arrumou tudo igual ao café da novela, e
ontem, vendo a novela, percebi de onde ela tira essas ideias...
Eu curto a beleza simples desses objetos que escolho para o
meu dia a dia: a garrafa térmica, bojuda, branca, a louça "laranja anos 60", o copo alto com a boca oval, que na verdade
seria um copo de cerveja, mas aqui em casa é de água. O mais

importante em tudo isso é TER RECUPERADO A CAPACIDADE DE SENTIR PRAZER NAS PEQUENAS COISAS DO DIA A DIA, PRAZER, PRAZER, PRAZER!

Ontem foi muito difícil ir à aula do Jardim, eu estava morrendo de vontade de ficar sozinha em casa, desenhando. Estava morrendo de vontade de ficar "na minha". Em geral, quando saio dois dias seguidos, como fiz sábado e domingo, depois quero ficar quieta. Mas resolvi levar esse curso a sério e o Jardim é ótimo. Me esforcei e fui.

Foi muito difícil assistir à aula, às 17h00 eu já estava olhando o relógio, apesar de o assunto ser muito interessante: "Notas de uma caderneta de campo, o ambiente mental ou físico que a gente escolhe para operar nossa poética". O Jardim dividiu em seis itens que ele desenvolveu até às 18h30. Ele falou também sobre *páthos*, liberdade e democracia. E ele é muito claro: "Em arte não pode tudo". É realmente fantástico, mas eu fui me sentindo tensa, tensa, exausta, e mesmo assim fiquei para a leitura dos trabalhos do Samuel, que começou às 18h30, porque nessa hora a gente aprende muito. O assunto continuou sendo o ovo, que ele tratou de várias formas.

À noite aqui em casa, de novo, SOLIDÃO, SOLIDÃO, SOLIDÃO. É o único momento em que as acompanhantes fazem falta. Estou fazendo exercício de ABERTURA E TOLERÂNCIA e liguei para a Cecília. Ela é extremamente ansiosa, tenho dificuldade em me relacionar com ela, detesto pessoas ansiosas. Como tínhamos ido sábado ao Arte da Vila, por sugestão minha, liguei então para bater um papo. Liguei para a Sara, esqueci que era noite de aula dela. Liguei para o Tiago para dar os parabéns pelos 33 anos e percebi que ele estava extremamente angustiado, fiquei péssima depois do telefonema porque adoro ele, estou preocupada com ele.

Essa noite dormi muito mal, amanhã vou para a praia com a Coca e percebi que estou tensa, continuo tensa também com o assunto "Zeca, Soninha e Fernão". Tenho um monte de coisas para fazer, será que vou dar conta?

1. Separar os remédios para a viagem, contar tudo SEM ERRAR NENHUM;

2. Telefonemas;

3. Vacina gripe H1;

4. Compra mensal de remédios;

5. Supermercado da praia;

6. Presente aniversário Preta;

7. 19h10 análise.

10 de abril de 2010

Antes da viagem para Baraqueçaba, peguei dez envelopes e em cinco escrevi um D bem grande, e nos outros, um N bem grande. Separei os remédios e guardei lá. Aprendi isso com a Cida e vi que funciona bem, melhor do que levar um monte de cartelas que ocupam espaço enorme na mala, e leva um tempão contar os remédios na viagem.

Como ia viajar, eu não parei de tomar o Zyprexa 5,0mg, como o Del Porto tinha mandado. Na verdade ele falou para diminuir para 2,5mg, é 50% a menos, é bem menos. Eu queria ter o máximo de segurança possível de que não teria um início de crise, pois percebi que, por alguma razão, estava tensa com a viagem. Além disso, levei uma cartela de 5,0mg de Zyprexa, que estava sobrando, para o CASO DE PINTAR UMA MANIA!

QUE MEDO!

QUE MEDO!

QUE PAVOR DE TER UMA MANIA!

PAVOR!

Estou cansada de saber que só eu posso detectar os sintomas e aprendi a fazer isso bem. Talvez eu seja até um pouco exagerada, obsessiva, não consigo relaxar. Na última mania, que foi desastrosa, eu percebi! Pedi ajuda médica e não tive! O bip do consultório do Del Porto, para falar com os assistentes dele, simplesmente não funcionou, não tive retorno algum! Não quis telefonar para o celular do Del Porto porque ele estava viajando, de férias. Eu não tive logo a ideia de procurar outro psiquiatra, já que o Del Porto estava de férias. Não insisti, talvez porque a mania no início dá um puta bem-estar e eu vinha de dois anos muito sofridos, com remédios e seus efeitos colaterais, com depressões intermitentes. Eu estava exausta com esses dois anos de sofrimento e mergulhei no aparente prazer da mania. Mal sabia eu que teria que pagar tudo isso com um ano e meio de depressão, largada numa tumba. Agora já faz mais de quarenta dias que as acompanhantes foram embora. A viagem da Páscoa foi ótima, embora eu tenha tido momentos de pensamento suicida ao pensar na minha dependência econômica. Eu odeio depender. Aos poucos, me envolvi com a Coca e o Sérgio, e esses pensamentos se afastaram.

Na ida paramos para comer no Rancho da Comadre, que oferece uma comida maravilhosa feita no fogão de lenha. Comi "leitão à pururuca" que há séculos não comia e adoro. A Coca e eu conversamos, conversamos e conversamos. Nós trabalhamos no Vera Cruz na mesma época, mas estranhamente só ficamos amigas depois de sair de lá. Há muito tempo a gente não se via. Na realidade, há quase dois anos estou afastada de um contato mais próximo com os amigos.

A casa que ela e o Sérgio alugaram em Baraqueçaba é pequena, mas gostosa. Tem uma suíte e dois quartos com um banheiro no meio. É construída com capricho e lembra a casinha que tínhamos em São Sebastião, na Praia do Segredo.

Em 1949, papai, biólogo marinho, comprou em São Sebastião um morro enorme com uma praia, com seus próprios recursos, e ali construiu o Instituto de Biologia Marinha. Ele contou com a ajuda da CAPES, da FAPESP da Rockfeller Foundation. Ele era um grande idealista. Enquanto o Instituto era construído, nós íamos para São Sebastião nas férias e ficávamos horas mergulhando naquele mar e catando bichos para o meu pai. Hoje, quando vejo filmes e fotos de Fernando de Noronha, eu me lembro da minha infância em São Sebastião, era igual. Eu lembro muito do nome de uma aula escrito no quadro-negro do laboratório: "A fecundação do ouriço", para mim isso era um grande mistério.

A certa altura, muito depois de inaugurado o IBM, papai comprou um terreno para nós, e o Sylvio, meu irmão arquiteto, reformou uma casa de caiçara, que ficou muito boa. Era um pequeno paraíso tropical, podíamos usar as duas praias, a nossa e a do laboratório. Fazer aquele costão pulando as pedras era um deslumbramento, tal a diversidade de cores, brilhos e texturas das pedras. Lá tinha uma pedra que a gente chamava de "trampolim", a gente tinha que fazer o costão, que era uma subida, e no topo se descortinava uma vista maravilhosa do canal e da Ilha Bela. Era extraordinariamente belo! Daí a gente descia com cuidado, pedra por pedra, e chegava ao tal "trampolim", a gente nadava por ali e, como a natureza é perfeita, tinha até uma escadinha de pedras, só que com cracas, para voltar para o trampolim. Muitas vezes a gente voltava de lá nadando para a praia. A gente nadava pra caralho. Eu lembro muito bem de mamãe ir com a "tropa" nadando dar a volta à ilhota, era um passeio comprido, mas era uma delícia. Passei temporadas deliciosas com os amigos em São Sebastião. Teve uma temporada com a Renata em que a gente bebia meio litro de uísque por dia depois de nadar, nadar e nadar, fazer o costão, e daí a gente desenhava, desenhava e desenhava. Foram milhões de temporadas:

▷ com o Gaiarsa, que na época era meu namorado, o Pedro Prado, o Oswaldo;

▷ com a Coca;

▷ com a Helena e o Modesto Carvalhosa;

▷ com o Dudu e o Vilar, a Peia e o Alex;

▷ com a Helena Carvalhosa, a Angela Ciampolini e não sei mais quem;

▷ com o Ivan e outros amigos da faculdade;

▷ com o Dudu e o Vilar e o Mário Aquiles, meu namorado.

Várias pessoas foram várias vezes, e agora não estou lembrando de todas. Várias vezes também fui com irmãos e sobrinhos e algumas fui sozinha. Eu tenho as imagens desse lugar de cor na minha cabeça, percebi isso lá em Baraqueçaba. Eu lembrava, eu me lembrava de tudo. A cor e a consistência da areia. O pôr do sol na praia do laboratório, quando o sol tingia o mar das baiazinhas de rosa, rosa brilhante misturado com dourado, balouçante. Monet puro. As pedras do costão, eu lembro delas muito bem. Eu tenho verdadeira paixão por esse lugar, eu fui a única a batalhar na herança para que não fosse vendido. Fui voto vencido. Herança é herança. Gaiarsa que o diga. Gaiarsa e Nelson Rodrigues. Cada um é cada um. Eu dancei nessa. Eu adoraria poder frequentar esse lugar encantado hoje em dia, sem dúvida me faria muito bem.

Não é à toa que o que eu mais gostei nesse feriado foram os banhos de mar em Baraqueçaba, que é uma praia vizinha à praia do IBM e o mar é igual, calminho, calminho, calminho. Teve um dia que foi especialmente bom, o Sérgio e a Coca voltaram para a barraca, mas eu continuei horas e horas mergulhando no rasinho ao sabor da correnteza. Eu adoro fazer isso. Quando sentei na barraca, eu estava completamente relaxada e até cabeceava de sono, não precisava nem de cerveja, foi um banho como aqueles de antigamente. Eu me lembro bem de uma cena em São Sebastião: a Regina, a Rosa e eu, três arte-educadoras, horas e horas mergulhadas desse jeito, no rasinho, conversando, conversando... Era delicioso, era reparador, sinto muita falta disso. Falta de um lugar simples e que seja meu, na verdade dos meus pais, para ir com meus amigos. Mas... a vida muda, tudo muda, a gente envelhece, alguns amigos já morreram. Há vários anos tenho a "bênção" de ir durante uma semana, em janeiro, para a casa da Soninha e do Fernão, em Camburi, que é uma praia linda. Eles são muito generosos e oferecem "casa, comida e roupa lavada", as pessoas nem acreditam. A casa é de frente para o mar e o horizonte é lindo. A minha única tristeza é que o mar é bravo, tenho cada vez menos coragem de entrar nele e fico na piscina do condomínio para consolar. Quem diria...

Mudando de assunto, tenho lembrado muito das acompanhantes. Quando voltei de viagem, tinha um recado com uma voz muito esquisita da Cida. Ela tem uma voz muito grossa e falava muito pausadamente como se falasse com uma débil mental, que seria eu. Ela disse que estava com saudades, pediu para eu entrar em contato. Deixei recado no celular dela, e até agora nada. Já faz uma semana, saudades o caralho, ela está assuntando para saber se eu preciso dela de novo. Tenho lembrado com horror esse tempo em que tinha acompanhantes vinte e quatro horas, porque é muito infantilizante em si, e elas caprichavam para me infantilizar ainda mais:

▷ Regina, os seus remédios;

▷ Regina, o seu lanchinho;

▷ Regina, o adesivo;

▷ Regina etc, etc, etc.

Foi pesado, foi pesado. Esse um ano e meio foi terrível. Mas elas eram boas pessoas... até certo ponto. Em momentos difíceis, como quando tive diarreia, incontinência urinária e os efeitos colaterais do Risperdal, elas foram fundamentais. A Preta sozinha não ia conseguir segurar. Na verdade, tenho que ver os dois lados, foi pesado, foi terrível, mas elas foram necessárias, e eu tenho que agradecer a Deus por ter um cunhado maravilhoso como o Fernão, que bancou essa despesa enorme por um tempo tão longo, sem questionar por um segundo.

12 de abril de 2010

Eu estou escrevendo desbragadamente para tentar fazer uma ponte entre os quase dois anos fora do ar e o agora. Desse período, a única lembrança nítida e importante foi o nascimento da Malu, filha da Carol, minha sobrinha linda. A Carol é muito inteligente, esperta, responsável e uma companhia muito leve. Nós nos damos às mil maravilhas.

Eu senti uma certa tristeza ontem ao ir à feira do Bexiga com a Gilda. Eu acordei triste hoje, com preguiça de ir à aula do Jardim, com vontade de "continuar o fim de semana" aqui em casa escrevendo, escrevendo, escrevendo. Será que agora ainda vai pintar um "luto" por ter perdido quase dois anos da minha vida numa crise? Acho que é demais, é preciosismo, não posso mais perder tempo. Eu tenho muito claro que é a solidão o que está me incomodando e isso é natural depois de ter ficado quase dois anos com acompanhantes 24 horas por dia. Eu não esperava por isso, mas agora acho que não poderia ser diferente.

Eu percebo que escrever sobre o "período saudável" da minha vida me dá um gás para viver a vida de hoje, que é bem diferente. Eu rememoro, provavelmente "contaminada", períodos mais felizes e intensamente vividos. Eu sinto e percebo que fui muito corajosa ao tentar desbravar um mundo diferente daquele em que fui criada. Vivi muitos momentos poéticos. Vivi muito medo. Muitas vezes vivi coisas com "o cu na mão". E tudo isso foi muito solitário, eu não tive nenhuma companheira de aventuras. Relembrar tudo isso está sendo passar a limpo uma vida inteira. Por quê? Pra quê? No momento me parece que é uma questão de sobrevivência. É esquisito que eu gaste metodicamente tanto tempo escrevendo e não desenhando, já que voltei a frequentar o curso do Jardim e não tenho produzido nada para levar nas aulas. Até comprei o material que ele mandou, fiz uns desenhos a carvão, mas foram só uns quatro ou cinco.

13 de abril de 2010

O sono, o sono, o sono. Boto o despertador todos os dias para acordar às 10h00 e desligo. Sistematicamente desligo. Sei que a Preta por conta dela virá me acordar às 12h00. A Preta é meio "governanta" da casa. O problema com o sono é antigo, na verdade, sempre fui dorminhoca, mesmo antes da doença. É uma necessidade biológica, eu acho. A culpa, a culpa, a culpa! Afinal, eu tomo TRÊS REMÉDIOS PARA CONSEGUIR DORMIR! Como é que não vai ser difícil acordar? Nessas alturas já consegui eliminar lentamente o Lexotan, depois de tomar meio por uma semana, eliminei ontem. Hoje, ao organizar os remédios para a noite, botei meio Stilnox, eu sei que durmo com meio Stilnox, o problema é quando tento passar para zero, aí não consigo, acho que fiquei viciada. Eu ainda tomo dois Circadin, que é feito de "melatonina", uma substância que a gente tem no corpo. Esse não é tão nocivo, mas custa uma fortuna... Eu acho que perco muito tempo dormindo, dormindo. Ultimamente comecei a achar que dormir é uma espécie de morte. É um tempo em que você está absolutamente fora do ar e não produz nada.

No último final de semana dormi muito pesado no sábado de manhã. Eu dormia, sonhava, acordava e lembrava daquele pequeno sonho. Repeti a operação várias vezes e várias vezes. Quando eu acordei, finalmente, eu jurava que eram sete da noite... Olhei no despertador e marcava 15h15. Não acreditei. Olhei no relógio de pulso e marcava 15h15. Acreditei. Senti um alívio enorme.

Eu não tive filhos, então não tive esse "despertador natural" da vida. O Gaiarsa escreveu, num livro especial que dedicou às mães, que a primeira crise de ódio que a mãe tem em relação ao filho se deve ao fato de ela não poder dormir tudo o que precisa. Mamãe leu esse livro que dei de presente para ela e concordou com as teses do Gaiarsa sobre o assunto. Quem diria?!

Enquanto as acompanhantes estiveram aqui, eu passei a dormir às 23h00 religiosamente, para liberar o sofá para elas dormirem. Elas acordavam às 4h00 da manhã para estar aqui às 7h00. Antes eu dormia às 00h00, à 1h00, 01h30, eu sempre fui boêmia. Quando começou a troca de fralda às 7h00 da manhã, por causa da incontinência urinária, de vez em quando eu não conseguia dormir mais. Eu rolava na cama até às 9h00 e levantava. Então eu percebi que seria possível mudar o meu ritmo de sono. Acordando às 9h00 eu ficava sonada e cansada alguns períodos do dia, mas aguentava sem dormir de novo.

Será que tem sentido querer mudar tudo isso a essa altura da vida? Aos 61 anos? Afinal, faz 15 anos que eu não trabalho e que posso ter meu próprio ritmo. Ninguém me controla, a não ser o horário da Preta, ela tem que sair às 15h00, e por isso eu tenho que almoçar às 14h00. Às vezes, quando eu me atraso muito, ela deixa o meu prato feito. Conversei com o Celso, ele acha que o sono deve ser uma necessidade interna e que seria bom eu deixar o despertador ligado às 10h00. Se eu conseguir acordar a essa hora, consegui... se não, não... Por que eu me martirizo tanto com esse assunto até hoje? É que, na verdade, eu sinto muito perder todo um período do dia. Minha vida anda muito devagar.

E ainda tem aquela coisa: quantas e quantas vezes o Del Porto me falou que "para um bipolar é importante caminhar e pegar o sol da manhã"? Ajuda na
ESTABILIDADE.
ESTABILIDADE.
ESTABILIDADE.
A tão almejada estabilidade. Será que um dia vou reverter esse quadro, dormir às 23h00, acordar às 9h00 e daí ir caminhar?

Eu sempre fui lenta, mas, devido aos remédios, fiquei cada vez mais lenta. Hoje levo no mínimo uma hora para tomar café da manhã, por exemplo. Tudo é
LENTO,
LENTO,
LENTÍSSIMO.
Isso é um saco! Perco um tempo enorme com as obrigações triviais do dia a dia. Tenho que me programar bem para sair a tempo para os compromissos: médicos, análise, dentista etc.

Se alguém me convida na última hora para pegar um cinema, se eu já não estiver vestida, eu não consigo ir, não dá tempo de eu trocar de roupa etc.

Esse negócio de dormir muito de manhã também me isola, quando meus amigos fazem programas de manhã, tipo ir a uma exposição, eles nem me convidam, porque sabem que eu estou dormindo. A secretária eletrônica é que vai atender. Eu queria muito ser igual às outras pessoas nesse aspecto.
MUITO.
MUITO. E NOS OUTROS ASPECTOS TAMBÉM...
Nesse momento da minha vida eu absolutamente não estou tendo força de vontade para nada que seja difícil: acordar mais cedo,

caminhar,

emagrecer.

Escrever não é esforço. Na verdade tem sido uma necessidade compulsiva, eu nunca imaginei que um dia fosse acontecer comigo. Escrever, escrever e escrever. As aventuras e as desventuras da vida. O único esforço que estou concretamente fazendo é ir à aula do Jardim. Mas sempre saio de lá completamente recompensada. Ele descreve para nós com muita profundidade o universo do desenho e, de quebra, da pintura. Na última aula, ele falou da teoria do Zuccaro: "Euritmia", o desenho tem que ter euritmia, eu nunca tinha imginado isso. O todo e as partes. A harmonia. Cada vez ele fala de uma teoria. Eu só tenho escrito. Eu não tenho desenhado nada. Solidão: *e-mails*, telefonemas.

16 de abril de 2010

Acabei de arrumar os remédios depois do café da manhã. Na caixa pequena marronzinha, os do dia. Na caixa vermelha em forma de coração, do tamanho da palma da minha mão, os da noite. Escolhi uma caixa grande de propósito, ela faz vista no criado-mudo e assim não esqueço de tomar. Na hora de dormir é só pegar.

Ontem à noite percebi que oscilei muito o dia todo, pendendo para uma mania. Conversei muito com a Preta de manhã. Eu estava meio exaltada. Falamos muito da mania de 2008. Cada vez que a gente fala, ela me revela um pedaço diferente. Eu não me lembro mais de tudo.

À noite liguei para Renata, eu estava com saudade. Conversamos muito e eu achei que também fiquei meio exaltada. Eu contei como eu estou agora, quais os planos, e também relembramos muito, com saudades, as férias em São Sebastião.

Depois da novela fui abrir minha caixa postal e passar *e-mails*. Foi aí que acendeu a luz vermelha: eu não estava com sono, estava com muita energia. Eu poderia ficar horas no computador. Como? Em geral, lá pelas 22h30 eu já estou morrendo de sono. Pensei, pensei, pensei e acho que para garantir, era melhor tomar 5,0mg de Zyprexa e não 2,5 como o Del Porto havia orientado. Eu tinha seguido a orientação dele, mas a mania começou a pintar. Esforço, esforço, esforço. A gente tem que fazer um esforço desgraçado para driblar a crise. Se eu fosse esperar até hoje para falar com o Del Porto, talvez eu já estivesse perdida. A sorte é que eu conto com um longo aprendizado a meu respeito e a respeito dos remédios.

Hoje acordei às 9h00 da manhã! Só em mania, mesmo! Mas eu acordei calma e até levemente deprimida. Eu estou morrendo de preguiça de sair e fazer o que tenho que fazer. Levar os recibos para a Maria, ir à Marítima pegar o reembolso, pegar os óculos. Eu tenho que ir. Já era para ter feito isso ontem e passei o dia todo dentro de casa.

17 de abril de 2010

Hoje acordei lembrando do Edinísio e do Marcelo me levando para comer comida japonesa na Liberdade nos anos 60. Fiquei maravilhada com as cores e os sabores dessa culinária. *Sushi, sashimi, tofu, missoshiro* e aqueles rolinhos de alga com arroz dentro, com um pedacinho de cor no meio, tudo era novo para mim. Não tem nada mais gostoso que entrar em contato com algo que seja completamente diferente, sobretudo quando esse algo é bom. Fiquei fascinada pelo bairro da Liberdade, antes inacessível para mim. Sou fascinada por esse bairro até hoje. Na última vez em que fui lá com o Sylvio, a Lúcia e a Tina, num domingo de sol, foi uma delícia, foi no ano passado. O Edinísio e o Marcelo, também artista plástico, tinham um ateliê na rua atrás do cemitério da Consolação. Ali era também o lugar onde eu fazia terapia com o Dr. Espíndola: como não entrei no vestibular para Psicologia, fui fazer um teste vocacional. Acontecia mais ou menos o seguinte: eu estava desestruturada, provavelmente tão deprimida que eu não tinha condição de escolher uma profissão. Eu me dividia entre Ciências Sociais, Psicologia e Artes Plásticas. Papai insistia na Psicologia, Ciências Sociais provavelmente para ele não era Ciência. O importante para mim foi começar a fazer uma terapia, eu sentia que estava precisando. Para falar a verdade, hoje, olhando de longe, acho que essa terapia não adiantou nada... não me deu suporte algum.

Eu fui fazer o cursinho para Psicologia no Equipe, recém-inaugurado, dissidência do cursinho Universitário. Lá eu conheci o Eric Nepomuceno, que iria prestar Filosofia. Meses depois do vestibular, nos encontramos no Jogral, um bar onde tocava o "Trio Mocotó", entre outros conjuntos. A gente começou a namorar e nos demos muito bem. Era um namoro leve, gostoso, já estávamos nas respectivas faculdades. Eu admirava muito o brilho, a inteligência e o talento do Eric. O pai do Eric era físico da USP. O Eric era jornalista do *Jornal da Tarde*, um jornal moderno e de vanguarda que foi lançado nessa época. O "cabeça" do jornal era o Murilinho. O JT era moderno no conteúdo e na diagramação, fez o maior sucesso, hoje em dia é um jornal comum.

Enquanto namorava o Eric, fiz o trabalho de *baby sitter*, tomando conta dos filhos da Lygia e do Klaus Reinach. Teve uma noite em que o Eric levou o Milton Nascimento e a mulher para ficarem com a gente lá! O Milton estava no início da carreira, mas já era o Milton Nascimento. A mulher dele ficou com a gente fazendo colar.

A gente frequentava muito o Jogral, do Luiz Carlos Paraná, lugar onde tocavam excelentes músicos de MPB. Íamos também ao Bar Branco, da Maria Inês, da Carola Whitaker e do Zélio Alves Pinto. Era um bar muito charmoso, todo branco, que tinha andar térreo, primeiro andar e subsolo. Um dia a gente estava lá embaixo, todo mundo sentado no chão, e chegou o Fernando Morais. Ele tinha acabado de percorrer a Transamazônica, estrada ainda de terra, recém-inaugurada, ele fez para nós um relato detalhado e encantador das aventuras e desventuras da viagem. Falou por horas. Ficamos todos hipnotizados, em silêncio, ouvindo com prazer e atenção o excelente contador de histórias, que transformou aquele relato em livro. Se não me engano, ele ganhou o Prêmio Shell com o livro, era um prêmio importante na época.

Teve uma noite em que fui assistir a um *show* da Sarah Vaugham no teatro da PUC e de lá fui para o Bar Branco sem ter combinado de encontrar ninguém. Eu arrisquei. Eu fiquei feliz por arriscar. Provavelmente as pessoas me achavam muito estranha, já que não era costume uma mulher sair sozinha naquela época. Eu queria me testar. Eu queria me experimentar. Eu me testei exaustivamente. Tudo o que eu faço, eu faço exaustivamente. Quando estou bem, faço exaustivamente. Eu canso, mas vale a pena.

No Colegial eu já tinha uma vida intensa, mas ainda dentro dos parâmetros socioculturais da época, para uma moça de boa família. A única brecha fora desses parâmetros era o hábito de frequentar o ateliê do Ednísio, na FAAP. A intensidade da minha vida era cultural. Eu frequentava muito as mostras de cinema expressionista da Casa de Goethe: Fritz Lang, O Gabinete do Dr. Caligari, e outros filmes, muitos outros. Eu frequentava também Concertos para a Juventude nos finais de semana, regidos pelo Diogo Pacheco. Papai e mamãe tinham uma assinatura de concertos, acho que eram os do Cultura Artística, e a gente ia assistir durante a semana. A gente fazia um rodízio, eram dois ingressos.

Outra brecha foi assistir aos ensaios do Quarteto Novo que ocorriam à tarde na Boate Blow Up. O Pedrinho, meu namorado na época, trabalhava na boate e me convidava para assistir! Era o máximo! Que puta som! Hermeto Paschoal, ah! O Hermeto e mais aqueles maravilhosos músicos conversando horas e horas através de seus instrumentos... Era uma beleza! Uma beleza! Ah, se a mamãe soubesse! No início do Colegial, namorei o Pedro Barreto Prado, que é meu amigo até hoje. Nos tornamos irmãos. Nossos pais se conheciam da Ação Católica. Quando a mãe do Pedro estava grávida dele, minha mãe estava de mim. Foi assim que nos conhecemos... Eu não me lembro exatamente de como conheci o Pedro. Eu imagino que tenha sido numa das festas de 15 anos tão comuns naquela época. As festas eram frequentadas pelas meninas do Des Oiseaux e, à vezes, algumas do Sion, e pelos meninos do Santa Cruz e, às vezes, alguns do São Luís. O Pedro logo se encantou comigo e queria namorar. Eu não queria. Ele insistia. Eu não queria. Ele insistia e insistia. Insistiu tanto que eu acabei topando. "Eu não sou a maravilha que você está imaginando", eu dizia. Acho que eu estava insegura. Ele insistiu, insistiu, insistiu. Acabei topando. Nós vínhamos de famílias parecidas, de colégios parecidos, tínhamos uma visão de mundo parecida. O curioso é que nós dois fomos, no decorrer da vida, nos tornando alternativos. Naquela época nós adorávamos passear pelo centro da cidade. Às vezes, o Pedro ia me buscar na saída do colégio, nós tomávamos um lanche e íamos visitar o MASP, que era na rua Sete de Abril. Percorríamos o acervo e depois ficávamos horas sentados vendo aquele quadro do Van Gogh, o menino sentado na cadeira. O Van Gogh era a minha paixão e foi o assunto do primeiro fascículo dos Gênios da Pintura, que o Pedro me deu de presente. Outras vezes nós tomávamos chá numa casa chamada Chá Mon, na Galeria Metrópole, na avenida São Luís. Nós conversávamos e conversávamos. Nós tínhamos sempre mil assuntos para conversar. Teve uma época em que fomos colegas na Aliança Francesa, na rua General Jardim. De vez em quando matávamos aula para fazer nossos programas. Namoramos por três vezes, entre 15 e 19 anos. Acho eu que nenhum de nós tinha maturidade para um vínculo mais duradouro, mais estável. Num desses intervalos, namorei o Otávio, engenheiro da POLI, era um cara inteligente e sensível. Namorar um cara da POLI era o máximo! A amizade entre mim e o Pedro perdurou ao longo dos anos. Ele foi fazer Psicologia na PUC, e eu no Sedes. Quando ele terminou, clinicou um tempo, mas logo descobriu que queria ser terapeuta corporal. Eu não sei se nessa época ele já era aluno do Gaiarsa, provavelmente sim. Ele descobriu a Ida Rolf, foi fazer a formação em *rolfing* nos Estados Unidos e trouxe esse trabalho para o Brasil. Foi completamente pioneiro e faz esse trabalho até hoje com o maior tesão. Hoje, o Pedro é um nome internacional, corre o mundo dando cursos. Apesar disso, continua sendo um cara muito simples. Só é difícil conseguir encontrar com ele entre uma viagem e outra. A gente se vê em geral uma vez por ano, a gente vai jantar junto e põe a vida em dia. Uma vez é pouco...

Há muitos anos eu me submeti ao *rolfing*. Aquele processo mexeu muito comigo. Eu lembrei que eu desenhava muito. Eu desenhei uma mulher sideral cheia de espirais em volta dela. Aquela mulher era eu. Acho que foi um pouco depois de a Tuxa morrer, foi nos anos 80. Foi um processo muito intenso. No final da última sessão, o Pedro e eu descemos a escada rindo muito, a colega dele que estava embaixo achou que nós "tínhamos puxado um fumo", não era nada disso, era apenas o *rolfing* mesmo.

Em 1992 tive a pior depressão da minha vida, e o Pedro me ajudou muito. Foi muito generoso. Ele foi comigo ao psiquiatra. Tinha uma feira no caminho, e nós tivemos que largar o carro num estacionamento e correr a pé. Estávamos em cima da hora. A consulta era com o Dr. Jorge Figueira. Eu estava tão deprimida que esqueci que o Del Porto existia. O Pedro ouviu pacientemente aquela consulta, deve ter sido chatérrimo para ele. Teve um dia que ele deitou na minha cama, exausto de tanto trabalhar, e começou a me ajudar a fazer a mala para ir para o Pinhal. Ele dizia:

▷ Pega quatro camisetas;

▷ Pega dois *jeans*;

▷ Pega uma echarpe.

Ele tinha a maior paciência comigo, a maior disponibilidade. Uma vez, nos anos 80, o Pedro me convidou para passar um feriado com ele e um grupo de amigos dele em Mauá. Ele tinha alugado ou emprestado uma casona que o Godoy tinha lá. Era um grupo grande. No meio do grupo tinha a Bibi, uma chilena muito interessante, neurolinguista. Ela adorava tomar *ecstasy*. Um dia, quando estávamos no meio de umas pedras, ela tirou vários comprimidos de *ecstasy* do bolso e distribuiu. Foi aquele astral! Aquele astral! O feriado foi muito gostoso. Numas férias, eu fui passar uns dias com o Gaiarsa em São Sebastião, e o Pedro foi nos encontrar lá. Nós tivemos uma convivência perfeita. O Gaiarsa fez de um barco emborcado, que havia no terreno vizinho, a sua mesa de trabalho. Ele escrevia direto, horas a fio. Enquanto isso, o Pedro e eu nadávamos quilômetros. Na hora de comer, ficávamos os três juntos e conversávamos. O Pedro conheceu o Gaiarsa muito antes que eu. Os dias foram lindos, foi uma boa temporada essa. Só sei que foi nos anos 80, em que ano eu não sei exatamente.

O que eu mais admiro no Pedro hoje em dia é que ele tem o chacra cardíaco completamente aberto. Quando ele me abraça eu sinto um amor imenso vindo desse chacra. Eu sinto a energia fisicamente. Um dia eu perguntei como ele conseguiu isso, mas ele não soube responder. No encontro seguinte, ele disse que tinha pensado no assunto e achava que tinha aberto esse chacra trabalhando. Eu acho isso fantástico! Eu não conheço mais ninguém que emane uma energia amorosa como o Pedro emana. É muito bonito isso, muito.

Eu admiro muito o pioneirismo de Pedro em relação ao *rolfing*, a garra que ele teve para fazer o primeiro instituto de *rolfing* no Brasil. Eu não sei qual é o nome oficial. Eu sei que esse instituto deu o maior trabalho para ele, muitas burocracias. Eu admiro sua inteligência, sua intuição, sua dedicação ao trabalho, sua sensibilidade. O Pedro é uma pessoa muito preciosa na minha vida. Na última longa depressão que eu tive, em 2008/2009, ele me ligou muitas vezes e tivemos conversas compridas ao telefone. Ele foi paciente, muito paciente. Num dia em que eu estava melhor, acho que em abril, saímos para jantar e comemorar nossos 60 anos. Ele deu uma festa em janeiro, mas eu não consegui ir. Estava muito insegura na minha depressão. Foi uma pena!

18 de abril de 2010

Ontem fui almoçar com o Paulo Portella, no Nozuki, um restaurante japonês em Higienópolis. Trocamos vários *e-mails* para marcar o encontro, visto que o Paulo não usa seus telefones. Um saco! Isso é um saco. Eu já estava quase desistindo, mas às 12h00 peguei o meu celular e verifiquei que tinha um recado dele pedindo para ligar para o celular dele. Finalmente deu certo, conseguimos nos entender. Arre!

Eu me arrumei bem bonita e fui encontrá-lo. Estreei aquela bata indiana que comprei na hipomania de fevereiro, perto do carnaval. Botei uma camiseta por baixo, visto que a bata não está mais fechando! Também, tomei 5,0mg de Zyprexa por um mês, está explicado. Vou fazer de novo o regime dos Vigilantes do Peso, é o que mais deu certo comigo até hoje. Agora estou tomando só 2,5mg de Zyprexa, acho que vai ficar mais fácil, mais possível emagrecer.

Quando encontrei o Paulo, percebi que eu estava tensa, nervosa. Na verdade há quase dois anos a gente não se via, a não ser uma vez quando ele veio aqui no ano passado. Em julho ou agosto do ano passado, o Claudio Cretti, arte-educador que trabalha no Serviço Educativo do Instituto Tomie Otake, me ligou convidando para eu dar meu depoimento sobre o meu trabalho como arte-educadora. Eles estavam chamando vários profissionais da área para gravar um DVD que seria encartado numa futura publicação sobre a História da Arte-Educação no Brasil.

Eu concordei e marquei um horário. Eu não consegui ir. Me ligaram de novo e marquei um novo horário. Eu não consegui ir. Eu estava deprimida, deprimida, deprimida. Eu estava muito insegura. Eu estava com muito medo. EU NÃO CONSEGUIA PENSAR, EU NÃO CONSEGUIA REVER MEU TRABALHO E FAZER UMA SÍNTESE. O TRABALHO DE UMA VIDA! O TRABALHO MAIS IMPORTANTE DA MINHA VIDA! A depressão deixa a gente BURRA e LENTA. Eu já estava deprimida há uns 10 meses. Experimentando um antidepressivo atrás do outro e NADA.

Foi o Paulo Portella quem me salvou. Ele me ligou para saber o que estava acontecendo, e eu contei. Ele combinou de vir almoçar comigo aqui. Eu nem acreditei, a coisa mais difícil é conseguir encontrar o Paulo ao vivo e em cores. Ele é completamente obcecado pelo trabalho dele. Ele trabalha, trabalha e trabalha! Sempre foi assim. Mas nos momentos difíceis ele é como uma fênix que reaparece das cinzas, ele está sempre presente.

Ele me explicou melhor o projeto de publicação do Instituto Tomie Otake sobre o Seminário da História da Arte-Educação no Brasil. O DVD com depoimentos seria encartado na publicação. Ele insistiu muito para eu participar, e eu acabei topando. A gente deu muitas risadas durante o almoço, relembrando passagens de nossas vidas, sobretudo da vida profissional. Ele resolveu que o meu depoimento seria filmado aqui em casa. Eu fiquei tão animada que até vesti o meu vestido colombiano com suas "molas" bem coloridas. As acompanhantes e a Preta falaram que o Paulo Portella devia vir sempre aqui porque eu fiquei outra pessoa... Quem não fica outra pessoa com carinho e atenção? Calor humano, calor humano, acho que foi isso que me fez falta nesses 18 meses de depressão. Quem é que veio me visitar? A Sara, uma ou duas vezes; a Bete, duas vezes, uma pelo meu aniversário; a Helena me convidou duas vezes para ver duas exposições, e, graças a Deus, consegui ir. Isso é pouco para quem ficou um ano e meio largada na cama. É pouco, muito pouco. Será que estou me vitimizando? Às vezes é difícil ter a "medida justa", como o Paulo falava no Gurdjieff.

Eu conheci o Paulo num Curso sobre Teatro na Educação, com a Fanny Abramovich, que eu montei no Vera Cruz, nos anos 70. Eu tinha muita dificuldade nessa área, por isso resolvi produzir o curso. A Fanny topou na hora, mas duvidou que eu fosse conseguir montar, sua dúvida só me estimulou. Eu adorava desafios.

Aluguei da "Tia Iolanda" as salas de aula necessárias para o curso. Divulguei bastante, e rapidamente choveram inscrições. Afinal, na época, a Fanny já era um puta nome em educação. Conheci a Fanny através da Peo, no Vera Cruz da Frei Caneca, onde justamente ela estava dando um curso. A gente sempre se deu muito bem, e ela foi muito generosa comigo, sobretudo nos meus primeiros anos como arte-educadora. Vira e mexe eu ligava para ela com alguma dúvida, e ela me orientava, ela estava sempre disponível.

O curso durou 13 dias seguidos, foi um absoluto sucesso. Eu não lembro se eram 30 ou 40 pessoas. A cada dia uma surpresa, a cada dia a Fanny vinha com uma proposta superestimulante. Estou lembrando agora dela, aquela figurinha elétrica, sempre com um cigarro na mão, falando e falando. Teve um dia em que ela mandou a gente se organizar em grupos, conforme os elementos dos signos. O grupo do ar fez um cabeleireiro, o da terra, um sisudo jogo de xadrez, os outros eu não lembro. Teve outro dia em que ela pediu para cada um escolher a pessoa com a qual teria mais dificuldade de trabalhar. Foi uma proposta reveladora, algumas pessoas se surpreenderam muito ao serem escolhidas. A Fanny não tinha medo, ela botava para quebrar. Mas tinha um domínio invisível do grupo. O curso foi maravilhoso e inesquecível, deu supercerto. O curso rendeu frutos. Um tempo depois, o Paulo Portella, que fez o curso, me ligou e me convidou para trabalhar na Pinacoteca, e eu fui. Estava ganhando um amigo inestimável e um ótimo companheiro de trabalho. O Paulo coordenava os cursos que a Pinacoteca oferecia num setor chamado Laboratório de Desenho. Depois que eu entrei, passou a se chamar Oficinas de Arte, era para o público infantil e adulto.

Foi muito interessante ir trabalhar no Jardim da Luz, naquele palácio que é a Pinacoteca, e conhecer uma população diferente daquela do Vera Cruz. Tudo era novo, tudo era estimulante. Em geral, eu saía no fim das aulas com a criançada para brincar no Jardim da Luz. Às vezes, aquela polícia montada assustava um pouco a gente, mas era mais que necessária. As salas de aula, pra variar, eram no subsolo. É sempre assim. Mas eram salas muito amplas, muito boas, com umas mesonas enormes para a criançada trabalhar. As janelas davam para aquele pátio interno da Pinacoteca, eram uns janelões enormes, lindos. Trabalhei lá durante oito anos.

19 de abril de 2010

Ontem acordei às 7hoo da manhã e trabalhei das 7hoo às 9hoo. O meu tempo de concentração está aumentando. Eu escrevi, escrevi e escrevi. Lá pelas 9h30 eu estava cansada, acho que escrevo com muita intensidade. Comi um sanduíche de presunto e queijo e fui deitar. Acordei ao meio-dia e atendi a um telefonema do Rogério. Foi a única pessoa que ligou... Eu escrevi de novo e depois abri e enviei *e-mails*. Estou me esforçando para resgatar os amigos antigos, mas não é fácil! Estou muito chateada com isso! Lá pelas 18h30 tomei um banho e me arrumei para ir ao aniversário do Rogério. Foi uma reunião pequena na casa do Alexandre, filho dele. Só estavam o Rogério, filhos, noras, genro e netos, e também o Sylvio, que disse que percebeu três coisas na nossa educação:

— que somos muito bem-educados;

— que aprendemos a ser generosos;

— e que aprendemos a ter garra.

Tudo isso graças ao papai e à mamãe. Eu concordo plenamente com ele. Será que às vezes a gente "se acha"?

20/04/2010

Ontem fiz uma linda instalação no móvel de entrada com os caramujos gigantes que eu tenho e as "esponjas" de cerâmica do Antônio. Eu fiquei muito emocionada com esse trabalho dele, que me lembrou o fundo do mar da minha infância. Uma das melhores lembranças da minha infância são os mergulhos em São Sebastião para contemplar o fundo do mar. Eu ficava fascinada com aquele mundo deslumbrante de cores e texturas, diferentes peixes nadando, estrelas-do-mar vermelhas pousadas sobre pedras, actínias se mexendo e até as feias holotúrias. Tinha também os ouriços-negros, que eu achava lindos e pegava com cuidado para não me machucar. Tinha também as pedras imensas recobertas de um tecido esponjoso, às vezes laranja, às vezes verde-claro, quase branco. Tinha as algas lindas, balouçantes, e tinha as cracas grudadas nas pedras, formando desenhos incríveis. Tinha aqueles peixinhos minúsculos, listradinhos, que passeavam de lá para cá. Tinha também os peixes maiores, inúmeros em sua diversidade, em cores, tamanhos e formatos. Eu ficava horas mergulhando, me deleitando com toda essa maravilha. Acho que o fundo do mar foi uma das imagens visuais mais importantes da minha infância. Fora do mar tinha a prainha, recoberta de pedras cinzas, lisas, maravilhosas. A gente ficava horas lá catando pedras para levar para São Paulo. Até hoje tenho algumas dessas pedras aqui em casa. Elas são muito lisas e têm formas muito interessantes. Em geral, elas são cinza-chumbo, parecem até um objeto japonês. Eu agradeço ao Dr. Sawaya ter me apresentado toda essa maravilha! Maravilha que me alimenta até hoje!

Ultimamente eu tenho lembrado muito da mania de 1998. Foi uma mania séria. Foi a minha primeira internação. Eu lembro vagamente do início dela. O Rogério foi me visitar um dia, e eu adorei a surpresa. Ele entrou, perguntou se estava tudo bem, e eu contei para ele que tinha acabado de jogar pela janela uma estatueta. Eu morava no quinto andar. A estatueta, que tinha mais ou menos um palmo na horizontal por uns 8cm na vertical, era uma mocinha lânguida recostada num veadinho. Era linda! A Louise Weiss que tinha me dado de presente. Eu poderia ter machucado alguém ao jogá-la. Eu já estava fora de mim. Fora da realidade. Expliquei para o Rogério que jogar aquela estatueta significava, provavelmente, eu me libertar do lado passivo do meu feminino. Alguma coisa por aí, eu me lembro bem. Ele achou ótimo! Notou algumas marcas no chão. Expliquei que tinha caído cerveja, mas que eu não tinha limpado. Para mim, aquelas marcas também eram símbolos de alguma coisa. A mania de 98, não sei por que, foi toda simbólica. E olhe que eu fazia psicanálise na época e não terapia junguiana. Mas eu também fazia meditação com a Ciça. O Rogério foi embora e eu me debrucei na janela para vê-lo passar lá embaixo. Quando ele passou, recolheu um caquinho da estatueta e botou no bolso! Ele viajou na minha viagem. Depois de acabada a mania, eu fiquei sabendo que foi a Soninha que pediu para o Rogério ir me ver. Ela soube por alguma pessoa que eu não estava muito bem e achou melhor conferir. Às vezes a família tenta ajudar, tenta brecar uma crise no seu início, mas as circunstâncias não favoreciam.

Nessa época, eu e o Rogério recebemos do Sylvio a casa de papai e mamãe, em Cotia, que nos coube como herança. O Sylvio tinha morado lá desde setembro de 1995, quando papai morreu. Houve uma reunião entre nós três em Cotia, quando combinamos tudo o que tinha que ser combinado. Chamamos o João, caseiro, e o Sylvio me apresentou a ele e falou que eu passava a ser a responsável pela casa e pelo jardim. Acho que era muita areia para o meu caminhãozinho. As lembranças dessa fase são confusas. O que mais lembro é que fiquei muito feliz em ter a casa e, para inaugurar, organizei um churrasco com poucos amigos. Estavam a Aninha e o Juan, a Francesa, a Germana, o Rogério e a Rita, sua namorada. O Juan, argentino, fez um churrasco delicioso. Eu estava tão feliz que até dancei com o Rogério naquela salona vazia. Depois conversamos horas e horas no terraço. Rogério, dando aula, pra variar... Lembro que ele falou muito sobre Jung. Depois disso a Francesa até emprestou um livro para ele. Nesse dia eu ainda estava bem, mas depois...

Eu só lembro que fiquei muito ligada no jardim de Cotia. Eu passava naquelas chacrinhas perto da casa da Soninha e comprava um monte de mudas. A Renata, minha amiga que mora perto da casa da mamãe e do papai, me arrumou um jardineiro. Ela também me arrumou um marceneiro, e eu encomendei uma cama de casal bem rústica. Eu passei por uma loja de móveis na Bela Cintra e comprei um sofá novo para o apartamento da rua Pernambuco, era um antigo sonho. O sofá eu mandei para Cotia. O motorista que trouxe o sofá novo levou o velho para Cotia. Eu estava supereficiente! Reparei que tinha uma loja de móveis de vime do lado direito da Raposo Tavares. Fui lá e comprei uma mesa com cadeiras para a salinha de almoço e umas duas cadeiras confortáveis para a sala.

Encomendei móveis para o lado da casa que ficou com o Rogério, queria fazer uma surpresa para ele.

Eu andava na maior vula na estrada para Cotia. Acho que só não tive um acidente porque, sem falsa modéstia, eu dirijo muito bem. Teve um dia em que fiquei fascinada e hipnotizada por um motoqueiro que andava na minha frente. Para mim, ele parecia um anjo moderno, caído do céu, e eu fui indo atrás dele. Por sorte não aconteceu nada.

Teve um dia em que eu fui até o Shopping Morumbi. Vi, no canteiro central de uma avenida, um pessoal vendendo móveis rústicos. Parei o carro e fui conversar com eles. Falamos sobre religião — provavelmente eram evangélicos – a conversa acabou com um deles me abençoando e eu o abençoando. Eu me arrisquei muito, eu me arrisquei muito.

A MANIA É UM RISCO TOTAL, MUITAS VEZES A MANIA É UM RISCO DE VIDA, DE MORTE, DE VIDA.

O João, caseiro, nunca me obedecia. Um dia fiquei irritada, botei ele no carro e dei mil voltas com ele, não sei como, por estradinhas paralelas e perpendiculares à Raposo Tavares, cheguei na avenida Marginal. Voltei para Cotia e larguei ele numa estação de ônibus. Ele ligou para a Peo, ex-mulher do Sylvio, que mora na casa ao lado da casa dos meus pais; ele pediu para ela ir buscá-lo porque não tinha dinheiro para a condução. A Peo veio me perguntar por que eu fiz aquilo. Não lembro o que eu respondi.

O João nunca abria o portão de arame farpado que dava acesso à estrada que o Sylvio fez para a gente chegar lá embaixo, num terreno que estava à venda. Eu me enchi e um dia acelerei o carro, fui em frente e abri o portão na marra. Quando cheguei lá embaixo, perto da mata, vi um monte de figurinhas pretas se erguendo como se fossem sacis. Uma alucinação visual, com certeza, penso hoje. Mas hoje é hoje. Aquele momento era aquele momento, e então eu tirei um monte de Coca-Cola e saquinhos de salgadinhos que tinha no carro e joguei no terreno. Era tudo simbólico, era um ritual de posse. Eu me lembro que eu comprava pacotinhos de salgadinhos em função da cor, o vermelho significava isso, o amarelo, aquilo, e assim por diante. O meu carro ficou atolado. Eu estava exausta, mas tive que subir o morro a pé. Entrei dentro de casa e dormi. No meu quarto eu tinha criado um altar para o Rudi, guru da meditação. Em cima de uma mesinha coloquei um tecido com uma faixa laranja e outra cor de rosa forte – eu achava que essas eram as cores do Rudi. O tecido era muito bonito. Eu adorava. Em cima coloquei um porta-retrato com a fotografia do Rudi e um porta-incenso. Provavelmente tinha uma vela. A minha relação com a meditação era bastante intensa naquele momento. Azar meu...

No dia seguinte, eu acordei e o Sylvio estava lá no terraço. Não sei se foi bem assim, esse pedaço está confuso para mim. Enfim, teve um momento em que encontrei o Sylvio no terraço. Ele disse que já tinham tirado o meu carro lá de baixo e que, quando entrou com o dele, também atolou. Ele foi embora logo, mas voltou depois. Eu lembro de uma cena aterradora com ele. Nós estávamos no meu carro, estacionado em frente à casa da Peo. A casa dela era vizinha da dos meus pais, mas cada uma tinha a sua entrada, sua estradinha. As duas casas eram unidas por um grande gramado em declives, e, quando a gente estava em uma delas, dava para enxergar a outra. O Sylvio queria descer do carro e entrar na casa da Peo. Eu não queria de jeito nenhum que ele fizesse isso. Ele teimava, teimava e teimava em ir. Eu não queira que ele fosse porque achava que a Peo implicava com todas as namoradas dele. Eu achava que ela não queria que o Sylvio casasse de novo. Mais uma vez era simbólico. Para segurar o Sylvio, eu mordi a mão dele até sangrar. A Peo veio ver o que estava acontecendo. Quando chegou perto do carro, eu xinguei, berrei, falei um monte de impropérios. Falei, é claro, que eu achava que ela não deixava o Sylvio casar de novo. O que é que eu tinha de me meter na vida do Sylvio, naquelas alturas um marmanjo com seus 55 anos ou mais? Neura, neura, só pode ser neura. A Peo já tinha percebido antes que eu não estava bem e tinha ligado para o Rogério perguntando se eu continuava a tomar lítio. Ele me contou isso depois e considerou uma invasão a atitude dela, mas, na verdade, ela só queria ajudar. Depois de eu voltar da clínica, ela me contou que me viu muitas vezes dançando, fazendo "movimentos rituais" e ficou preocupada.

Durante a mania, fui ao condomínio vizinho algumas vezes, onde fazia "manobras rituais" na entrada da garagem de várias casas. As manobras eram sempre iguais, repetidas, e faziam um desenho em Y. Eu não tenho a menor ideia do que significava isso, mas eu tinha que fazer, era uma necessidade interna. Parece até que alguma entidade me obrigava a fazer isso.

Eu não sei quantos dias fiquei em mania. Talvez 15, talvez 20. Num domingo, eu estava muito feliz lá em Cotia, quando vi chegarem o Fernão e a Soninha de óculos escuros e com cara de enterro. Achei que tinha acontecido alguma coisa grave com alguém da família. Um acidente ou coisa assim. Não desconfiei que o problema era comigo.

O Duda veio conversar comigo com aquela calma que lhe é peculiar. Ele é médico. Caminhamos pelo jardim. Ele falava que eu não estava bem, e eu respondia que estava ótima, que tinha feito isso, mais aquilo etc. Ele teve a maior paciência. Aos poucos fui me acalmando, fui me assentando.

Chegamos ao terraço onde a Soninha e o Fernão nos esperavam. Eles me falaram que eu precisava de ajuda psiquiátrica. Eu aceitei e disse que meu psiquiatra estava viajando. Esqueci completamente do assistente dele, que eu já tinha conhecido. Lembrei que tinha o número do bip do meu psiquiatra anterior, o Dr. Jorge Figueira. Colaborei. Graças a Deus, eu colaborei.

O Dr. Jorge Figueira foi maravilhoso e nos atendeu em pleno domingo, final de tarde. Lembro que fui de Cotia para

São Paulo no jipe do Sylvio. Ainda tive uma fantasia de fuga para um hotel, mas logo desisti. Na consulta, eu partia os cigarros em dois e ia amontoando sobre a mesa. Isso pesou muito no diagnóstico. Eu não me lembro bem como foi. Se o Dr. Jorge Figueira conversou primeiro comigo sozinha e depois comigo, com a Soninha e com o Sylvio. O fato é que ele decidiu pela internação. Ele disse que eu não precisaria ser internada se tivesse a presença constante da família e possivelmente um acompanhante terapêutico. A Soninha falou que não teria esse tempo e perguntou para o Sylvio se ele teria. Agora eu estou lembrando, eu estava junto com eles. É óbvio que me senti mais rejeitada do que nunca. Ser internada porque meus irmãos não tinham tempo para cuidar de mim! Claro que a questão não era tempo, era medo de entrar em contato com a minha loucura. Hoje eu acho que isso tem de ser respeitado, limite pessoal é limite pessoal. Mas, naquele momento, eu sofri. Eu sempre tive horror a ser internada, eu me senti muito rejeitada, uma leprosa.

A angústia e a ansiedade dos meus irmãos eram enormes naquele momento, e eu absorvia tudo. Eu sou mesmo uma esponja. O Rogério tinha chegado atrasado. Talvez, se ele tivesse feito uma dobradinha com o Sylvio, como em 87, a internação teria sido evitada. A Soninha sempre foi a favor da internação, em 87 ela já quis me internar, mas o Sylvio e o Rogério não deixaram e assumiram a responsabilidade por mim. Eu me recuperei bem e tranquilamente em casa, com a ajuda da Maria, uma empregada maravilhosa que o Sylvio me arranjou.

O caminho para a clínica foi um suplício, aquela angústia dos irmãos pesou muito. E a minha também. Já que era para ser internada, queria logo acabar com aquilo. Com aquele inferno.

Quando chegamos à clínica, teve uma reunião com o diretor. Quando acabou, ele disse para eu entrar. Soninha perguntou se eu queria que ela me acompanhasse, e eu respondi:

— Em certos lugares a gente entra sozinha.

E dei tchau.

Entrei e vi aquela sala cheia de gente vendo televisão. Um rapaz me chamou a atenção, ele parecia muito calmo, equilibrado, não combinava com aquele contexto. Eu fui até um balcão me servir de suco de uva e comer umas bolachas. A enfermeira veio com um copinho de remédio e não me deixou comer. Eu joguei o suco de uva nela e dei um berro muito alto. O diretor da clínica veio ver o que estava acontecendo e mandou ela deixar eu comer antes de tomar o remédio. Abuso de poder de pequena autoridade, diria Gaiarsa. De certa forma, ela foi humilhada na frente de todos os pacientes. Era alta, magra, negra, uma pessoa muito forte. Fiquei completamente paranoica em relação a ela, achava que ela não ia me deixar sair da clínica, que ia fazer uma macumba contra mim.

A clínica era melhor do que eu imaginava, fora as grades ostensivas, muito ostensivas. Eles ofereciam várias atividades, tinha trabalho corporal, tinha terapia em grupo, tinha uma oficina de arte, lá fiz um pássaro grande de argila. O pássaro é um assunto recorrente no meu trabalho. Fiquei amiga do Roberto, o rapaz que me chamou a atenção no primeiro dia. Demos uma namorada. As enfermeiras não deixavam a gente ficar de mãos dadas.

Na clínica tinha um enfermeiro chamado Jamilson. Um dia, ele chegou perto de mim e disse:

— O seu problema é do espiritual. Você não devia estar se tratando aqui; você deveria estar se tratando em outro lugar. Não diga a ninguém que eu falei isso, nós somos proibidos de ter esse tipo de contato com os pacientes. Eu posso ser demitido por isso.

Eu entendi o que ele quis dizer, eu estava "trabalhada", toda aquela loucura pela qual passei foi causada por um "trabalho" de macumba ou de candomblé. Eu fui internada num domingo e, no sábado seguinte, tinha a tarde livre. Pedi para o Rogério me levar ao Templo Cabocla Guaciara, o templo da Dagui. Ao chegarmos lá parecia que todo mundo já sabia que íamos chegar. Um rapaz falou: "Você é a Regina? Estaciona ali", disse para o Rogério. A gira era uma gira de preto velho comandada pelo preto velho do Saulo. Entrei na fila para receber o passe. Quando chegou a minha vez, o preto velho mandou eu me ajoelhar e pôs as duas mãos sobre a minha cabeça. Meu corpo estremeceu todo. Estou livre do "trabalho", eu pensei. Depois ele mandou eu segurar no bastão dele. Ele falou que era para eu levar umas bananas para oferecer para meus inimigos na clínica.

Rogério e eu voltamos para São Paulo e paramos numa banca de frutas da avenida Sumaré, onde compramos as bananas. Aproveitei e tomei uma água de coco que ofereci à mãe Severina, o espírito de uma baiana velhinha que fica perto de mim e me protege. Ofereci as bananas na clínica e a enfermeira negra comeu. Fiquei mais sossegada. O Jamilson, quando me viu, assentiu com a cabeça, ele percebeu que eu tinha me tratado espiritualmente, que tinha resolvido o problema.

Quando o Ernesto e o Milan ligaram para lá, eu fiquei superfeliz. Eu contei para eles que de vez em quando eu cuspia os comprimidos, e eles falaram para eu não cuspir, claro! O Dr. Jorge Figueira foi me visitar umas duas vezes, eu tentava me controlar e parecer bem. Finalmente tive alta. No dia em que saí, o Santos, motorista da Soninha, não podia ir me buscar. Eu saí sozinha da clínica e corri até a esquina para pegar um táxi, eu estava morrendo de medo que alguém da clínica viesse me puxar e levar de volta para lá. Quando entrei no táxi foi um alívio enorme.

Eu não sabia, mas continuava em mania. Fui liberada ainda em mania! Comprei milhões de coisas para a casa de Cotia, louças, talheres, panelas. Eu tinha tanta louça que até dei um aparelho completo para uma amiga minha. Eu continuava sonhando em usufruir um pouco da natureza naquela casa, em convidar os amigos para um churrasco ou para um simples almoço de domingo.

Gastei muito dinheiro, gastei R$30.000,00. Passada a mania, eu perguntava para o Rogério como ele tinha deixado eu gastar a entrada de um apartamento, e ele respondia:

— Ninguém te segurava naquela época, ninguém te segurava.

Com a medicação, a mania passou. Lembro que eu tomava Stelazine, um remédio que deixa a gente andando de passinho. Veio a depressão, meu ciclo é sempre assim. Eu falei para o Ernesto, meu analista, que me sentia como um vaso estilhaçado no chão, apenas cacos e mais cacos espalhados. Começamos pacientemente a juntar os cacos. O Ernesto é ótimo nisso. Ele é chinês, tem uma paciência enorme.

Acho que foi em 99 que, graças a uma enorme insistência do Ernesto, comecei a ter aulas de pintura com o Sérgio Fingermann. Eu me sentia uma ET naquele aquário de madames. Só tinha uma moça alternativa, mas ela não era muito dada. As madames trabalhavam muito, e seus trabalhos cresciam. Eu me sentia um ET, porque só pintava paisagem, todo mundo fazia pintura abstrata. Um dia uma delas me disse: "Estou tão feliz por estar aprendendo pintura contemporânea!" Eu pensei: "Que absurdo!".

Eu quase morria para estar lá às 9h00 da manhã. Eu dormia mais cedo e provavelmente acordava às 7h00, já que demoro para me arrumar, tomar café etc.

Muitas vezes eu chegava atrasada e de vez em quando eu faltava. O Sérgio começou a pregar a minha lona para mim. Quando eu chegava já estava pregando o meu trabalho. Achei muita delicadeza da parte dele e fui conversar com ele. Ele disse que eu não era a única aluna que tomava remédio, a Benê também. Fiquei chateada por ele saber que eu tomava remédio, a Sara Carone, amiga em comum, deve ter contado. De qualquer forma, ele foi gentil, percebeu a dificuldade que eu tinha em fixar aquela lona e resolveu ajudar.

Eu não sei ao certo quanto tempo frequentei o ateliê dele, um ano talvez, um ano e meio. Eu gostava de pintar com cores fortes, sempre pintei com cores fortes. Ele insistia para que eu usasse uma paleta pastel. Eu não sei, os trabalhos ficaram bonitos, mas eu, insegura, não conseguia me opor a ele. Não conseguia me afirmar.

Não conseguia usar as cores do jeito que eu gostava. Eu não estava bem nessa época. Estava deprimida. Não conseguia pintar em casa. Sentia um grande vazio, um vazio enorme dentro de mim e também uma solidão enorme, uma tristeza. É impressionante o vazio da depressão. Ele é característico da depressão, faz parte da depressão, vem junto com ela, vem lá do fundo e toma conta da sua vida.

O Sérgio não tinha o menor saco de ver os trabalhos antigos das alunas, aqueles que fizeram antes de entrar lá. Eu, como educadora, acho isso o fim da picada. Um dia até levei uns quatro ou cinco trabalhos, mas era tão pouca a receptividade que acabei não mostrando. Apesar de tudo, ele era um ótimo professor, acompanhando com muita paciência e atenção o processo individual de cada aluno. No início da aula ele mostrava e comentava o trabalho de algum pintor importante. Naquela época eu tinha facilidade em imitar o que ele tinha mostrado.

Muitas vezes, porém, eu parava o meu trabalho, olhava os trabalhos de minhas colegas e achava tudo muito esquisito... Teve um dia em que, quase sem perceber, comecei a fazer pintura abstrata, eu só conseguia fazer na aula. Fiz por um tempo e resolvi parar de frequentar as aulas. Até hoje não sei bem por quê. Em muitos momentos eu me arrependi dessa decisão, acho que principalmente porque fiquei cinco anos sem pintar nada. Outro dia o Celso me disse que naquela época eu pensei muito antes de sair do ateliê do Sérgio. Pesei os prós e os contras. Fiquei muito aliviada quando ele disse isso.

Passei então a botar minha energia na cerâmica e frequentei o ateliê da Sara Carone, uma grande ceramista, fiz até uma exposição individual na Galeria da Aliança Francesa, no Jardim América, em 2003. A exposição se chamava "Pássaros, paisagens e pedras". Foi a Helena que me propiciou o encontro com o Pierre Clement, diretor da Aliança Francesa. A essa altura, já fazia sete anos que eu produzia minhas pequenas esculturas em cerâmica. Quando a montagem da exposição ficou pronta, não resisti e pedi para o Jardim vir olhar. Ele gostou muito do trabalho. Não esqueço dele pegando um pássaro na mão, olhando para mim e dizendo: "Isso é arte, não é artesanato". No *vernissage* foi muita gente, numa bonita manhã de sol. Eu fiquei espantada ao ver as pessoas tão interessadas em comprar os meus trabalhos. Fiz uma boa venda. Depois da exposição continuei por algum tempo a frequentar o ateliê da Sara. Ela é uma professora muito bacana porque dá liberdade total aos alunos e os orienta a partir de sua expressão pessoal, ela não impõe um modelo. A Sara também é uma grande artista, já expôs quatro vezes no Japão.

Quando você tem um professor, você tem que ceder, a não ser que ele seja o Evandro Jardim, que acolhe e aceita cada aluno na sua individualidade. Meu sonho é ter um professor de pintura igual ao Jardim. Mas não existe. Ele só dá aula de gravura. Agora sinto que a pintura está latente em mim e vou pintar sem professor, mesmo porque não tenho mais dinheiro para pagar um curso. E, antes de mais nada, tenho que conseguir fazer a lição de casa do curso do Jardim. Tenho que aproveitar melhor o curso. Desenhar, desenhar, desenhar.

Hoje passei a tarde com o Gaiarsa. Anteontem tive um impulso e liguei para ele. Quando eu falei quem era, ele disse que eu tinha sido um tempo de alegria na vida dele, que nós éramos crianças. Antes de ir, eu estava meio apreensiva, acho que havia uns quatro anos que não me encontrava com ele. Me atrasei um pouco porque fiz questão de levar um vaso lindo de flores. Ele adora flores. Aos seus 90 anos, ele estava inteiraço, fiquei impressionada logo ao vê-lo. Pedi um copo de água e fui até a cozinha com ele. Eu me lembrava muito bem do apartamento. Na sala, ele fez um altar em dois níveis para uma deusa, que é a mulher. No nível mais alto, colocou uma escultura muito bonita de uma mulher em pé e, atrás, uma escultura de uma criança. No nível mais baixo tem uma escultura de uma mulher meio primitiva, fazendo uma reverência, e tem um barco pequeno, simples, com vários talismãs. Acima de tudo isso, indo de uma parede a outra, tem um fio de onde pende um aviãozinho. Esse altar se localizava num ângulo entre duas paredes. Como o Gaiarsa atendeu um telefonema meio comprido, eu pude observar bem. O Gaiarsa sempre teve uma criança muito viva dentro dele, em parte por isso é que nos demos tão bem. Hoje mesmo ele falou que cada vez mais ele é um moleque. Ele é fantástico, ele é mesmo fantástico.

Nós passamos a tarde juntos, foi muito bom, foi alimentador, foi apaziguador. Relembramos algumas coisas do nosso passado, foi gostoso. Eu falei também de alguns dos meus problemas atuais, e aí virou terapia. Teve uma hora que eu o chamei de Del Porto... Ele disse que hoje em dia tem horror de gente, disse que só se dá com umas sete ou oito pessoas porque as outras são todas previsíveis, fazem o mesmo discurso sempre. É verdade.

Nos anos 80 fui fazer um curso de Arte-terapia com a Carmen Levy. Ela resolveu apresentar os alunos para profissionais de diferentes linhas: psicanálise, *Gestalt*, Jung, Reich. Foi aí que eu conheci o José Ângelo Gaiarsa. Ele nos falou de Reich e da terapia corporal. Eu fiquei impressionadíssima com ele, com seu entusiasmo, com sua vibração pela terapia corporal, pelo que ele fazia. Ele parecia uma taça de champanhe borbulhante! Resolvi fazer o curso dele só para estar perto daquela energia toda, daquele cara que era entusiasmo puro. Só trabalhar no Vera Cruz estava muito chato.

É claro que, conforme fui fazendo o curso, fui me apaixonando por este ser antissistema, iconoclasta e anárquico que é o Gaiarsa. E também fui aprendendo propriocepção, respiração, leitura corporal. O que eu mais gostei de aprender foi de fazer leitura corporal. Esse instrumento passou a me ajudar muito no meu trabalho como professora de Arte no Vera Cruz e na Pinacoteca. Naquela época, um novo mundo se descortinou para mim através da leitura corporal. Passei a conhecer muito melhor as pessoas, fiquei até um pouco fanática. Depois o fanatismo passou, mas até hoje, em situações difíceis, eu uso a leitura corporal instintivamente.

Acho que já fazia o curso há um ano quando um dia fui pedir umas apostilas para o Gaiarsa. Ele disse que não tinha trazido, mas que morava perto, falou que eu poderia acompanhá-lo até a casa dele para pegar. Ele deu a deixa e eu topei. Fiquei dois anos buscando as apostilas... Foi maravilhoso. Foi o melhor namoro da minha vida!

A nossa vida era simples. O Gaiarsa era apaixonado pelo trabalho dele e eu pelo meu. Isso dava equilíbrio à relação. Nós dois trabalhávamos com gente, conversávamos muito sobre isso. Passávamos muitos finais de semana no apartamento dele, era alimentador. A questão comida era com ele mesmo, já que sou uma nulidade. Ele fazia saladas e sopas deliciosas. Lembro de um dia em que fomos à feira do Pacaembu, era um sábado. O Gaiarsa brincava com os feirantes e fez o maior sucesso com eles, que queriam ficar com o boné do Gaiarsa.

Quando voltamos, fizemos uma sopona natureba, daquela em que se colocam os caules e as folhas dos vegetais.

Às vezes íamos a um restaurante que ele gostava, acho que era na alameda Casa Branca, onde serviam uns grelhados deliciosos. Teve um dia que eu quis ir a um *show* da Rita Lee, no Ginásio do Ibirapuera. Convidei o Gaiarsa e, para meu pasmo, ele topou. Teve algumas vezes que fui a festas, que naquela época eram muitas, todo sábado tinha festa. O Gaiarsa ficava me esperando, deitado no sofá. Agora percebo que isso não era necessário, afinal, eu tinha a minha casa, podia voltar para lá. Nós não tínhamos a chave da casa um do outro. Não sei quem exigiu essa combinação, mas deu muito certo. Era uma garantia de privacidade. Eu sei que eu prezo muito isso. Talvez tenha partido de mim.

O Gaiarsa dizia que nunca tinha visto alguém gostar tanto de ser agradada como eu. Também com aquela qualidade de agrado! O toque do Gaiarsa era especial, era macio, era gostoso, era muito masculino, mas também era feminino. Eu não sei explicar direito, é difícil falar verbalmente a respeito de sensações.

Nossa relação durou dois anos. No final do segundo ano, apareceu a Rose. Eu já sabia, é claro, que o Gaiarsa era polígamo, ele apregoava isso publicamente. Ele não me disse nada. Acho que foi muita areia para o meu caminhãozinho. Resolvi ir passar um mês na Bahia, em Salvador. Eu estava muito ligada no Gaiarsa e vira e mexe ligava para ele a cobrar, de algum orelhão. Pensei, pensei, pensei e achei que o melhor era dar um fim naquela relação. Tinha a poligamia do Gaiarsa personificada na Rose, naquele momento, e tinha a diferença de idade, 28 anos, comecei a sentir vontade de ter um companheiro da minha geração. Quando voltei para São Paulo o Gaiarsa estava muito interessado em mim. Ele insistiu para ficarmos juntos. Ele dizia que não tinha em São Paulo nenhum homem mais interessado em casar comigo do que ele. Mas eu fiquei firme. Não topei mais. Se eu soubesse o desastre que seria o meu próximo relacionamento amoroso, com o Sílvio, com certeza eu teria ficado com o Gaiarsa. Mas a gente nunca sabe o que está arriscando, e não dá para prever o futuro. Mas, com certeza, eu não suportaria a poligamia do Gaiarsa. Eu iria me machucar muito. E essa bandeira, há muitos anos, ele defendia com ardor e com verdade. De qualquer maneira, esses dois anos de relacionamento com o Gaiarsa foram muito ricos e proveitosos para mim. Ficou uma boa lembrança. Claro que eu devia ter queixas e críticas em relação a ele, mas com o tempo elas desapareceram, ficou só o bom. Acho que é um bom sinal. Um ótimo sinal.

2 de maio de 2010

Em agosto de 1973 comecei a fazer um estágio na Oficina de Arte do Nível I do Vera Cruz, o Verinha, como era chamado. Até então eu contava com meu estágio na Escola de Arte de São Paulo, da Ana Mae, e com o curso de arte para crianças que dei com a Cristina, na ACM da Vila Mariana, no final dos anos 60. Nós fizemos um pequeno folheto para o curso, que era escrito em "vermelho mercúrio-cromo" sobre branco. O texto terminava assim: "Nós queremos que as crianças sejam felizes". Pensamento com o qual concordo até hoje. Eu contava com a experiência de aluna da Escola de Arte Brasil: lá, a liberdade era considerada como algo fundamental no processo do artista. O catálogo deles, Nasser, Fajardo, Rezende, Baravelli, era maravilhoso, colocava isso claramente.

Ao começar a observar as crianças na oficina, fiquei fascinada. Elas vinham organizadas em turmas de cinco, seis, sete anos, cada uma na sua vez. Cada criança escolhia o material preferido e se punha a trabalhar. Os materiais oferecidos eram argila, madeira, serrotes, martelos e pregos, os papéis, as tintas e os pincéis, o material gráfico, o lápis de cor e as canetinhas, as sucatas variadas.

As crianças trabalhavam na maior espontaneidade, com muito prazer e alegria. Algumas vinham já com um projeto pronto:

— Hoje vou fazer um avião!

— Vou fazer uma tartaruga!

— Vou fazer um robô!

Outras se mobilizavam para o trabalho a partir do material disponível, do colorido, do que as atraía. Elas trabalhavam com independência e envolvimento, com concentração. Às vezes o professor interferia para dar alguma ajuda que se tornava necessária, outras vezes, para ensinar a técnica de algum material.

A Peo, minha cunhada na época, era a diretora pedagógica da escola e orientava a oficina. Com ela aprendi a importância da liberdade no fazer criativo. A importância de acolher a manifestação individual de cada criança. A importância de respeitar o ritmo próprio de cada criança. Com ela aprendi que o fazer na oficina é um grande "brincar", que a criança aprende e se desenvolve.

Fiz disso os meus princípios de trabalho, que apliquei por dez anos como professora de Arte no Nível II do Vera Cruz, por oito anos na Pinacoteca do Estado, por um ano e meio no Clube da Turma no Parque Ecológico do Tietê, e por sete anos no Segall.

Muitas vezes refleti com a Peo sobre o meu trabalho. Nós ficamos amigas, e eu aprendi muito com ela. A Peo, em 1973, já fazia a síntese do Piaget e do Jung na cabeça dela. Ela é muito inteligente, muito antenada e muito sensível.

26 de maio de 2010

Ontem o Megumi e a mulher dele, a Naoko, vieram trazer minha árvore, que ele restaurou. Chegaram lá pelas 14h15 e foram embora às 16h30. O Megumi logo mostrou a árvore, que ficou perfeita, não sei como ele conseguiu essa mágica, o tronco da árvore antes estava partido em dois.

O Megumi pediu para ver o meu trabalho de cerâmica e eu mostrei. Ele disse que tem imanência material e que a pintura também tem espiritualidade e verdade. Ele gostou de ambos, cerâmica e pintura. Disse que estou pronta como artista e não preciso mais de professores. Comentou que tenho humildade e doçura. Gostou do meu carinho com a Preta.

O Megumi ficou completamente à vontade e falou muito. Ele falou que o meu trabalho tem verdade. Acho que foi disso que eu mais gostei. A verdade no trabalho de arte, para mim, é essencial. A verdade na vida é essencial. Eu sempre busquei a "verdade".

Nunca imaginei ter um encontro tão bom com o Megumi. A visita dele foi como um bálsamo nesse meu coração ferido pela depressão. Eu acabei contando que estou escrevendo e que sou bipolar. Percebi que o Megumi ficou fascinado pela minha loucura. Ele queria ver algum trabalho feito na mania ou na depressão, mas eu só achei aquela pintura grande que está na sala. Ele disse que eu devia "transfigurar" a doença através da arte. Hoje foi bem difícil arranjar coragem para escrever, estou deprimida há 24 dias.

1 de junho de 2010

Seis meses após ficar bipolar, em 1987, fui trabalhar no Clube da Turma, um projeto da Secretaria do Menor, que atendia 600 crianças carentes da Zona Leste. Eu e minha equipe trabalhávamos à tarde, atendendo 300 crianças. Eu tinha acabado de começar a tomar lítio. Engordei 10 quilos em um mês, fiquei inchada e sentia muito sono durante o dia. Várias vezes dormi na minha sala, lá no projeto. Recostava a cabeça na mesa e dormia. Até hoje não sei se alguém me viu dormindo. Coordenei a equipe de cultura: música, artes plásticas, teatro, dança. Tive a sorte de ter uma equipe maravilhosa. Trabalhei lá por um ano e meio, foi muito gratificante. Lá apliquei todos os ensinamentos que aprendi no Vera Cruz, uma escola de elite.

10 de junho de 2010

Entre 1989 e 1996 eu trabalhei no Museu Lasar Segall. Entrei no museu para ser chefe do Departamento de Atividades Criativas, DAC. O DAC tinha cinco divisões: Artes Plásticas, Música, Cinema, Fotografia e Criação Literária. Os professores dessa equipe estavam no Segall há muito tempo. Para mim foi uma experiência terrível porque eles me boicotaram continuamente durante quatro anos, até me derrubarem. Conheci então o que é a sordidez. Eu tive a pior depressão da minha vida, emagreci 11 quilos em um mês.

O Maurício Segall, então, sugeriu que eu produzisse um projeto novo no museu, que seria composto por dois debates por mês, acerca de assuntos atinentes à arte e à cultura. A minha função passou a se chamar Assessora da Direção para Eventos Especiais e Publicações. O projeto se chamava "Quartas-Feiras Conversas no Segall". O Maurício, por distração, me deu liberdade total. Por distração porque os projetos de todos os departamentos tinham que ser aprovados pelo Colegiado, instância máxima do museu. No começo foi muito difícil tocar esse projeto devido à depressão, mas, conforme ela foi passando, eu fui me envolvendo e gostando cada vez mais dessa atividade. O projeto tinha um conselho que se reunia no início de cada semestre e era formado pelo Maurício Segall,

Marcelo Araújo (chefe da Museologia), Rodrigo Naves (crítico de arte), Roberto Schwarz (crítico literário) e Pedro Puntoni. Fiz ao todo 52 debates, exemplifico aqui alguns deles e seus debatedores:

1. "Arquitetura da destruição": Renato Mezan (psicanalista) e Paulo Mendes da Rocha (arquiteto);

2. "O mito de Don Juan", Olgária Mattos (filósofa) e Luiz Tenório Oliveira Lima (psicanalista);

3. "Sobre a exposição *O Brasil dos viajantes*" (MASP), Ana Belluzzo (curadora da exposição e crítica de arte), Rodrigo Naves (crítico de arte) e Ivo Mesquita (crítico de arte);

4. "Sobre a amizade", José Arthur Giannotti (filósofo) e Luiz Tenório de Oliveira Lima (psicanalista);

5. "O pensamento do projeto *Arte-Cidade*", Nelson Brissac Peixoto (autor do projeto e crítico de arte), Alberto Tassinari (crítico de arte) e Lorenzo Mammi (crítico de arte e músico).

Eu não sei como eu tinha coragem de convidar intelectuais tão brilhantes para os debates. Acho que foi porque eu estava respaldada por duas instituições muito sérias no meio da cultura, o Museu Lasar Segall e a Pinacoteca do Estado. Quando se trata de fazer um trabalho de qualidade, eu tenho mesmo a maior cara de pau.

No início de 1996, quando voltei de férias, senti que ia de novo entrar numa máquina de moer carne, como tinha entrado quando no DAC. Eu estava frágil devido ao luto recente pela morte de meu pai e de minha mãe. Senti que não teria forças para enfrentar esse combate. Pedi, então, demissão do museu. Num certo sentido foi uma pena porque eu já tinha imaginado muitos outros debates para produzir.

13 de junho de 2010

Em 1997, li no Estadão de domingo que a Pinacoteca do Estado iria realizar vários debates sobre "Paixão e Loucura", a propósito da exposição de esculturas de Camille Claudel. Por acaso, nesse mesmo dia, fui a uma exposição de escultura no MUBE e lá encontrei Emanoel Araújo, então diretor da Pinacoteca. Eu já o conhecia, pois o tinha convidado para participar de um debate no Segall. Falei para ele que eu adoraria produzir os debates sobre "Paixão e Loucura" e ele topou. Todas as terças-feiras de outubro e novembro haveria um debate. Exemplifico aqui alguns debatedores e seus temas:

▷ Jorge Forbes (psicanalista lacaniano e psiquiatra): "Criação e reconhecimento";
Paulo Mendes da Rocha (arquiteto): "... a esfera dos sentidos...";
Mediadora: Maria Lúcia Montes (antropóloga);

▷ José Celso Martinez Corrêa (diretor e artista de teatro): "Paixão palpável";
José Miguel Wisnik (professor de literatura e músico): "Paixão fanática";
Mediador: Olívio Tavares de Araújo (crítico de arte);

▷ Roberto Piva (poeta e xamã): "Quando a insanidade é uma bênção: poesia e xamanismo";
Antônio Bivar (escritor): "Paixão e loucura, letras e artes";
Mediador: Diógenes Moura (jornalista).

Uma das vantagens de ter trabalhado com Emanoel Araújo foi a liberdade total que ele me deu. Além disso, tinha a assessoria de imprensa que divulgava os debates, tornando-os acessíveis a muita gente. Já no Segall, porém, eu não contava com uma assessoria de imprensa, e os debates eram divulgados só para a mala-direta do museu, o que tornava o público mais reduzido.

Na mesma época em que produzi os debates, o Emanoel me pediu para coordenar a monitoria da exposição "Escultura brasileira: perfil de uma identidade", no Banco Safra, na avenida Paulista e no BID – Banco Interamericano de Desenvolvimento, Washington, DC – EUA. Emanoel Araújo foi o curador, e Sérgio Pizoli foi o curador-assistente. Levei as monitoras para conhecer o trabalho de três artistas nos seus ateliês: José Rezende, Liuba e Vlavianos. Forneci textos sobre os artistas, e a partir deles fizemos encontros para discutir a percepção que cada uma de nós íamos tendo sobre a exposição.

25 de setembro de 2010

Estou com muito ódio e muita raiva de ter essa doença. Eu não suporto mais. Eu não tenho mais uma gota de energia para enfrentar as crises. Estou absolutamente esgotada, estou muito cansada. Exausta. E muito solitária. Muito.

Eu estou apavorada com o meu futuro: depressões, manias, internações. Eu tenho pavor desse futuro. A doença é incurável, há muito tempo sei disso, mas parece que só agora a ficha caiu completamente. Eu sempre me iludi depois de cada crise, achando que tinha sido a última. Agora vejo que não é assim. Agora a ficha caiu completamente, e estou cheia de horror, cheia de medo do futuro sofrimento, do atual sofrimento. E não aguento mais sofrer, não aguento mais essa dor no fundo do meu peito. Estou arrasada com a minha circunstância.

É claro que penso muito no suicídio. Seria a libertação, seria a paz tão almejada, seria a saída lógica, já que me encontro num beco sem saída. Mas sei que por enquanto não consigo. Talvez eu seja muito católica para me matar. Eu sei que é pecado mortal e que suicida não tem missa de sétimo dia. Eu quero ter missa de sétimo dia. Provavelmente não me suicido por pura covardia. E fico mergulhada nessa angústia e nesse medo que não resolvem nada, só me paralisam, me dilaceram.

Em agosto eu faltei a todas as sessões de análise e às aulas do Jardim. Fiquei literalmente dormindo o dia todo, comendo e vendo televisão. Nunca tinha acontecido isso antes. Eu sempre me esforcei muito para não perder a análise durante as crises, mesmo que eu tivesse que ir de táxi. Eu não tenho mais a mesma energia para enfrentar as crises. É evidente. Estou cansada, esgotada. O Celso foi maravilhoso e ligou várias vezes para me apoiar. Ele é mesmo um cara muito bacana. Faço análise com ele há 11 anos, é a minha análise mais longa. A vida inteira, desde os 18 anos, eu faço terapia.

O que vai ser de mim? O que vai acontecer comigo? E agora?

10 de outubro de 2010

Eu só percebi agora que há dois anos estou continuamente em crise e provavelmente por isso estou tão esgotada.

Tudo começou com aquela gigantesca mania de 2008. Eu fiquei duas vezes internada porque o Del Porto me liberou em mania.

Depois fiquei um ano e meio deprimida, experimentando vários antidepressivos, que nunca funcionaram. Em abril o

Del Porto me deu Cymbalta, e em 15 dias eu estava em mania. Fiquei um ano e meio com duas acompanhantes. Foi tudo muito desgastante! Foi tudo um saco! Futuro. Futuro. Qual será o meu futuro agora? Estou muito assustada e com muito medo e sem coragem de encarar o que a vida me reserva. Porque eu já sei o que ela me reserva: crises e mais crises. Sofrimentos e mais sofrimentos. Chega! Eu não aguento mais! Tô fora!

26 de outubro de 2010

NA GRANJA JULIETA

Eles conseguiram e conseguiram. Fui internada hoje às 16h00. Eu iria sozinha, de táxi, como combinei com o Del Porto. Sozinha não, com o Rafa, acompanhante que estava comigo, uma pessoa chata, chatésima, absolutamente irritante. É foda!

Eu já estava arrumando as malas quando Paulinho ligou e se ofereceu para me trazer para cá junto com o Rogério. Ele combinou de chegar em casa às 15h00 e chegou às 13h00! Haja ansiedade! Eles ficaram em pânico nessa situação, superansiosos, e é terrível porque essa ansiedade familiar me contamina muito, é um horror, é muito pesado, esse clima que me enlouquece. Quando eles chegaram, eu já estava com a mala quase pronta, mas, no meio de tanta ansiedade, deixei de trazer coisas importantes para mim, como uma malha leve, um pente, coisas que trazem um certo conforto. Você já está fodida por ser internada, é importante ter um certo conforto nas coisas básicas, materiais, ajuda bem.

Foi o Del Porto quem tomou essa decisão, a pedido do Fernão, e ligou para mim para dizer que eu seria internada porque seria melhor para mim nesses dias de final de ano. Parece que todas as famílias resistem a ter por perto a presença do parente bipolar, seja no meio do ano, no Carnaval, no Natal ou no *Réveillon*. A não ser quando você está bem depressivo, bem fraquinho, triste, melancólico, definhando. Aí você não é uma ameaça aterrorizante para eles como você é na mania. Afinal, a única ameaça aterrorizante é o suicídio, que talvez, apesar de ser algo terrível, fosse um grande alívio para minha família, isto é, para alguns dos irmãos e alguns dos amigos. A Regina, a Rê, a Gina teria se transformado em pó e não iria incomodar mais com suas manias e com suas deprês...

No ano passado fiquei muito perto do suicídio durante alguns períodos. Tinha vezes que eu sentia uma vontade enorme, era um impulso muito forte de me suicidar. Outras vezes eu tinha o pensamento obsessivo do suicídio. Eu planejava tudo: como seria, onde seria, em que hora seria. Eu contei isso para Soninha em duas ocasiões ou mais, quando ela me telefonou para saber como eu estava. Nem por isso ela veio me visitar, ou me convidou para almoçar na casa dela, só nós duas, e não nos almoços das segundas-feiras, com tanta gente. Me senti uma total leprosa, alguém que ninguém quer chegar perto porque tem muito medo de se contaminar com aquele mal terrível, a "lepra", ou melhor a bipolaridade, hoje denominada "Distúrbio Bipolar do Humor", nome que disfarça a gravidade e a tragicidade da doença.

Tomei meu café da manhã no quarto, como é hábito aqui. Dois pães franceses, um potinho de manteiga, um de requeijão, um de geleia de goiaba e um bule com leite. Eu adoro porque vem um bule grande de café preto e dá para tomar café à vontade. Depois eu fiquei escrevendo e, quando cansei, fui passear no jardim, que é a melhor coisa que essa clínica tem. Eu adoro contemplar as carpas nadando, revoluteando naquele laguinho artificial. Como tem um banco pertinho, dá para sentar e curtir, viajar. Depois percorri os caminhos de lajotas e fui revisitando cada canto do jardim do qual me lembrava bem. Acho que esse jardim foi meu melhor apoio na mania de 2008, e também o Raymond Juneck, um psicanalista lacaniano fantástico que atende na clínica.

27 de dezembro de 2010

A Rosélia, minha acompanhante, continua me irritando com seu jeito de "polícia", essa clínica treina suas acompanhantes para serem verdadeiras "policiais". Ela gruda em mim e vai me seguindo muito de perto como uma sombra. Eu tenho que dar uns "chega pra lá" nela e dou mesmo, mas isso enche, é exaustivo, é cansativo, me irrita muito e me desgasta. Essa é a pior parte do tratamento na clínica. Um saco! Um verdadeiro saco! Eu poderia falar com a Isaura, que é a "chefa" aqui, para mudar de acompanhante, mas não tive coragem. Resolvi aguentar mais um pouco. Quero ser política e não causar transtornos para conseguir ter alta o mais cedo possível. Já aprendi muito sobre isso nas internações passadas. É uma luta! É uma guerra!

Como tudo conta ponto aqui, eu resolvi ir até à sala da Terapia Ocupacional só para dar uma boa impressão. Eu quero ganhar todos os pontos que puder ganhar. Eu estou a menos de um dia e já estou desesperada para voltar para a minha casa. No começo, eu fiquei até aliviada de vir para cá, pois diminuiu a enorme pressão familiar que eu estava sentindo, via telepatia e ao vivo, principalmente do Rogério que já estava me chamando de "descompensada" e "excitada" nas nossas conversas telefônicas.

Eu vi em um mural de um consultório médico esta frase anônima: "A minha paciência opera verdadeiros milagres na minha vida". Achei a frase muito sábia, perfeita, e tenho lembrado dela em muitos momentos da minha vida. Esse pensamento me dá forças para aguentar situações difíceis, para suportar as adversidades da vida e as da bipolaridade, especificamente.

Voltando à generosidade enorme do Rogério: durante um ano e meio, depois da mania de 2008, ele me telefonava todas as noites para saber se eu estava bem. Ele fazia uma visita de irmão e de médico. Perguntava tudo sobre a depressão, a diarreia ou a prisão de ventre, sobre os efeitos colaterais paralisantes do Risperdal, enfim, sobre tudo que eu estava passando. Ele é o ser humano mais afetivo, generoso e amoroso que eu conheço. É "iluminado". Quando eu estava internada, ele veio várias vezes me visitar. Trazia aquelas esfirrinhas do Arábia, que eu adoro, e também aquelas bananadinhas de Ubatuba, que eu também adoro. Ele trouxe também um livrinho com reproduções das pinturas do Van Gogh. Aquelas pinturas tão queridas foram também um bálsamo nas minhas feridas. Era um livrinho em que cada página era um cartão postal, e havia muitas reproduções de vasos de flor, que eu amo. Eu me animei toda e dediquei alguns cartões para as acompanhantes da clínica, mas... não tive coragem de dar, eu nunca tinha visto tantos vasos de flor pintados pelo Van Gogh e fiquei com o livrinho para mim. Deixo-o na mesinha ao lado do sofá de casa e, vira e mexe, dou uma curtida nele. O Van Gogh foi a minha primeira paixão pela pintura, durante a adolescência.

O Rogério é o único irmão que não tem medo da minha loucura. Ele sempre me apoiou e me deu força em todas as crises, generosamente. Ele sempre esteve muito presente, e isso é claro que faz a maior diferença para mim. Ele me dá chão e me ajuda a pensar, como o Celso, meu analista, como o Del Porto, cada um do seu jeito, na sua linguagem, na sua loucura, na sua especialidade. O Rogério fica muito ligado nos remédios que eu tomo.

Agora já são 22h00 e, não adianta negar, estou tristíssima porque ninguém ligou, nem o Rogério, nem a Soninha, nem o Paulinho, que são os irmãos que sabem que estou aqui. Eu não sei mais quem está sabendo. O Rogério disse que a notícia da crise ficaria só entre eles três... No momento, só tenho o direito de dar duas ligações diárias! Portanto, se as pessoas não me ligam de fora, eu fico quase completamente isolada. Eu escolhi ligar para a Preta para saber se estava tudo bem e ligar para a Sara, com quem bati um bom papo. Eu adoro a Sara, me entendo superbem com ela. Pedi a ela para ligar para a Soninha e pedir para a Soninha mandar para mim 12 bananas, 12 caixinhas de água de coco, pão pinheirense e 12 latinhas de guaraná, que eu acho que não vieram. A falta de memória causada pelo ECT é muito maior do que eu imaginava. De noite eu não lembro o que fiz de manhã. Mas o Del Porto disse que isso dura dois meses. Tomara. Eu acabei de fazer quatro sessões de eletroconvulsoterapia que deram errado. Em vez de me estabilizar, desencadearam uma mania.

Eu tenho muita consciência e clareza de que estar internada no Parque Julieta, tido como a melhor clínica de São Paulo, é um grande privilégio, que tenho graças à generosidade da Soninha e do Fernão. Eu me lembro muito bem do estágio que fiz na clínica pública da Vila Mariana, quando estudei Psicopatologia, por sinal com o Del Porto, que lecionava lá nessa época, na faculdade de Psicologia São Marcos. Era um horror, horror total. Eles faziam de tudo para despersonalizar as presas, ou melhor, as "loucas". Era um hospital só para mulheres. Todas elas tinham os cabelos cortados, bem curtinhos, e usavam aventais xadrezinhos de branco e azul, ou de branco e vermelho, conforme o grau de loucura e de periculosidade! Ali ninguém era ninguém. Elas viviam sua solidão absoluta num amontoado de solidões absolutas.

Foi aí que ficou claro que eu não tinha a menor vocação para ser psicóloga, eu tinha mesmo vocação para ser artista. Eu "viajava" nos delírios e alucinações das pacientes. Eu achava muito interessante os conteúdos ali expressos. Havia uma paciente, por exemplo, que era fascinada e apaixonada pelo "cabo Bruno", um personagem famoso da crônica policial da época. Ela me contava mil histórias de encontros que ela havia tido com o cabo Bruno, inclusive um, numa churrascaria, que havia sido fantástico. Eu simplesmente não cumpria a minha função de terapeuta, isto é, trazê-la para o chão, para a realidade, para perceber duramente que tudo aquilo era puro delírio, pura fantasia sem a menor condição de se realizar... Afinal, o cabo Bruno estava preso naquele momento.

Esse estágio no hospital psiquiátrico público da Vila Mariana me impressionou muito, me marcou muito. Eu lembro muito bem de tudo que observei ali, as imagens estão intactas na minha cabeça. Foi uma espécie de "circo dos horrores". Mal sabia eu que alguns anos mais tarde eu me tornaria também uma "doente mental", uma "psicomaníaca depressiva", ironias da vida...

Aquela situação das internas, naquele depósito de loucas que apresentavam todo tipo de loucura, era algo terrificante, uma das cenas mais escabrosas que já vi na minha vida. Elas adoravam quando a gente levava de presente espelhinhos e batons. Era a maior festa! Elas tentavam provavelmente resgatar seu feminino, já soterrado pela loucura e pelo que é um hospital psiquiátrico público, puro abandono. E fazer uma anamnese, então. Para mim era um horror. A "louca" ficava sentada num banquinho, e nós ficávamos em volta dela, perguntando, perguntando e perguntando. Invasão total, sem a menor cerimônia. O fascínio dos "sãos" pelos "loucos" se explicitava ali. Pela minha própria história percebo que todo mundo tem um certo fascínio pela loucura... Os olhos das pessoas brilham quando a gente conta uma crise, uma mania arrasadora, como a de 2008, por exemplo, ou qualquer outra crise. As pessoas demonstram a maior curiosidade pelo assunto. Eu ficava muito aflita com essa situação da anamnese (não sei direito como se escreve até hoje). Eu levei vários materiais para as presas poderem se expressar: argila, papéis de tamanhos variados, tinta, todas as cores possíveis de tinta, pincéis e pincéis hidrográficos. Elas amaram e trabalharam muito. Essa oficina de arte improvisada foi a minha maneira de ajudá-las, de me solidarizar. Teve um dia em que o Paulo Portella, meu amigo, foi comigo ao estágio, e uma das pacientes fez uma pintura de um homem barbudo igual ao Paulo. Quando ficou pronta, logo exclamou: é o Tiradentes, é o Tiradentes! Sonho de liberdade.

31 de dezembro de 2010

São 19h00 e já estou bonita e arrumada esperando a visita do Sylvio, do Rogério, da Bete e do Paulinho aqui no Parque Julieta, onde estou internada há cinco ou mais dias. Como passou rápido! Botei aquele vestidão que eu adoro, bem florido com o fundo rosa e flores em tons de azuis, marrons, amarelos e brancos. Me perfumei com aquela amostrinha do perfume Paloma Picasso. Me sinto de novo meio *hippie* usando esse vestidão. Estou com as guias que fiz na TO, que são bem bonitas, bem vistosas. Uma delas traz Iemanjá, Preto Velho, Cabocla Guaciara e Rosa; a outra, Ogum, Cabocla Guaciara e Preto Velho. Azuis, verdes e marrons lindos. Nas contas.

Eu fui até a TO, com o maior preconceito e daí, de repente, adorei fazer colares. Fiz um monte, uns oito ou nove, eu acho. Mostrei para o Rogério, que gostou muito. Até mandei um de presente para a Nanda, um lindo, supersóbrio, em tons de bege, que combina com a Nanda. Estou pensando em fazer mais colares para vender quando sair daqui, ou seja, logo, logo. O Del Porto acha que em princípio devo ficar aqui até 6 ou 7 de janeiro. Eu prefiro passar meu aniversário (4 de janeiro) na clínica, para ficar possivelmente mais estável por mais tempo em vez de arriscar uma possível instabilidade.

A Bete foi muito generosa e hoje mandou para mim uma cesta incrível de Natal do Santa Luzia. Tem tudo que a gente gosta: queijo provolone, queijo muçarela, panetone, tâmaras, passas. Vai ser gostoso dividir essas guloseimas com os irmãos hoje à noite.

1 de janeiro de 2011

Apesar de todo o medo que eu tinha de me encontrar com o Paulinho, o Rogério, o Sylvio e a Bete aqui na clínica para comemorar a "passagem de ano", deu tudo certo. Eu pretendia passar o meu *Réveillon* aqui na clínica quietinha, me "fazendo de morta". Achei que seria mais interessante para mim no sentido de não mexer com as forças da dinâmica familiar, que nem sempre são positivas, como bem falaram o Gaiarsa e o Nelson Rodrigues, meus mestres absolutos, e, antes deles, Freud, Melaine Klein, Bion, Winnicott, entre outros, é claro. No fim deu tudo certo e foi muito gostoso reencontrar os irmãos. A última vez que tínhamos nos visto foi no dia 12/12/2010, no jantar de Natal que a Soninha oferece anualmente para as famílias Barros e Sawaya. Eu fui para o jantar muito insegura e com medo, afinal havia praticamente dois anos que eu não via a família, devido à longa depressão que tivera. Quando cheguei ao jantar o Fernão me elogiou muito e falou que eu estava muito bonita. Eu caprichei mesmo na roupa e na maquiagem para me sentir mais segura. Vesti um vestidão comprido com uma estampa geométrica em tons de preto, ocre e branco. Eu não pude ficar até o fim do jantar porque estava com uma lombalgia muito forte, sentindo muita dor nas costas e nas pernas. Além disso, eu tinha que chegar em casa até às 23h00 porque a Débora, acompanhante, estaria me esperando. Na véspera quem me acompanhou foi o Ricardo, dia 20. Eu senti "microssinais" de crise de mania e falei com o Del Porto, que aumentou a dose de Zyprexa para 7,5mg e achou ótimo eu ter solicitado os acompanhantes para o período da noite, o horário em que me sinto mais frágil. Ele foi subindo o Zyprexa devagar, até os 20mg, que é a dose que estou tomando há uns três ou quatro dias. Não me lembro bem quando ele aumentou.

A Bete telefonou para a clínica e ficou aos prantos no telefone. Conversamos sobre a eletroconvulsoterapia, e é claro que ela estava puta da vida porque foi a última a saber, como acontece sempre. Pedi para ela as coisas que estavam me fazendo falta: água tônica, queijo, pão, bananas. A Bete disse então que ia mandar fazer uma cesta no Santa Luzia, que era para ser surpresa. Mas ela não aguentou e contou. Ela caprichou e mandou uma cesta muito generosa, com tudo que eu gosto.

2 de janeiro de 2011

Esta temporada está animada! Foi o que comentei com a Áurea, enfermeira, quando ela veio trazer os remédios. Perguntei se a moça que está surtando violentamente há três dias melhorou, e ela disse que não. Não melhorou porque não aceita tomar remédios, só injeção. Eu não consigo entender porque as injeções não fazem o mesmo efeito que os remédios e não acabam com o surto. Dou graças a Deus por aceitar bem os remédios há 26 anos! Claro que tive minhas fases de não tomar remédio. E aí me fodi, me fodi mesmo. Mas é assim que a gente aprende a importância dos remédios, na prática. É se ferrando. Se ferrando muito!

Uma das minhas metas deste ano é voltar aos Vigilantes do Peso para eliminar os quilos a mais, mas enquanto eu tomar Zyprexa vai ser impossível, esse remédio abre tanto o apetite que é usado para resolver problema de pacientes com anorexia grave! Dá para imaginar o tamanho da fome que ele dá, fome sobretudo de açúcar. Quando eu tomo esse remédio, eu costumo comprar dois potes de Häagen Dazs, Dulce de Leche, e devoro de uma vez ao chegar em casa. É uma fome de açúcar animal! Bruta! Incontrolável. É uma droga, droguíssima!

Estou na Clínica Parque Julieta, lugar que outrora foi uma fazenda. Os espaços são bastante amplos e tem um jardim maravilhoso, os jardineiros daqui são verdadeiros artistas. Eles têm uma coleção de orquídeas belíssima. Eu sempre me lembro muito da mamãe quando passeio nesse jardim. Eu peguei o último quarto com banheiro dessa temporada. Quando liguei para a clínica para reservar um quarto para mim, este, o 21, era o último quarto disponível com banheiro. Fui salva pelo gongo! Quarto sem banheiro é um horror... Estou muito mal-acostumada...

Meu quarto é pequeno, mas é gostoso, parece com aquele quarto que no Pinhal a gente chamava de Van Gogh: tem uma cama e um armário encostados na parede à direita da porta de entrada. Entre o armário e a cama, tem a porta que dá para o banheiro, que é bastante bom. À direita da cama tem um criado-mudo com uma gavetinha, uma prateleira para sapatos mais embaixo, e um abajurzinho. À esquerda da porta de entrada tem uma *bergère* com estampa florida, que é muito funda, então fica meio difícil levantar, mas é confortável para ler. Em seguida tem um frigobar, que está lotado com o que sobrou do *Réveillon* e, depois, tem esta mesinha com uma cadeira onde estou escrevendo. O quarto tem um janelão enorme, de mais ou menos 1,20m x 3m, que dá para um jardim lindo, com árvores muito antigas, muito desenvolvidas, uma beleza! Eu tenho o maior prazer em abrir a janela e ficar contemplando aquele monte de verdes se entrecruzando, iluminados por pontos amarelos, e também as flores da trepadeira "primavera". A única pena é que a janela tem tela, o que atrapalha um pouco a visão.

Quando cheguei aqui, achei a clínica menos decadente que da última vez. A dona Helena morreu, e quem assumiu o lugar dela foi a férrea Isaura, que é muito competente, mas é um "cão policial feroz". Nas duas internações anteriores eu a detestava, mas agora tenho me relacionado melhor com ela. Pelo visto, foi ela que acabou com o clima decadente que a clínica tinha antes, clima de abandono total...

Essa clínica foi outrora uma casa grande de fazenda, é por isso que os aposentos são muito amplos e o parquê dos pisos, muito bonitos. Ela acabou de ser pintada, pelo visto. A construção é cor de telha queimada e os detalhes marrom-escuro. Quando a gente entra, depois de percorrer um longo corredor no meio do jardim, à esquerda da porta, no *hall* de entrada, tem uma imensa árvore de Natal, mais ou menos de três metros, supercolorida e enfeitada. Está linda e é o maior astral. Na porta da maioria dos quartos, há uma guirlanda de Natal bem bonita enfeitando. No *hall* seguinte ao da entrada, à esquerda, colocaram um enfeite lindo, todo vermelho e dourado e branco, que é um "anjão", muito bonito, sobre uma mesinha. A Isaura de fato conseguiu criar um clima alegre de Natal aqui na clínica. Isso foi uma verdadeira proeza, eu imagino... Ela me disse que todas as guirlandas foram feitas na to, A Áurea, enfermeira da clínica, me disse que no momento há 18 pessoas internadas, algumas com acompanhantes 24 horas, outras com acompanhantes 12 horas. Graças a Deus, o Del Porto me liberou pelo menos da acompanhante diurna, eu não aguentava mais... Que saco! Ter acompanhante do nível que são essas da clínica é um saco! O Del Porto viajou, está de férias, então logo, logo vou pedir para a Dra. Mara tirar a acompanhante noturna. Mas quero pensar bem antes de fazer isso.

Uma parte dos internos se constitui de uma moçada viciada em drogas. Eles são relativamente jovens, cerca de 30 anos, três moças e três rapazes. Alguns são casados e têm filhinhos. Uma judiação... No dia 31, os filhos do Bruno vieram visitá-lo, são três crianças lindas, moreninhas como ele, trouxeram a maior alegria para a clínica, foi comovente.

Às vezes a gente fica fumando no terraço depois do almoço e do jantar, e dá boas risadas. Teve uma noite que o assunto foi "drogas", cada um contou sua experiência, suas histórias...

Eu, apesar de 30 anos mais velha que essa moçada, até fiquei por dentro da conversa porque fumei maconha numa época da minha vida e cheirei pó umas duas vezes. Depois de cheirar, no dia seguinte fiquei completamente deprê e percebi que o pó para mim é um perigo, porque você deprime e você quer cheirar mais para ficar eufórico de novo, graças à droga, e escapar da deprê. Eu fui muito sábia, visto que nessa época eu não era ainda bipolar, pelo menos não estava diagnosticada. Eu contei para eles também a minha experiência com a "loló", em Olinda, no carnaval. A "loló" é uma espécie de lança-perfume caseiro que eles vendem lá. Não é à toa que eu descia e subia as ladeiras de Olinda na maior vula no carnaval. Enfim, nessa noite a conversa com a moçada foi gostosa, me entrosei com o grupo.

Porém, desde ontem estou meio cheia das pessoas. Percebi um leve ar de rejeição por mim quando entrei na TO, e eles pararam de conversar, deviam estar falando de mim, foi a reação paranoica imediata. Detesto isso e lembrei do que o Celso sempre me fala: "Um grupo é por si só enlouquecedor". E de fato é. Pude comprovar isso várias vezes na minha vida. Sou gato escaldado. Por isso ontem e hoje me isolei e escrevi bastante, ontem não fui jantar, só almocei os queijos e as frutas que tenho aqui no quarto. A Bete exagerou na compra, ontem ainda dei frutas e bolachas para uma acompanhante e só agora percebi que ainda tem duas tranças enormes de muçarela na geladeira, graças a Deus, porque eu adoro muçarela.

3 de janeiro de 2011

Hoje resolvi parar para jantar com a turma e parei um pouco de escrevinhar. O jantar estava bom: arroz, hambúrguer, esfirrinha de queijo e de entrada uma saladinha ótima, bem variada. Tinha também abobrinha refogada e manjar branco de sobremesa. Eu acho a comida daqui muito boa, mas vários pacientes reclamam bastante. O refeitório fica numa espécie de "jardim de inverno" em forma de L e tem umas 12 mesinhas com toalhas de um brocado branco sobre branco, bem discreto, e por cima um losango azul-anil de algodão. As toalhas brancas têm o monograma da clínica bordado em azul-marinho. "É tudo muito fino", como diria minha mãe. De vez em quando o monograma aparece pequenininho nas peças de louça. "É tudo muito burguês", diria o Rogério.

Eu sempre sento numa mesinha que tem uma vista linda para o jardim, já que meia parede do refeitório é de vidro. Eu adoro ver aquele monte lindo de bananeiras, acho fantástico as formas das folhas das bananeiras, sempre adorei contemplar bananeiras. Às vezes ninguém vem comer comigo, e então eu faço a refeição sozinha. Eu prefiro isso a almoçar com aquela mulher psicótica, esquizofrênica, a Sônia, que está internada aqui há 10 anos! O filho a internou aqui há 10 anos! Ela ficou MORANDO na clínica! Ela é uma mulher muito bonita, loira, de olhos azuis, alta, esguia e deve ter por volta de 50 ou 54 anos. Mas está com os dentes completamente podres, o que me dá uma aflição terrível. Ela se veste muito bem, um pouco inadequada, diga-se de passagem, usando microssaias bem micros, o tempo todo. Na última internação resolvi ser caridosa e almocei com ela. Foi um desastre, ela me sugou até a alma. Desisti de ser caridosa. Agora tenho sido caridosa só comigo. Evito os muito loucos e os muito chatos, chatérrimos, aqui na clínica. Chega de ser Madre Teresa de Calcutá. Já paguei meu carma.

Esse refeitório, com certeza, foi anexado à antiga construção da sede da fazenda. O pé direito é bem mais baixo. Hoje eu estava reparando na beleza do salão principal. Ele tem uma porta gigantesca com um lindo trabalho de marchetaria no rendilhado de ferro que se sobrepõe às portas de vidro. A gente, quando senta no fundo do salão, vê o jardim através desse rendilhado, e é muito bonito.

Do lado direito e do lado esquerdo do portal tem um óculo muito bonito, com formas arredondadas, difíceis de descrever. Eu hoje reparei que no piso do salão também tem um óculo com o mesmo formato, feito com os tacos na madeira. Com certeza deve simbolizar alguma coisa importante. A escada que leva para o primeiro andar tem dois lances, e, no fim do primeiro lance, há um vitral maravilhoso, enorme e muito colorido, com rosas azuis, vermelhas e amarelas, mas agora não estou lembrando das figuras ali representadas, a não ser do tal símbolo que também está lá presente, desenhado no vidro. Hoje eu reparei que o teto da imensa sala de estar é supertrabalhado com gesso, formando figuras muito bonitas com conchas e flores barrocas. A sala é gigantesca e tem uns cinco recantos, e em cada um tem um sofazão ou de couro ou de tecido – e precisando de uma boa lavada... Num desses recantos tem uma TV bem grande, deve ter 40 a 42 polegadas e tem também, além do sofá, duas poltronas. Um outro canto tem uma TV menor e dois sofás. Tem também dois cantinhos para jogar xadrez ou baralho. Cada mesinha tem um pano verde com os naipes do baralho estampados nas suas cores.

4 de janeiro de 2011

É inacreditável, mas hoje acordei de súbito às 6h30 e não consegui mais dormir. Não sei o que aconteceu. Resolvi, então, continuar a escrever. Gosto do silêncio que reina neste horário na clínica. Ouço apenas os piados dos passarinhos e o vozerio longínquo das cozinheiras na cozinha.

Na verdade, desde que parei de tomar dois comprimidos de Carbolitium CR 450mg, um à noite e um de manhã, meu sono se normalizou, passei a dormir espontaneamente oito horas por noite, às vezes, nove horas. Depois de passar dois anos dormindo das 23h00 às 11h00, isto é, 12 horas de sono, na depressão, o que vivo agora é quase uma ressurreição! Uma maravilha! E pensar que passei anos me culpando porque dormia demais... e era tudo efeito colateral de remédio! Ô sofrimento!... Não era para eu ter culpa nenhuma. Mas o mundo da culpa é foda! Afinal tive educação católica... Depois de tomar o café da manhã, fui fumar um cigarro no terraço e me diverti com a moçada. O Bruno e o Fernando criaram o CPJ, tipo CCC, Comando Vermelho e outros, ou seja, Comando Parque Julieta! "Lá dentro eles mandam, eles falaram; da porta para fora, no terraço e nos jardins, mandamos nós". Eles são muito divertidos, inteligentes, cheios de energia! Demos boas risadas. Todo mundo está muito impressionado com a moça que está num surto violento há dias. Ela berra, grita, fala para os meninos que eles a estupraram, que botaram veneno na água dela, e eles ficam irritados, sobretudo porque não conseguem dormir, visto que ela acorda berrando às 4h30 da manhã. Teve um dia que ela desceu a escadaria de fio dental e foi o maior escândalo. Eu acho estranho as pessoas ficarem com raiva, afinal ela está muito doente e merece compaixão e muita pena também.

Aqui tem umas figuras incríveis, muito simpáticas. A Gigi é uma delas. Ela tem 37 anos, é uma moça alta, corpulenta e prática, e se fantasia de pomba-gira. A cada dia ela usa uma roupa superproduzida, vermelha, lilás ou preto são as suas cores... Os adereços, em geral dourados, são todos legítimos, segundo ela. Ela é filha única e parece ser bastante rica. O pai é desembargador. Ela usa sandálias com salto 10 cm, do Fernando Pires, que segundo ela são muito confortáveis. Na verdade, as sandálias são muito bonitas. Eu adoraria conseguir andar assim nas alturas sem levar um tombaço. A Gigi é toda *sexy*, completamente *sexy* com seus saltos altos, seus batons, sua maquiagem pesada, que dura 24 horas por dia. Além disso, ela usa diversas perucas loiras, ruivas, com um cabelo longuíssimo, ora dourado, ora vermelho, ora preto. Ela tem o corpo inteirinho tatuado, não sobra espaço para mais nada. As tatuagens são esotéricas: tem do Santo Graal; num dos ombros tem uma diabinha que parece a Tiazinha; numa das mãos, um naipe do baralho em cada dedo (na outra mão não lembro o que tem). Ela é uma pessoa muito simpática e inteligente, eu gosto de conversar com ela e de apreciar sua produção, diferente a cada dia. Cada dia é uma surpresa. Mas eu nunca vi alguém agredir tanto seu corpo através do uso desenfreado de tatuagens e mais tatuagens. Ela criou uma segunda pele esotérica para ela. Talvez para se proteger...

Ontem foi meu aniversário e foi uma delícia. O primeiro telefonema que recebi foi da Preta, superafetiva e carinhosa. Depois ligaram a Soninha, que enviou de presente um par de brincos lindos, ovalados, compridos, em ouro e madrepérola, e ligaram também a Sara, o Daniel, a Fátima, a Bete etc. Minha memória recente está mesmo muito prejudicada, não lembro mais de quem ligou.

O aniversário foi uma delícia! À tarde eu estava fazendo colar e, de repente, o grupo cantou parabéns para mim com a maior animação. Eu, que sou tímida, fiquei toda sem jeito, mas adorei. A Martina, orientadora da TO, ofereceu um panetone à guisa de bolo, e eu ofereci o primeiro pedaço para o Paulo, que ficou roxo de timidez.

De manhã, no dia 04/01, quando eu entrei na TO, estava tocando, a altos brados, SATISFACTION, com os Rolling Stones. Nem acreditei, eu adoro essa música dos anos 70. Dos meus anos 70. Mais tarde teve a Janis Joplin cantando *Cry baby!* Eu morri de emoção. Eu estava me sentindo muito bem e muito feliz fazendo colares e ouvindo um *rock* pauleira. Ofereci o primeiro pedaço de "panetone bolo" para o Paulo, porque senti que era a pessoa mais próxima de mim naquele grupo. Ele é filho adotivo de um casal que conheço há séculos, porque são muito amigos de juventude da Soninha e do Fernão. O Paulo é um cara educadíssimo, doce, que está enfrentando uma crise de alcoolismo. Ele é médico, gastro e cirurgião. Trabalha no

Sírio-Libanês. Uma judiação. Ele tem 48 anos. Desde que eu cheguei aqui, ele está fazendo com o maior capricho um avião, daqueles de aeromodelismo, o que demanda uma concentração enorme e uma motricidade fina *idem*. Ele consegue trabalhar muito bem no meio da zoeira que é aquela sala da TO, onde sempre toca um *rock* altíssimo, ensurdecedor.

Eu estou com preguiça de descrever todos os pacientes da clínica e acho que nem conseguiria. Afinal, não sou uma escritora... Em todo caso tem o Fernando, também se recuperando das drogas, que diz com a maior naturalidade que, quando ele se droga, conversa com as plantas, com as árvores, com as flores e que acha esse delírio muito positivo se comparado com o da moça que fica berrando e xingando todo mundo às 4h30 da manhã. E tem a Luciana, que me contou, logo no primeiro dia em que a conheci, que tentou se suicidar tomando duas caixas de Seroquel... Ela disse que depois teve que fazer uma lavagem estomacal que foi terrível, parece que foi meio malfeita e ela ficou toda machucada, foi maltratada. Ela tem um jeito calmo e doce e seria a última pessoa que você iria imaginar que tentou o suicídio. Aqui, as pessoas acabam dando esse depoimento com a maior naturalidade, e eu acho isso muito bom, visto que com as pessoas tidas como normais você nunca pode falar desses assuntos, todo mundo fica logo angustiado, meio em pânico e sem saber o que fazer.

Quantas marcas de caquinho eu tenho no meu corpo e na minha mente! Raku. Raku é aquela técnica de cerâmica que deixa o trabalho todo craquelado. Pelo menos o resultado é lindo! A vida marca, a vida marca muito. Todos somos craquelados. Todos temos marcas. E isso é lindo, é isso que faz a gente ser a gente, e não o outro e vice-versa. Uns mais marcados, outros menos, cada um na sua idiossincrasia. Palavra bonita...

14 de janeiro de 2011

Saí da clínica dia 6, depois de uma consulta com a Dra. Mara, que me deu alta. Não foi fácil convencê-la de que eu estava bem e que, naquelas alturas, a clínica, com o excesso de loucuras que estava abrigando, estava me fazendo mais mal do que bem. Ficar ali estava insuportável. Eu já estava bem, mas a loucura à minha volta, sobretudo os gritos daquela mulher que não saía do surto, me contaminavam. Os gritos da mamãe. Os gritos descontrolados da mamãe! Os sustos enormes com os gritos da mamãe. Aquele horror. Aquele medo. Voltava tudo. Era insuportável ouvir os gritos daquela mulher. Eu precisava, pela minha saúde, sair da clínica naquele momento. Tive uma conversa boa com o Paulo naquelas alturas. Ele estava sentindo a mesma coisa e também queria sair.

O Rogério veio me buscar. Eu estava tensa porque ele chegou às 12h30 e o Zeca falou que ele chegaria às 12h00. É claro que eu estava prontíssima e muito ansiosa desde às 11h00. Na hora de sair da clínica sempre me dá um medão de não sair, de não conseguir, de alguém me segurar lá. Alguém, seja da terra ou do céu, do inferno ou do paraíso.

17 de janeiro de 2011

Fiquei arrasada com a notícia que o Hailton me deu ontem. Na última consulta com o Del Porto, ele chamou o Hailton e lhe disse, em particular, que não estava conseguindo acertar a dose do Zyprexa comigo. Se o Del Porto não acertar a dose para me estabilizar, quem vai acertar?

De fato eu estou perto do meu normal, mas não voltei ao meu normal. Ainda fico um pouco impaciente com as pessoas e sou um pouco ríspida. Ou muito.

Eu fico num verdadeiro drama em relação ao meu trabalho espiritual na Messiânica e na Umbanda. Eu não pretendia voltar a essas religiões. Eu queria conseguir colocar o espiritual todo na minha arte. Colocar a minha mediunidade na minha pintura e na minha cerâmica. Mas não estou conseguindo porque gosto de trabalhar à noite e a presença obrigatória dos acompanhantes tiram a minha privacidade. Estou com acompanhante desde 20 de dezembro. A iniciativa de chamá-los foi minha, quando percebi que estava muito fragilizada, especialmente à noite. O Del Porto achou boa a iniciativa e, por ordem dele, estou com acompanhantes até agora. Mas neste momento estou detestando ter acompanhantes, estou superexausta nesse sentido porque ter um acompanhante é sempre algo muito invasivo. É um estranho na sua casa. Meu apartamento é pequeno, eu não tenho um quarto para os acompanhantes, eles dormem no sofá da sala e, em geral, ficam comigo na sala, vendo televisão. Ontem eu segui a sugestão da Soninha e falei para a Josi que eu queria ficar sozinha na sala e pedi para ela ficar lendo revista na cozinha. Depois eu fui para o computador e fiquei um tempão lendo e respondendo os *e-mails*. Assim foi melhor.

A Sara sugeriu que eu proponha para o Del Porto que ele divida o meu caso com o Carlos Moreira, já que ele não está conseguindo acertar a dose do remédio. Eu achei uma boa ideia, terei consulta daqui a dois dias e vou falar com ele.

Em termos espirituais, já fiz de tudo que poderia fazer. Voltei à Messiânica, e o ministro reconsagrou meu *orikari* que havia caído no chão. Recebi *jhorey* três dias seguidos e fiz cultos para os antepassados: para mamãe, vovó Úrsula, tio Chico e Tuxa. Mandei também rezar missa para eles na capelinha de Nossa Senhora Aparecida, da Vila Beatriz. Hoje, como senti a presença muito forte da vovó, mandei rezar uma missa para ela e uma para mim.

Estou fazendo tudo que está ao meu alcance para debelar essa crise. Tudo. Tudo. Tudo. Tudo! Eu me ocupo com esse trabalho espiritual e acaba sobrando pouco tempo para eu me ocupar com meus assuntos pessoais.

Hoje, a Preta, que se demitiu num dos ataques agressivos, quando gritei muito com ela, na mania, veio conversar comigo.

Eu intuí que o Zeca já deveria ter falado com ela por conta própria e verifiquei que estava certa, porque hoje ele me telefonou e contou que já tinha falado com ela. Nessa vontade de me ajudar, ele me tratou como uma débil mental. Alguém que não tem competência de cuidar dos seus problemas sozinho. Ainda bem que tenho condições de perceber que a vontade dele é de ajudar, mas é horrível ser tratada como débil mental, como oligofrênica, como uma criança que não sabe decidir.

Essa doença é horrível. É muito cruel comigo e com a minha família. Traz muita angústia para todo mundo. Muito sofrimento. Mas para falar a verdade, estou me sentindo melhor. As dores na perna causadas pela lombalgia praticamente cessaram. Acho que foi graças ao *jhorey*. Eu não tenho a menor dúvida quanto à sua eficácia. Acho também que estou mais calma, menos impaciente.

Estou mais tranquila e conseguindo organizar a minha casa. Hoje veio o empalhador para empalhar as três cadeiras da cozinha que estavam completamente estragadas. Eu consegui comprar lâmpadas, e o Antônio trocou as da cozinha, do banheiro e uma da sala, que um dia caiu no sofá, misteriosamente, sem essa nem aquela. O sistema elétrico da casa ficou bem arruinado com os últimos acontecimentos. É tudo muito misterioso... Como eu queria entender todo esse mistério... Já fui duas vezes até o Campo Limpo e o Templo Cabocla Guaciara estava fechado. Foi o maior desaponto.

Hoje senti a presença delicada e iluminada da mamãe, no lindo vaso de rosas que coloquei na sala. Senti perto de mim a presença boa da minha mãe. Daquela mãe que fez aquele maravilhoso jardim em Cotia. Agora quando a gente vai lá, na casa do Sylvio, a gente sente logo essa presença boa, que tem um encantamento. Presença que o Sylvio chama de "radiosa".

23 de janeiro de 2011

Ontem fui ao Templo Cabocla Guaciara pela terceira vez. Nas duas primeiras, estava fechado. Na hora de ir, no caminho, caiu um grande temporal, o Ricardo (AT) e eu paramos por 10 minutos num posto e depois continuamos. O Templo é muito longe, é lá no Campo Limpo. Eu não sei por que dessa vez eu estava com medo de ir até lá.

Quando cheguei, estava tensa, não estava à vontade e fascinada como antigamente. O Templo agora está muito mais organizado. A gente preenche uma ficha na entrada e já sabe que médium vai atender a gente. Eu, graças a Deus, fui atendida pelo Saulo. Eu achava que ele nem incorporava mais. O Caboclo dele falou que eu "não estava trabalhada". A médium ao lado dele fez um "descarrego" em mim, passando em todo o meu lado direito um maço de folhas verdes, que tinha alecrim, acho que também tinha arruda. O Caboclo me deu uma vela azul e uma rosa para acender em casa, uma espiga de milho para deixar secar na cozinha e, quando secar, eu devo debulhar perto de uma árvore. Esse milho é para garantir que eu tenha sempre comida em casa. Ele deu também uma flor de girassol, sem caule, para eu pôr num vasinho. Eu estava muito insegura e a Corina, que eu conhecia dos velhos tempos, me acompanhou o tempo todo.

Em seguida, eu fui falar com a Dagui, que estava lá fora e parecia uma rainha naquela cadeira enorme. Parecia, não: "ela é uma rainha". Eu contei para ela que há um mês ou 20 dias, eu não sei, eu tenho sentido a presença dela e do Saulo, me orientando para desmanchar um trabalho. Contei que eu fiz tudo que eles me ensinaram. Roupa cor de rosa, bolsa cor de rosa. Vasos de rosas cor de rosa. Vasos de rosas brancas. Guaraná e balas para São Cosme e Damião. Água de coco na xicrinha para a Rosa. Enfim, vários rituais. Eu nunca tomei tanto guaraná. A Dagui foi muito honesta e falou que isso era tudo criação da minha cabeça. Ela falou que eu deveria ir lá sete sábados em seguida para me tratar. Eu desanimei. Foi a minha primeira reação. O desânimo. O Caboclo também mandou eu tomar três banhos de água de coco misturada com água mineral e bastante açúcar. Eu desanimei também. Achei que seria insuportável ficar toda melada nesse calor gigantesco que tem feito, e depois do banho de ervas a gente não pode se enxaguar, tem que deixar o banho secar no corpo. O bom foi que eu resolvi a minha dúvida com ela. Acho que eu nunca tinha falado com ela de forma tão direta. Eu, pra falar a verdade, fiquei arrasada porque compreendi que todos aqueles rituais que eu estava fazendo eram delírios e alucinações minhas, era pura loucura. Eu percebi que a doença continua muito presente, embora eu esteja me sentindo razoavelmente bem.

Na volta, o Ricardo e eu paramos para tomar um suco no Senzala e conversamos bastante. Foi muito bom. Ele disse que não se envolveu no ritual, que não acreditava e que ia jogar no lixo o milho e a flor que ele ganhou. Problema dele.

Hoje, sem dúvida, acredito muito mais na Messiânica do que na Umbanda. Por quê? Eu não sei, fé é uma coisa inexplicável. Mas é claro que a Messiânica é uma religião mais fácil de seguir. É perto de casa, eu posso ir a qualquer hora e ficar o tempo que eu quiser, ministrando e recebendo *jhorey*. Eu lembrei de um dia em que, saindo com a Rosa do Templo da Dagui, ela me perguntou se o contato com esses caminhos não abriam mais esse canal que eu já tenho aberto por causa da doença. Eu acho que sim. Eu nunca esqueci essa colocação dela, e eu acho que é sensata.

Ontem, depois de ficar um tempo arrasada, fiquei muito leve, muito feliz por não ter mais a obrigação de continuar com aqueles rituais espirituais de "limpeza" da casa, tão trabalhosos.

Eu acho que, se tenho necessidade de seguir um caminho espiritual, tenho que me esforçar para conseguir isso. O ministro falou para eu fixar um dia na semana para ir à Messiânica e me dedicar a ministrar *jhorey*. Eu sempre sou muito exagerada e começo a ir todos os dias e daí me arrebento por causa do exagero e piro... A minha psique não aguenta. Eu tenho que ir devagar, bem devagar, muito devagar. Eu não posso querer suprir a carência afetiva que tenho através disso. Através de frequentar muito a Messiânica, também porque lá encontro outras pessoas que em geral são muito amáveis, muito generosas. Eu já fiz muito isso antigamente, tenho essa lucidez agora, só agora. Tenho há muito tempo a lucidez que a solidão é a minha maior vilã. É o que me deixa frágil e vulnerável. A carência afetiva também. Pra falar a verdade, acho que sou igual às outras pessoas. Quem não fica frágil e vulnerável quando sente solidão e carência afetiva? O problema é que eu também tenho a bipolaridade, que me fragiliza mais ainda, fragiliza muito.

Eu agradeço a Deus todo apoio que tenho, especialmente da Soninha e do Fernão. Sem eles, nessas alturas, eu não teria acesso a um ótimo psiquiatra, a um ótimo psicanalista, aos remédios caríssimos, a internações em boas clínicas. Eles são muito generosos e amorosos comigo. Eles me dão chão. Eu nunca conheci na vida duas pessoas tão generosas e maravilhosas. E eu sei que não é só comigo, é com várias pessoas. Com o correr dos anos a minha aposentadoria achatou, e eu não teria mais condições de manter o meu tratamento, então pedi socorro à Soninha e ao Fernão, que me deram suporte imediatamente.

Eles me ajudaram muito em um dos momentos mais difíceis da minha vida. Quando entrei em mania, em 1998, eles foram com o Duda até Cotia para me resgatar. Eles me acompanharam na consulta com o Dr. Jorge Figueira e, depois, na internação na Clínica Conviver, junto com o Sylvio e o Rogério.

Foi a minha primeira internação. Quando tive outra mania, em 2000, eles me acolheram na casa deles. Foi ótimo porque assim não precisei ficar internada numa clínica, que é uma coisa muito dura de se viver. Eu tinha, então, duas acompanhantes que vieram da Clínica Parque Julieta. Foi o Del Porto quem indicou. A Soninha não gostou do nível das acompanhantes, e eles me deram o incrível presente de ter acompanhantes terapêuticos vinculados ao Hospital Dia A Casa, que tenho até hoje e que têm um nível muito superior. Eles também estiveram presentes na minha internação no final de 2011. Lembro que fiquei surpresa ao encontrar o Fernão e a Soninha na clínica, quando cheguei lá com o Paulinho e o Rogério. Fora tudo isso, eles me convidaram muitas e muitas vezes para passar o final de semana ou os feriados na fazenda com eles, que é um sonho de lugar, um verdadeiro paraíso. É uma delícia ficar lá, sobretudo quando a sobrinhada vai junto.

Eu adoro os filhos deles, talvez porque tenha ficado tomando conta deles quando eram pequenos, em 1970, quando a Soninha e o Fernão viajaram por dois meses. Ficou um elo muito forte nos ligando. Eu adoro a Soninha e o Fernão e sinto que eles gostam muito de mim. Existe um afeto muito forte entre nós. Esse afeto me dá chão.

Eu agradeço a Deus, também, a generosidade do Rogério, que depois que eu saí da clínica, em 2008, me ligou diariamente durante um ano e meio para me acompanhar. Até hoje ele liga umas duas vezes por semana para saber de mim, e a gente bate um bom papo. Ele sempre foi extremamente dedicado durante as minhas internações, sempre me visitando várias vezes e levando sempre coisas gostosas para eu comer.

Eu agradeço a dedicação do meu irmão Zeca, que me ajuda muito deixando a questão financeira ao encargo da Maria, sua secretária. É para ela que eu entrego os recibos dos médicos e as notas dos medicamentos para ser ressarcida. Depois de uma mania, o Zeca sempre coloca a secretária à minha disposição para ela me ajudar a me reorganizar financeiramente.

Eu agradeço a ajuda de todos os outros irmãos e dos amigos que torcem por mim, que de vez em quando conseguem me tirar de casa para ir ao cinema ou a uma exposição.

9 de fevereiro de 2011

Eu fui com o Rodrigo (AT) ver a exposição do Baselitz e fiquei encantada. Eu me afinei completamente com o trabalho dele, cheio de gestos, de emoção violenta. Os quadros são enormes, talvez 2,5m por 5m, eu não sei. São coloridíssimos, em cores fortes, mas tem uma série em branco e preto que é maravilhosa. Eu andava atrás do Baselitz, até comprei um livrão dele na Livraria Cultura, mas não estou achando aqui em casa. Estou com medo de ter esquecido na própria livraria. Os ECTS prejudicaram muito a minha memória, mais do que eu imaginava. Esqueço muito o que eu faço.

Sinto uma tristeza enorme dentro de mim. Uma daquelas profundas, porque a "eletroconvulsoterapia não funcionou". O tiro saiu pela culatra. Em vez de estabilizar, depois do ECT, eu tive uma mania que resultou numa internação. Fiquei internada no *Réveillon* e no dia do meu aniversário! Eu tenho um barril de choro para chorar e não consigo chorar. O choro fica entalado. Só ontem caiu a ficha, quando o Del Porto falou que não me faria mais ECTS porque causam mania. Ele falou que eu tenho razão em estar cética e que eu preciso ter "determinação" na luta contra a doença. Ele mudou a dosagem do Zyprexa, abaixou, e deu Wellbutrin SR também. Eu estou me sentindo desamparada. O desaponto porque o ECT não funcionou é enorme, gigantesco.

Eu estou tentando resgatar a minha garra e o meu espírito de luta. Ontem, pelo menos, fui à análise, de táxi, mas fui. Não consegui ir ao Rodrigo Naves nem à Sara. O Rodrigo, às 9h30 da manhã, é impossível para mim. Já cancelei e entrei na fila de espera da turma da noite. Hoje acordei melhor, consegui tomar banho, almoçar e ir ao banco fazer os pagamentos. Na saída, dei um belo raspão no carro, que é novinho, uma judiação. Os remédios... Eu estou disposta a lutar o máximo possível para sair dessa deprê. Eu não quero mais ficar em internação domiciliar, como já fiquei três anos da minha vida. Três anos completos e perdidos. Outra coisa boa é que pedi para o Del Porto suspender as enfermeiras da noite e ele concordou. Eu não suportava mais a presença delas aqui. É muito invasiva e a gente se sente cada vez mais doente com a presença delas. É um saco! Garra, garra, garra. Eu preciso ter garra. Resgatar a Regina guerreira que enfrenta com coragem os problemas, as dificuldades, as inseguranças, os medos. Eu tô insegura, eu tô frágil, eu tô com medo, mas eu tô encarando a real. Estou lutando para não ter acomodação física nem psíquica para não submergir... Acho que é o único caminho para sair dessa.

22 de maio de 2011

Agora faz um pouco mais de um mês que eu estou bem. Finalmente a estabilidade chegou, graças à sabedoria do Del Porto, e ficou.

Há 15 dias parei de tomar Pondera, um antidepressivo, e na semana seguinte o Del Porto suspendeu o Wellbrutrin. Fiquei só com o Depakote, 1000mg diários, com o Zyprexa, 5mg diários, "estabilizadores" de humor, e com o Dormonid, 20mg diários, para dormir.

Eu engordei 8kg por causa do Zyprexa, no início do ano, quando eu estava em mania; na clínica, eu cheguei a tomar 30mg. É uma dose de elefante, é a maior dosagem permitida! Porém, quando o Del Porto foi gradativamente reduzindo esse remédio, eu comecei a naturalmente perder peso, perdi 5kg. Mas, depois, ele voltou a aumentar de 2,5mg para 5mg, porque eu tive uma leve ameaça de mania e daí eu engordei de novo. Esse remédio dá uma larica infernal por açúcar. Quase todas as noites eu levanto e vou para a cozinha comer doce. Quando acordo no dia seguinte, encontro no meu criado-mudo um pratinho, um garfo, embalagens de bala Toffee etc. Finalmente eu me convenci de que nunca mais vou voltar a pesar 80 kg como antigamente, estou com 99,7kg. Fiz uma faxina e dei todas as minhas roupas antigas mais bonitas para a Vera, que adorou. Fiquei só com o que me serve hoje ou vai servir, quando eu conseguir chegar aos 90kg. Eu ainda tenho esperança de conseguir isso! Em breve!

Tenho aproveitado esse "estado de saúde" para reorganizar a minha casa, que ficou três anos abandonada. Nesses três anos eu fui acumulando e acumulando coisas sem jogar nada fora. Agora aproveitei uma "poupança involuntária" que fiz no Banco do Brasil, fiquei sem gastar na depressão, e acumulei um dinheiro. Já comecei a arrumar tudo aqui em casa. Troquei de geladeira, de televisão e vou comprar um computador novo. O meu tá bem velhinho, já tem uns 10 anos. Finalmente vou colocar um *Skype* com câmera para poder conversar bastante com a Tina. Esse é um plano bem antigo que eu nunca consegui botar em prática, agora vai dar. Comprei também uma torradeira nova, uma sanduicheira e uma grelha enorme, redonda, maravilhosa. Outro dia fiz uma faxina com a Preta nas minhas alfaias. Dei três lençóis usados para ela e três para o Antônio. Descobri que tenho um monte de toalhinhas de bandeja lindas e pus em uso, assim como paninhos bordados para pôr em cestinhas com pão. Encontrei várias tapeçarias lindas, que trouxe do Peru, e aproveitei para pedir para o Antônio pregar uma no quarto do computador e outra na sala, ao lado da gravura do Jardim, uma árvore maravilhosa.

Estou adorando fazer tudo isso, minha casa vai ficar linda e em ordem de novo. Aproveitei para mandar lavar o tapete da sala, reformar o sofá, tingir de laranja os tapetes do meu quarto. A Preta e eu descobrimos uma colcha linda de filé, que eu trouxe de Natal, e nós a colocamos na cama, ficou demais.

Na cabeceira da cama, acima, eu já tinha botado umas três toalhinhas de filé, uma espécie de tapeçaria que eu comprei há séculos numa viagem a Alagoas, quando subi o Rio São Francisco, faz uns 30 anos.

Teve um dia em que faxinei com a Preta a mesa do quartinho para deixá-la livre para o Sylvio desenhar. Fiquei boba com a quantidade de pincéis que ajuntei ao longo da vida, devo ter quase uns cem! Joguei muita coisa fora nesse dia. Ainda falta pôr ordem em duas prateleiras e no resto do quartinho. Tem até coisas que eu comprei na mania gigantesca de 2008 e que eu nem revi! Vou ter um monte de surpresas...

Ontem teve o casamento do Carlinhos, que foi, para variar, uma festa linda na casa da Soninha e do Fernão. Tinha umas 400 pessoas, uma moçada linda que levou os seus filhinhos pequenos. Eles ficaram, é claro, perto da casinha onde havia duas mesas postas para eles almoçarem em um bufezinho. O casamento foi lindo, muito alegre, alto astral. Eu estava tão bem, que até dancei *rock*, não resisti! Fui com um casquinho de *tweed* chiquésimo, que comprei na Erica's, uma calça preta e botinhas. Botei uma flor vermelha no casaco, que é branco e preto. Graças a Deus estou recuperando o meu charme e a minha feminilidade, já não era sem tempo, falta só emagrecer. Mas nesses dias gelados que tem feito é impossível fazer regime. Eu não consigo. Não consigo mesmo.

12 de junho de 2011

A Preta se demitiu, e eu começo uma nova vida com a Cida amanhã. Espero não repetir com a Cida os erros que cometi com a Preta. Espero não confundir de novo "empregada" com "amiga". Dar limites claros, esse é o segredo para qualquer relação ser boa e dar certo. Não foi fácil aceitar a demissão da

Preta, depois da enorme dedicação que ela teve por mim nestes últimos três anos. Ela é um verdadeiro "cão fiel", tem uma fidelidade canina e sempre gostou muito de mim, e eu dela, ela foi uma verdadeira mãe para mim. Nos últimos dois meses, porém, quando fiquei bem e retomei o papel da dona de casa, ela ficou muito irritada e enciumada. Começou uma verdadeira luta de poder, "taco a taco". Eu tive crises de irritação com ela por causa disso. Crises pontuais que duravam alguns segundos apenas. Mas eu não admitia interferência e ia ocupando na marra o meu lugar na casa e tinha um grande prazer nisso! Um dia ela insinuou que ganharia muito mais como faxineira. Perguntei se a questão era salário, ela disse que sim e pediu R$1.600,00 reais. Eu conversei com o Zeca e ele me aconselhou a ficar com ela, porque existe uma falta enorme de mão de obra na praça. Até uruguaias estão vindo trabalhar como domésticas no Brasil. Eu então aumentei o salário para R$1.600,00, o que é um absurdo, minhas amigas pagam entre R$750,00 e R$850,00. Juntando o salário mais a condução dá mais de R$2.000,00 reais, é um valor mais caro que a minha análise! Se bem que o Celso sempre me deu um puta desconto. Eu já tinha até encontrado uma pessoa quando na semana seguinte ela pediu demissão de novo e não quis de jeito nenhum falar por quê. O clima na casa, o mau humor recíproco ficou insustentável, até que um dia ela disse que queria ir embora porque eu fico muito irritada com ela. Dessa vez eu não pedi para ela ficar, eu não implorei, que era o que eu faria se estivesse deprimida, e nem propus um aumento maior de salário, o que seria absurdo.

Finalmente marquei com quatro candidatas para entrevistá-las no sábado. Na realidade, só vieram duas, e eu escolhi a Cida porque ela tem uma referência de seis anos que eu pude checar na hora. Ela também trabalhou um mês na casa da Mazinha como faxineira, e essa é uma ótima referência. Amanhã ela começa, espero que dê tudo certo! Estou com muita vontade de reassumir as responsabilidades que são minhas nesta casa, em vez de ficar delegando, delegando e delegando... Vou até fazer um roteiro do trabalho semanal para ela, como sempre fiz nos tempos em que eu tinha saúde e a empregada era alfabetizada.

É muito doloroso conviver no dia a dia com uma pessoa que não aguenta a sua saúde, o seu bem-estar e fica torcendo pela sua doença. Torcendo para que você fique deprimida, frágil e dependendo cada vez mais dela. Assim ela volta a ter poder quase total sobre você, e é disso que ela gosta. É assim que ela se sente importante e se afirma. Ela se acha melhor, muito melhor que você, pois afinal ela é saudável e você, apenas uma doente dependente, frágil, muito frágil, que precisa de ajuda para tudo. Eu acho que vai ser muito bom conviver com a Cida, que nunca me viu deprimida e nem em mania. Espero que por um bom tempo ela não tenha que conhecer a "Regina bipolar". Estou bem e como o Del Porto diz: "fora das crises, vida normal". Esse pensamento foi um dos melhores que ele me disse nesses 23 ou 24 anos em que sou paciente dele. O outro é: "não acredite na leitura depressiva da sua vida". Esse pensamento me ajuda muito nas depressões.

Na verdade, estou bem, mas há dois dias liguei para o Del Porto para falar das minhas pequenas crises de irritação, e ele dobrou o Zyprexa de 2,5mg para 5mg. Estou bem porque estou de olho vivo, prestando muita atenção no meu processo, no "como me sinto e me percebo" no dia a dia. Não tem outro jeito, só eu posso detectar uma ameaça de crise. Ainda bem que, depois de 28 anos de doença, estou bem treinada para perceber os sinais, às vezes muito sutis, de um início de crise. Sendo medicada a tempo, dá para segurar a crise, e, para falar a verdade, há anos eu me "automedico" e ligo para o Del Porto só para ele conferir. Na maioria das vezes eu acerto.

Na sexta-feira passada, por exemplo, saí do Celso e parei no Bistrô St. Honoré para tomar um lanche. No começo eu ainda estava bem, mas aos poucos foi me dando uma tristeza profunda, profundíssima, um verdadeiro e inexplicável luto. Eu pretendia ir ao *shopping* para comprar dois *jeans*, mas desisti, não tive ânimo, resolvi voltar para casa. Eu preciso muito dos *jeans* e estou adiando essa compra há séculos. Mas, naquelas alturas, eu não via a hora de chegar no meu cantinho e me sentir abrigada, protegida. Foi difícil porque levei horas para achar um táxi, estou a pé há uma semana, mandei consertar o carro. Ficar a pé em São Paulo, hoje em dia, é um verdadeiro inferno, existem pouquíssimos táxis disponíveis. Não sei por quê.

No sábado fui ficando em casa até que arranjei coragem para ir ao *shopping*. Estava meio desanimada, e aí a Mazinha me ligou convidando para ir à casa dela ver umas coisas que a Gaía trouxe da Índia. Como adoro coisas indianas, resolvi ir. Para variar comprei muito:

▷ uma *pashmina* de *cashmere* bege xadrezinha de marrom;

▷ um pano enorme de seda vermelha com um bordado vermelho e colorido nas extremidades que é usado nos casamentos;

▷ uma almofada rosa-choque linda;

▷ uma veste de algodão rosa-claro, bem levinha.

Estavam lá a Fátima Golan, a Fu, a Marina, o Zeca. Eu fui logo escolher o que queria e conversei bastante com a Gaía. Na verdade, tudo era meio caro, mas, como eram produtos especiais, valia a pena. A Gaía esqueceu de incluir na minha conta uma *pashmina* azul-claro, que eu adorei, e eu vou tentar falar com ela para poder comprar.

Eu bebi umas três doses de uísque com muita pressa. Na verdade, quando tenho sentido essas crises de irritação misturadas com angústia, tenho tomado umas doses de uísque. O Del Porto falou para não fazer isso de jeito nenhum, porque pode precipitar uma crise, mas... Desde que me tornei uma bipolar nunca parei de beber, só que fui diminuindo bastante. Atualmente, na prática, só bebo socialmente.

Hoje eu tinha programado ir ao Museu do Negro com o Ricardo e depois assistir a um *show* de *jazz* que haveria ao ar livre no Ibirapuera. Acordei completamente desanimada, sem energia, tô de pijama até agora. O Ricardo veio até aqui e batemos um bom papo. Suspeitei o advento de uma depressão e, por precaução, já tomei os antidepressivos: Wellbutrin e Pondera. Preciso prestar muita atenção para perceber se eles não estarão desencadeando uma mania. Eu não tenho sossego mesmo, mas sei, com clareza, que com a idade as crises são cada vez mais frequentes. Olho vivo, Regina! A vida tá muito boa para ter uma crise agora! Chega de crises! Chega de sofrer, sofrer e sofrer! Vida nova!

16 de junho de 2011

Hoje é um dia histórico na minha vida: formalizei a demissão da Preta. Ela veio aqui e assinou o pedido de demissão e o recebimento das verbas rescisórias. Dei R$500,00 de gratificação pelos bons serviços prestados, e aí ela disse que ia chorar... mas não chorou, não!

29 de junho de 2011

"Todo ser em movimento é perigoso. Todo ser que se transforma, incomoda."

(Paulo Leminski)

É exatamente isso o que estou vivendo. Este é o terceiro mês em que estou bem, estável, e isso está incomodando muita gente. As pessoas querem que eu continue ocupando o "lugar de doente" de qualquer jeito. Estou organizando uma temporada para Camburi e percebo com clareza que muitas pessoas estão me estranhando. Em parte com razão, porque estou mandona e autoritária, um pouco impaciente e, às vezes, irritada. Em parte é natural que eles estranhem porque fiquei em crise de mania ou depressão nos últimos três anos corridos sem que eles convivessem comigo. Em janeiro fiz um esforço gigantesco para ir para Camburi, porque eu estava deprimida. O Celso e o Del Porto recomendaram que eu fosse. Eu já tinha convidado 10 pessoas, logo depois do ECT, em dezembro, quando achei que estava ótima, mas depois deu pra perceber que eu já estava em mania. O último ECT foi em 2 de dezembro, e a mania começou exatamente aí, deu pra verificar isso quando chegou o extrato do meu cartão de crédito. Fiquei internada de 26 de dezembro a 6 de janeiro, e essa internação foi um verdadeiro inferno. Quando eu saí da clínica, porém, fiquei bastante deprimida.

Lá em Camburi, quando eu acordava, fumava todos os dias uns seis ou sete cigarros até de ter coragem de pôr o maiô, descer e encontrar os amigos. O Antônio foi maravilhoso, ele tomava café da manhã comigo e depois me convidava para ir à piscina. O resto do pessoal, nessas alturas, já estava no aperitivo. De qualquer modo, o calor e o carinho das pessoas me fizeram muito bem, mas em muitos momentos eu me senti um fantoche, um verdadeiro fantoche que estava lá só para assegurar aquela temporada para os amigos. Não foi à toa que, quando cheguei em São Paulo, tive uma crise suicida. O Rodrigo era o acompanhante que estava comigo, e ele foi completamente incompetente. Eu chorei muito por causa dos fortes impulsos suicidas e ele só falava abobrinhas. No final da tarde, depois de muita angústia, eu lembrei de ligar para o Del

Porto no celular, porque era sábado. Ele sacou no ato o que estava acontecendo e disse: "Regina, você vai voltar a ter estabilidade", e me mandou tomar um Pristiq (antidepressivo) naquele momento, outro na segunda-feira, e ir ao consultório dele na segunda-feira. Foi o que eu fiz.

Na consulta de segunda eu fiquei arrasada quando o Del Porto disse que não aplicaria mais o ECT em mim, porque em mim ele desencadeia mania. Eu me senti completamente "a pé". Pareceu-me que a medicina, a psiquiatria, não tinha nada mais a me oferecer. O Del Porto mesmo falou para o acompanhante que eu tinha razão em estar cética, mas disse para mim que eu precisava "ter determinação". Eu continuei deprimida e desesperada, me sentindo absolutamente sem saída. A única saída que eu enxergava era o suicídio. Mas eu não tinha coragem.

A Tina estava aqui nessa época e me ajudou muito, foi muito carinhosa e me fez muita companhia. Eu me sentia superbem quando estava com ela. Ela veio ao Brasil para me ver, porque eu tinha sido internada, e para ver a Soninha, que começava a ter um probleminha de memória.

Eu fiz um esforço gigantesco para reagir àquela depressão. Por insistência da Sara, pedi uma segunda opinião para o Carlos Moreira. Ele foi um estúpido. A Bia, minha sobrinha, e o Zeca me acompanharam à consulta. Primeiro conversei durante uma hora com o Carlos Moreira. Levei o meu texto: "Efeitos colaterais: a outra face da moeda" para ele ler. Ele ficou interessadíssimo e foi anotando todos os nomes dos remédios que eu citava no texto. Depois eu contei para ele em detalhes as crises desses últimos terríveis e sofridos três anos. Ele então chamou a Bia e o Zeca para o consultório. Nesse momento ele passou a me ignorar, como se eu fosse uma débil mental e ficou se dirigindo só à Bia e ao Zeca. Ele nem me olhava, afinal, ali eu era a "doente mental", a "louca", e ele só conseguia ver isso em mim. Eu fiquei puta, mas não me manifestei. Tive muita paciência.

Eu fiquei surpresa com a participação do Zeca na consulta. Percebi que ele tinha gravado o nome e a dosagem de vários remédios que eu já tinha tomado. No início de 2010 ele tinha me acompanhando junto com a Soninha a uma consulta com o Fernando Asbarh, amigo do Duda, para quem eu fui pedir uma segunda opinião por sugestão da Soninha, que ficou muito preocupada comigo no *Réveillon* que passei na fazenda. Fui sozinha à primeira consulta, expliquei o meu caso, e o Fernando Asbarh pediu que eu fosse a uma segunda consulta com um membro da família. Ele também me tratou como a "doente mental", a "louca". Achei ele um porre e deixei bem claro que eu nunca tinha pensado em mudar de psiquiatra, defendi o Del Porto com unhas e dentes. Ele foi muito antiético e forçou a barra insistentemente, de modo vulgar, para eu sair do Del Porto e me tratar com ele. Ele disse para a Soninha e o Zeca que, como eu estava bem naquele momento, aquele era o melhor momento para experimentar uma combinação de drogas que ele tinha em mente. Fiquei horrorizada, eu tinha demorado tanto tempo para ficar bem, e ele queria mexer nas drogas logo nessa circunstância? Que idiota!

Para a maioria dos psiquiatras, nós, bipolares, doentes mentais, somos ratos de laboratório, interessantíssimos para eles testarem seus remédios, as combinações de remédios que eles inventam, é claro. E eles ficam superexcitados com essa possibilidade... Até hoje eu não entendi por que ele fazia tanta questão de me tratar. Para competir com o Del Porto ou por que eu sou de um meio social diferenciado, o que ele percebeu quando a Soninha me acompanhou à consulta? Nunca vou ter essa resposta e, pra falar a verdade, isso nem me interessa tanto. Continuei no Del Porto, é claro. E o que acho mais fantástico é que o Del Porto nunca fez com que eu me sentisse uma "doente mental", "louca", nas suas consultas. Ele sempre me considerou uma pessoa inteligente, culta e que tem o azar de ter essa doença. Nas consultas, quando estou razoavelmente bem, nós discutimos política, literatura. O Del Porto é muito culto e tem uma memória de elefante. Eu acho isso importante porque as pessoas cultas têm mais parâmetros para pensar, para raciocinar, para refletir, para tomar decisões. Voltando ao Carlos Moreira: detestei ele. No primeiro momento, ele até me pegou, mas depois achei absurdas suas sugestões de tratamento. Ele falou muito animado que tinha cinco sugestões para me dar, ou melhor, para dar para o Del Porto. Duas foram eliminadas na hora porque eram de remédios que eu já havia tomado. Eles ou não surtiram efeito, ou desencadearam muitos efeitos colaterais. Como eu lembrava dos nomes desses remédios, deu para eliminar essas sugestões no ato. A terceira sugestão já me havia sido dada, um outro remédio, que o Del Porto, ao verificar o meu histórico, constatou que não dava para eu tomar devido aos efeitos colaterais terríveis que já tinha me causado. A quarta sugestão foi que eu tomasse sempre uma superdosagem de hormônios da tireoide, porque eles fazem os antidepressivos surtirem mais efeito. Uma violência. A quinta sugestão do Carlos Moreira foi que o Del Porto me "entupisse" de Zyprexa. Ele usou esse termo mesmo: "entupir". Depois eu deveria me submeter a sessões de eletroconvulsoterapia para sair da depressão. Ele achou que essa solução seria interessante porque acreditava que eu tinha reagido muito bem ao ECT. Na verdade, reagi tão bem que entrei em mania antes mesmo de receber a última aplicação de ECT. Perguntei se ele considerava que o meu caso era grave, e ele respondeu que era, mas que eu não devia perder as esperanças... Achei essas duas últimas sugestões absolutamente "brutais", mas disse que, no caso de ter que optar entre as duas, eu preferiria a "superdosagem" de hormônio da tireoide, que teria um efeito colateral ótimo: o emagrecimento.

Estou com 106kg devido ao efeito colateral do Zyprexa, que é dar apetite gigantesco, sobretudo de açúcar. A Tina, minha irmã que mora em Londres, ficou uma fera com essa solução de hiperdosagem de hormônio. Ela me telefonou e me deu a maior dura, disse que papai, que foi médico por seis anos, e depois biólogo até os 92 anos, era completamente contra essa estória de mexer com os hormônios. Ele achava que era muito perigoso porque, "ao mexer com os hormônios de uma pessoa, você está mexendo com tudo".

Eu já estava exausta de todo esse percurso: mania em dezembro, internação, depressão e, quando fui ao Del Porto, falei pra ele claramente que NÃO QUERIA QUE NINGUÉM MAIS MEXESSE COM O MEU CORPO E COM A MINHA CABEÇA. Fui muito firme e direta ao falar isso, e ele ficou surpreso e EMBASBACADO. Como eu estava relativamente bem ao ter essa consulta, apesar da depressão, pude ter uma postura ativa, CLARA E AFIRMATIVA. O Del Porto, que já estava para me prescrever dosagem de hormônio tireoidiano, acatou a minha decisão e resolveu continuar com o tratamento tradicional, que é uma combinação de antidepressivos: PONDERA e WELLBUTRIN, mais 2,5mg de ZYPREXA e 1000mg de DEPAKOTE e 20mg de DORMONID. Esses três últimos remédios eu já vinha tomando há tempos. Ainda bem que ele tem jogo de cintura e percebeu como eu estava me sentindo. A combinação de antidepressivos funcionou, e acho que em 20 dias ou um mês eu saí daquela depressão prolongada e passei a me sentir muito bem, como antigamente. Esse bem-estar já dura com certeza três meses: abril, maio e junho. Tive, no entanto, que segurar duas pequenas ameaças de mania nesse período. Como percebi a tempo, liguei para o Del Porto, ele me medicou, e eu fiquei bem e estou bem até agora. Percebo, no entanto, que continuo um pouco IMPACIENTE e às vezes IRRITADA, aspectos que são sinais de mania. É por isso que parei de tomar o WELLBUTRIN por minha conta mesmo. Hoje de manhã não tomei o PON-DERA porque o Del Porto já havia suspendido há tempos. Um dia, eu deixei um recado DESESPERADO no celular dele porque não estava aguentando OS EFEITOS COLATERAIS DA RE-TIRADA DO ZYPREXA. Ele sacou que era isso que estava aconte-cendo e me mandou retirar o Zyprexa mais devagar, tomando um dia sim, um dia não, e aí eu melhorei. Os efeitos colaterais eram enjoos terríveis, tonturas, falta total de energia, entre ou-tros. Cheguei a ir ao otorrinolaringologista por minha conta mesmo para ver se eu estava com labirintite, mas o resultado do exame do ouvido foi negativo. Gastei uma grana e fui ao pai de santo, o Marcelo, que eu adoro, para ver se todo aquele mal-estar era devido a algum egum (encosto) ou a algum tra-balho que alguém tivesse feito para mim. Ele jogou os búzios e falou que estava tudo bem na área do espiritual, só me man-dou tomar uns banhos de ervas para melhorar. Os banhos que a Preta fazia para mim me ajudaram muito a me sentir melhor. Lembro de algumas ervas desses banhos:

▷ anis-estrelado;

▷ canela;

▷ erva-doce... o resto não lembro mais.

Agora que estou bem, tenho que lidar com as pessoas que estão ao meu redor. A amiga que está verdadeiramente feliz, porque saí da depressão, é a Lia. Ela se interessa muito pela doença e pergunta muito sobre o assunto. Eu adoro esse in-teresse dela. Todo mundo precisa de um BODE EXPIATÓRIO. No almoço de segunda-feira, na casa da Soninha, percebo que algumas pessoas também estão me estranhando muito, sobre-tudo a Adelaide, que é amiga da Verita e da Gilda. Ela tem me olhado com olhos arregalados, como se eu fosse um ET, que baixou naquele almoço, naquele instante. Talvez eu es-teja muito paranoica e essa reação das pessoas talvez possa ser até um cuidado comigo mas... o que diria o Gaiarsa... e o Paulo Leminski... Eu não vou esquecer nunca aquele vídeo magistral do Gaiarsa sobre esse assunto, a família! Aquelas imagens continuam até hoje muito claras na minha cabeça! Como eu sei que a minha doença é incurável, eu estou tentando aproveitar ao máximo essa fase boa. Tenho pintado trabalhos enormes de 2m x 1m (na mesa), e quando o Jardim veio aqui me dar uma supervisão falou que eu evoluí muito. Ele acha que agora sou de fato uma pintora profissional. Fiquei superfeliz! Exultei! Ele disse que agora preciso de uma galeria para expor.

Tenho desenhado muito também e aprendi a usar a câmera fotográfica que comprei em dezembro e é ótima. Vou levar para Camburi. Retomei as aulas com a Carmen e aprendi até a mandar mensagem de texto pelo celular. Aprendi a fotografar sozinha pelo celular. Nas próximas aulas quero aprender a passar *e-mails*. Instalei o *Skype* no computador e na semana passada, com a ajuda da Carmen, falei um tempão com a Tina. Nós nos vimos porque nossos computadores também têm câmeras.

Tenho clareza de que nem todo mundo vai ficar feliz porque estou bem. Já aprendi o suficiente com a vida. Por isso serei comedida e vou moderar o meu entusiasmo, que é devido à ESTABILIDADE que alcancei... Tomara que ela dure bastante, vou fazer todo o possível para mantê-la. Vou continuar muito atenta ao meu processo.

18 de novembro de 2011

Ledo engano: essa fase de estabilidade, que eu achava que iria durar um ano pelo menos, acabou em três meses. Bem que o Del Porto falou que com a idade as crises seriam mais frequentes, mas eu não imaginava que fossem tão frequentes. Frequentes demais, frequentíssimas!

Eu me senti pega de calça curta e fiquei revoltada. Não consegui ainda fazer as coisas sozinha: dirigir, ir ao banco, ir até a análise. Quando me vi muito insegura ao guiar na Faria Lima, com aquele monte de motoqueiros azucrinando, percebi que os meus reflexos não estavam bons e parei de dirigir. Passei a andar de táxi, eu sempre faço isto. Eu adoro andar de táxi porque dá para observar bem a paisagem, reparar nas lojas e nos restaurantes da Vila Madalena, onde moro. Pena que o táxi seja tão caro. Houve dias em que pedi a ajuda de acompanhantes para fazer as coisas. Eu queria continuar a fazer tudo sozinha, mas não conseguia mais e ficava muito chateada e frustrada com isso. Os acompanhantes são uma bênção, sem eles a depressão fica cada vez mais árida e mais difícil de suportar. Eu vivi isso bem durante os sete meses de depressão do ano passado, foi terrível, foi demais! Foi muito sofrido. Muito. Foi um verdadeiro filme de horror.

Durante os primeiros 20 anos, eu vivi a doença muito sozinha e foi duríssimo. Duríssimo mesmo. Como a família não se frequenta, acho que houve crises de depressão que eles nem ficaram sabendo. Nas manias, eles sempre estavam presentes. As manias são mais preocupantes. Depois da mania de setembro de 2001, a Soninha me proporcionou ter os acompanhantes que ela descobriu através de um contato com o Valentim Gentil, um excelente psiquiatra. Eles me acompanham há 12 anos já!

No início dessa depressão, eu regredi bastante, comecei a me sentir como um bebê que queria que alguém trocasse as fraldas, o cueiro e desse mamadeira. Queria um enorme colo de mãe. Sentia muita vontade de ter um colo para me aninhar, me proteger, receber carinho e calor. E eu tenho 62 anos! Mas depressão é assim.

Eu já tinha tido essa experiência em outras depressões. Às vezes, no começo, é assim mesmo. Como não havia colo nenhum para me abrigar, resolvi deixar a minha cama bem gostosa e comprei quatro jogos floridos de lençóis que eu estava precisando mesmo, dois têm *laise* na fronha e na vira. Eu me sinto uma princesa quando durmo neles. Aquela loja fantástica, Mundo do Enxoval, fez uma liquidação e eu aproveitei. Realizei um sonho antigo, comprei uma toalha branca para pôr na minha mesa, que fica oval quando eu coloco mais uma tábua. A toalha é linda! Pela primeira vez na vida comprei guardanapos de tecido branco para poder receber o Fernão e a Soninha. Há muito tempo eu queria recebê-los, há muito tempo eu queria ter guardanapos de tecido.

Nos primeiros quatro finais de semana da depressão eu fiquei trancada em casa. Não tinha a menor força para sair. No primeiro, estava sozinha e me sentindo tão fraca que cheguei na cozinha para tomar os remédios e o café e simplesmente não consegui. Meu corpo parecia feito de algodão, voltei para a cama e dormi mais um tempo. Quando acordei, liguei para o Del Porto, porque fiquei preocupada, eu não me lembrava de ter me visto assim antes. Ele disse que essa falta de energia era própria da depressão e que aos poucos, com a ação dos remédios, ia melhorar. Eu sosseguei. No domingo estava um pouco melhor. Achei que esse cansaço todo vinha do esforço enorme que tive que fazer durante a semana para encarar a vida. Fiquei muito tensa e me dizia o tempo todo: "eu vou conseguir, eu vou conseguir". E ia mesmo: a grande custo consegui fazer o que eu tinha que fazer.

Depois passei quatro finais de semana trancada em casa, e o Ricardo vinha me ver aos sábados. O Ricardo é um acompanhante terapêutico muito especial. Ele é muito inteligente, pensa rápido e é muito observador. Além disso, é afetivo e carinhoso. Teve um domingo em que ele veio me ver no final do dia e trouxe uma bandejinha de doces da Doceria Leo, que fica aqui perto, na Praça Panamericana. Eu nem acreditei! Fiquei muito feliz. Eu adoro doce, e nós comemos rapidamente todos aqueles docinhos: brigadeiro, quindim etc.

A defesa de dissertação de mestrado dele foi "A Arte no Metrô de São Paulo". Nós temos uma grande afinidade neste assunto, arte. Um dia passamos a tarde olhando um livro do Rotko que eu tenho e comparando o trabalho do Rotko com o do Paulo Pasta. O Ricardo também dá aula na UNIP e já é psicanalista, tem uma pequena clínica particular, que aos poucos está crescendo. Eu não sei como ele consegue fazer tudo isso com aquele bom humor de sempre. Além de tudo, é meio piadista. A tese de doutorado dele vai ser sobre "Atendimento Terapêutico", ele é apaixonado por esse assunto. O Del Porto ficou muito bem impressionado com o Ricardo e indicou-o para outro paciente que está com depressão. No começo, o Del Porto dizia para mim que eu não precisava de acompanhantes terapêuticos formados na USP, mas aos poucos ele começou a gostar da moçada. O Ricardo fez questão de assistir até às quatro sessões de eletroconvulsoterapia que eu fiz.

No quarto final de semana fiquei muito feliz porque finalmente "consegui" sair de casa e fui com o Ricardo à exposição da Louise Bourgeois. Eu queria muito ir desde que recebi o convite, mas mergulhada naquela depressão não dava, não conseguia sair de casa. No começo, eu me senti um pouco um ET, porque o Instituto Tomie Ohtake estava lotado de gente e eu tinha ficado muito tempo sozinha em casa. Logo, porém, fiquei completamente impactada com a obra da Louise Bourgeois e me envolvi completamente com a exposição. Achei as instalações fortíssimas, gostei muito também daqueles totens que estavam enfileirados numa linha horizontal numa sala dos fundos. Tudo me atraiu muito! Que mulher forte e corajosa para desnudar assim seu mundo interno! Despudorada, a Louise Bourgeois, e completamente honesta, fiel a si mesma! Me fez muito bem ter visto a exposição, foi um grande alimento!

No final de semana seguinte eu fui com o Ricardo passear naquela praça que tem em frente à casa do Duda, meu sobrinho, e que eu adoro. É uma praça oval, relativamente grande, que tem árvores antigas e frondosas misturadas com árvores mais jovens. Tem um gramado bem cuidado, um pequeno parquinho para crianças e um caminho para quem quer caminhar. Eu só consegui andar metade do caminho, antes eu conseguia, de cara, dar uma volta completa na praça. Eu estou completamente descondicionada, fora de forma, e isso me prejudica muito, meus músculos estão todos atrofiados. Afinal, eu passei três anos indo do sofá para a cama e da cama para o sofá. Logo me sentei num dos bancos espalhados pela praça e me diverti olhando aqueles cachorros lindos brincando sob os olhos dos donos. Gostei também de contemplar a praça, suas árvores, seu horizonte. Ficar na praça me faz muito bem, eu sinto muita falta de natureza, de horizonte e, hoje em dia, não tenho muito para onde ir. Antigamente podia ir para São Sebastião, para o Pinhal, para a Fazenda Santa Rita, onde morava a Tuxa. Era uma fazenda incrível, que tinha cavalos, piscina, cachoeiras e paisagens belíssimas.

Nessa depressão aconteceu várias vezes de eu ficar sentada horas no sofá, só fumando e pensando, sem fazer nada. Isso acontecia muito quando eu voltava da análise. Eu ficava de uma hora a duas horas só pensando. Eu lembrei que um dia mamãe me viu assim em Cotia, chegou perto de mim e disse:

– É assim mesmo, minha filha, eu ficava horas olhando pela janela. As pessoas chegavam perto de mim e falavam:

– Você não quer ouvir música?

– Você não quer ir ao cinema?

– Você não quer ler um livro?

– Mas eu só queria ficar olhando pela janela.

Quando eu contei isso para o Sylvio, ele achou bonito, disse que eu devia me dar esse tempo quando pudesse. Eu me dei esse tempo várias vezes e acho que me fez muito bem. Como moro sozinha, ninguém ficava superansioso com o meu silêncio, com a minha postura. Nesses momentos, morar sozinha é uma bênção, a gente pode viver esses momentos com tranquilidade. O meu apartamento tem uma vista bonita, e eu curtia muito quando o sol se punha e o céu ficava todo tingido de laranja, rosas e azuis. Quando sento no sofá, graças a Deus, a minha vista é o céu, por enquanto, pelo menos. A especulação imobiliária é foda. Ontem mesmo eu descobri um prédio novo sendo construído aqui perto. Espero que ele não prejudique a minha vista. A Vila Madalena, esse bairro que no seu início era de pequenos chacareiros, está, na verdade, virando um paliteiro.

Aos poucos os antidepressivos foram agindo bem e passei a solicitar a ajuda do Hailton e do Ricardo só para as coisas mais difíceis, como ir comprar algodão cru na 25 de Março. Isso eu não consigo mesmo fazer sozinha. Aos poucos voltei a dirigir e recuperei a minha liberdade e a minha independência. Voltei a frequentar o almoço semanal das primas e das amigas, na casa da Soninha.

Essa depressão foi "sopa" perto das muitas outras que já encarei nesses quase 30 anos de bipolaridade. Ela foi curta, durou três meses e meio. Quando começou, eu fiquei em pânico porque sabia que poderia durar um ano, dois anos, três anos, conforme o meu organismo reagisse aos antidepressivos. Quando uma crise começa, a gente nunca sabe quando vai acabar, isso é absolutamente imprevisível e gera uma enorme angústia. O estranho é que, nessa depressão, não senti aquela tristeza imensa, que vem do fundo do coração. Cada depressão é diferente da outra. Sempre. Graças a Deus.

28 de novembro de 2011

No final de 1973, parei de trabalhar no Moinho Santista, onde eu criava estampas para toalhas e lençóis, no ateliê. O Paulinho, meu irmão, me arranjou esse emprego. Eu fui até lá com a pasta de desenhos e a Gesine, chefe do ateliê, me escolheu.

No começo, ela mandava eu ir ao Largo São Francisco comprar flores e desenhar as flores, fazer desenho de observação. Ela queria "limpar" o meu desenho. Ela também me ensinou a desenhar um círculo perfeito a mão e uma forma oval. Se ela não me ensinasse, eu jamais teria condição de fazer isso. No ateliê trabalhavam também o Marlon e o Alberto, que tinham uma enorme capacidade de produção. Cada um tinha uma mesona de fórmica branca e, ao lado, um carrinho com quatro ou cinco gavetas cheias de guache Talens, um fantástico guache alemão. Eu desbundei com aquele carrinho, foi o que mais me seduziu no ateliê. Ao meu lado trabalhava a dona Ane, só meio período. Tinha também uma moça que agora eu esqueci o nome.

O ritmo era puxado, eu tinha que bater ponto às 8h00, ao meio-dia, a uma hora e às 17h00hs. Eu nunca tinha feito isso. A gente almoçava num restaurante imenso do Moinho Santista. Às 17h00 eu pegava o ônibus na Praça do Patriarca e ia para casa. A Santista era na rua Bela Vista. Eu passava sempre pela rua Álvares Penteado e ficava babando com aquele prédio do Banco do Brasil que se tornou depois o Centro Cultural Banco do Brasil.

Por sorte, eu morava naquele predinho alternativo da rua Pernambuco, que era superperto da FAAP. Tomava um lanche rápido e às 19h00 ia a pé para a FAAP, em geral carregando um monte de tralhas. As aulas acho que acabavam às 22h00. Muitas vezes a gente saía da faculdade e ia para algum *vernissage*, que naquela época acontecia mais tarde do que hoje.

Com o passar do tempo, foi ficando claro para mim que eu não aguentava aquele ritmo de trabalho e estudo, embora eu adorasse o ateliê e criar estampas. A dona Ane sempre dizia para mim que eu tinha que optar entre o trabalho e a faculdade. Pensei bastante e optei pela faculdade, que não queria largar, como tinha largado a Psicologia no terceiro ano do Sedes Sapientiae. Com pena, saí do Moinho Santista e fui fazer estágio na Escola Vera Cruz para tentar dar aulas, que era um trabalho de meio período. Eu adorava crianças e me dava muito bem com elas. Eu "tinha jeito", como se diz. Levava na bagagem um estágio que fiz na Escola de Arte São Paulo, da Ana Mae Barbosa, e as oficinas que tinha dado na A.C.M da Vila Mariana, durante um tempo. Depois de sair do Santista, fiz estágio no Nível I do Vera Cruz, onde a Peo era a responsável pelo trabalho da oficina e também diretora desse nível. Estagiei também com os adolescentes do Nível III. Adorei estagiar, fiquei fascinada pelo trabalho. No final do estágio, a diretora pedagógica do Nível II me convidou para dar aula para as segundas séries, e é claro que eu topei. Nas férias fiz aquela viagem linda que foi subir o rio São Francisco com um grupo de amigos. Eu não me lembro bem se foi nesse mesmo ano que me pediram também para dar aulas para as terceiras séries. Acho que foi.

OFICINA DE ARTE: ESCOLA VERA CRUZ E PINACOTECA DO ESTADO

Vemos a oficina de Artes como um processo vivo e integrado entre o PROFESSOR, a CRIANÇA, O ESPAÇO, OS MATERIAIS EXPRESSIVOS e as SERVENTES que ajudam a manter o espaço cuidado e atraente.

▷A oficina é o PROFESSOR:

–atento;
–amoroso;
–observador.

▷Na percepção:

–de cada criança, de cada individualidade, de como melhor ajudar a cada um na sua dificuldade;
–de como incentivar cada um nos seus processos pessoais de descoberta, invenção, experimentação.

▷É o professor:

–vibrante, ao acompanhar o desenvolvimento de processos grupais e individuais em toda sua riqueza;

–satisfeito ao ver a criança crescer no domínio e elaboração formal dos diversos materiais, o que significa crescer na elaboração e domínio de si mesma;

–aprendendo com a espontaneidade, alegria e liberdade, que são as crianças;

–se desenvolvendo e se descobrindo continuamente, enquanto ser humano e artista, para poder conviver com as crianças em liberdade, sem diretividade e imposição nas atitudes e nos padrões estéticos;

–exercendo o trabalho cotidiano e às vezes difícil, mas fundamental, com os limites de uso do espaço e do material que dão segurança à criança na sua soltura;

–satisfeito ao ver uma criança superar suas dificuldades, se desenvolver com os materiais, soltar o corpo, se expressar;

–preocupado, às vezes, ao conviver com uma criança que passa longo tempo insatisfeita, sem conseguir se expressar;

–dando toques, atuando, percebendo a melhor forma de ajudar a criança que não se expressa (às vezes, aparentemente nada está acontecendo, até que, de repente, um dia, a criança materializa um trabalho forte e elaborado, resultado do espaço que teve para viver o aparente "vazio". Vazio de produção externa, mas pleno de "produção e elaboração interna". "E assim arrancar de dentro da noite a barra clara do dia", como diz o Gismonti. E aí a gente fica feliz de ter conseguido dar esse espaço e acreditado nela.).

▷A oficina é:

–o professor impaciente, gente que às vezes exagera no grito e na atitude;

–o professor atento, que ajuda a criança a qualificar e diferenciar suas vontades, que lhe dá a referência da linguagem específica de cada material, quando necessário; que introduz novos materiais e técnicas conforme o momento da criança e, assim, amplia seu conhecimento.

▷A oficina é o espaço onde a CRIANÇA acontece no seu movimento espontâneo:

– ora pra dentro;

– ora pra fora;

– ora alegre;

– ora triste;

– às vezes sozinha, no seu cantinho, fazendo o seu barro, a sua pintura;

– às vezes trabalhando em grupo: uma ideia aqui, outra acolá. E aparece muitas vezes o dono do grupo: "aqui é azul!"... Reage o mais forte, se encolhe o mais frágil, e o professor atua;

– Mistério, emoção, sensação, intuição;

– Conhecimento físico, lógico, matemático, analógico e social: tudo acontecendo junto e se relacionando, corpo, cabeça, coração trabalhando juntos. Análise e síntese.

▷Dificuldades:

– às vezes é não conseguindo se relacionar com os materiais, cara triste e quieta, corpo encolhido, só olhando;

– ou correndo excitada pelo espaço, perturbando a tranquilidade de quem está concentrado, às vezes, até destruindo o trabalho de outras crianças.

▷Facilidades:

– olho brilhando, satisfação na descoberta e invenção, seja

– tomando banho de esguicho;

– tecendo a teia de barbante;

– serrotando e pregando com afinco a madeira;

– alisando, acariciando, moldando e desmoldando o barro;

– se concentrando no lidar com o fogo do pirógrafo e da vela;

– fazendo o fogo e o pão;

– simbolizando, representando, imaginando com o arco-íris das tintas, dos lápis de cor, das canetinhas;

– reinventando e ressignificando as sucatas variadas;

–qualificando e diferenciando, pouco a pouco, os diversos materiais, cada um correspondendo à emoção, à necessidade de cada dia, de cada momento.

A oficina é dor e prazer, satisfação e insatisfação, alegria, divertimento e trabalho. Ela é o ESPAÇO amplo, bem pensado e organizado que facilita a organização e independência da criança, que propicia sua leitura pessoal do espaço, na medida em que ela dele se apropria como quer, conforme seu estado de espírito naquele dia.

▷A oficina é o INSTRUMENTAL necessário para a elaboração com os materiais:

–martelos, pregos e serrotes;

–tesouras, pincéis;

–barbante, durex, cola, materiais de ligação;

–pirógrafos, lápis, canetinhas, lápis de cor;

–bacias para as misturas, entre outros mais.

É o trabalho cotidiano e paciente das SERVENTES que ajudam a manter tudo cuidado e em dia, junto com os professores e as próprias crianças, que colaboram na limpeza no final da oficina.

▷A oficina acolhe e abriga a intimidade da criança:

–o sorriso e a lágrima;

–o claro e o escuro;

–o limpar e o sujar;

–a alegria e a tristeza;

–o destruir e o construir.

▷Ela é o "fazer":

–descoberta e invenção;

–experimentação;

–satisfação e decepção;

–tentativa;

–ensaio e erro;

–vislumbre;

–contração e descontração;

–o individual e o coletivo;

–a magia, a alquimia da mistura das materiais;

–o experienciar sensível do mundo;

–o estabelecer de infinitas relações.

"Fazer e, em fazendo, fazer-se", como dizia o Sartre.

▷A oficina é:

–dramatizar;

–imaginar;

–se fantasiar, se travestir, se enfeitar;

–brincar de ser herói ou estrela, monstro ou bicho;

–é interagir, saber ouvir, saber falar, saber se mostrar, se expressar corporal e verbalmente;

–é respeitar a si mesmo e ao outro, adquirindo a dimensão do coletivo e do social.

A Oficina de Arte é importante na escola porque, estando liberada de um padrão de expectativas, a criança pode descobrir de modo mais livre o seu padrão pessoal. A criança percebe, pouco a pouco, como é o seu tempo interno, na medida em que é ela quem decide sempre com que material vai trabalhar e quanto tempo vai permanecer nesse ou naquele projeto. Na medida, também, em que ela desenvolve diversas organizações motoras do seu corpo, exigidas pelas características diferentes de cada material, de cada projeto de trabalho.

Acreditamos que esse fazer, onde a criança seleciona, qualifica e diferencia cada material, leva-a a qualificar e diferenciar a si mesma, fora da oficina, nas diversas situações que encontra na vida.

Cada vez fica mais claro para nós como é fundamental propiciar, para a criança, esse espaço onde ela pode se expressar em todas as suas dimensões e, assim, se desenvolver globalmente como ser humano:

▷captante,

▷expressante,

▷flexível,

▷independente,

▷sensível,

▷individualizado,

▷consciente de si mesmo e do mundo.

A liberdade da arte é vital. Usualmente consideramos a expressão artística como uma atividade de luxo e de passatempo, quando não é vista, como no caso dos artistas famosos, como uma graça divina. No entanto, nenhuma atividade melhor para equilibrar o viver por demais pré-determinado de hoje em dia. O cotidiano padronizado é uma espécie de morte, na medida em que pode ser vivido quase sem consciência. Nesse contexto, a atividade livre é deveras vivificante. Esse trabalho é desenvolvido na Escola Experimental Vera Cruz, Nível II, com crianças de 8, 9 e 10 anos. E também no "Laboratório de Desenho", da Pinacoteca do Estado, com crianças de 7 a 11 anos. Na Pinacoteca, também desenvolvo cursos para arte-educadores e professores de primeiro grau, junto com Paulo Portella Filho. Nesses cursos procuramos passar essa filosofia de trabalho de arte e educação acima descrita. No Vera Cruz, as turmas são de 17 alunos, e o tempo da aula é de uma hora e meia por semana. Desenvolve-se o trabalho plástico e o jogo dramático. Nesse "fazer", as crianças escolhem livremente o material e manifestam espontaneamente todas as fases da História da Arte. Acontece desde a pintura das cavernas, a *body-art*, o impressionismo, a arte gestual, o grafite, todas as inesgotáveis possibilidades da expressão humana. Em cada aula são 17 processos diferentes acontecendo ao mesmo tempo. Cada professor acompanha sua turma durante três anos.

Tem sido um trabalho difícil, exigente para o professor, mas muito gratificante, de uma riqueza enorme.

Maria Regina Barros Sawaya,

Professora, Coordenadora, Assessora da Área de Arte da Escola Vera Cruz, Nível II

Professora de crianças e adultos na Pinacoteca do Estado

4 de janeiro de 2012

Trabalhei 10 anos no Vera Cruz. Nos últimos três anos, além de professora, fui coordenadora e assessora.

No dia 16 de março de 1984, perdi a Tuxa, minha irmã muito querida, num trágico acidente de carro na estrada entre a fazenda dela, a Santa Rita, e a cidade de São Carlos. Ela estava indo encomendar os doces e salgados para a festa de aniversário que daria na semana seguinte. Quando alguém tecia algum comentário sobre a Tuxa, em geral era assim:

– Que linda que ela é!

– Ela é um sol!

– Que energia inesgotável que ela tem!

– Que alegria de viver!

E por aí afora...

Foi nessas circunstâncias que me tornei bipolar. Eu não suportei a dor da perda, o luto. Eu vivi o luto do lado inverso. Em mania. Eu nunca bebi tanto, namorei tanto, pintei tanto. Essa foi a minha primeira mania. Mal sabia eu o que o futuro como bipolar me reservava... Mal sabia eu que o meu calvário apenas tinha começado... Agora já faz quase 30 anos. Uma vida!

Na comunidade em que eu morava, eu punha o som muito alto para dançar, dançar e dançar. O Gaiarsa me disse que isso é uma forma de luto, de ritual de luto em sociedades mais primitivas. Acho que eu sou meio primitiva... Nessas horas eu preciso dançar. É um jeito de exorcizar.

É claro que os outros três moradores da casa ficavam putos comigo por causa do barulho e quiseram me expulsar de lá. Mas eu ganhei essa briga de foice e consegui expulsar os três, falei com advogado e tudo. Pedi a ajuda do Paulinho, meu irmão, e ele não achou nada melhor para me dizer do que:

– Que falta de *fair play*, Gina.

Olha se pode! Esse período da minha vida é meio confuso para mim. Acho que morei sozinha até o Fábio Prado, irmão do Pedro Prado, vir morar comigo em 87.

Morar em comunidade foi a pior decisão que tomei na vida, não tem nada a ver comigo que sou individualista e preciso de um canto só meu. Preciso de um pouco de solidão todos os dias. Eu entrei nessa para poder trabalhar menos, viver com menos e ter tempo para terminar a faculdade de Psicologia, que acabei terminando em 1987. Meu sonho era ser arte-terapeuta, usando tudo o que já tinha aprendido durante 10 anos como arte-educadora. Não consegui porque, quando estava terminando a faculdade, eu tive uma depressão enorme no final de 1986, por causa de um fim de relação amorosa, seguida de uma mania devastadora em janeiro de 1987, que foi seguida de mais seis meses de depressão... Foi duro... Foi foda... Eu comecei a achar que, como eu tinha ultrapassado a barreira do consciente, eu era "completamente louca" e não poderia de forma alguma clinicar, embora tivesse me esforçado muito durante anos para ter o tal diploma de "Psicologia". Acho que o meu analista da época não me ajudou muito. Ele insistia para eu entrar na Sociedade Brasileira de Psicanálise, que não tem nada a ver comigo. Além disso, eu jamais teria dinheiro para pagar uma "análise didática". Eu estava confusa, muito confusa, nessa época. Ter a tal mania me assustou muito, e eu estava ainda me havendo com isso. Eu até "esqueci" que o meu objetivo sempre foi ser uma terapeuta de base junguiana, apesar de estar me tratando com psicanálise e trabalhar com as crianças através de brincadeiras com a terra, a água, o ar e o fogo, coisa que eu já tinha feito muito no Vera Cruz. E eu tinha o espaço perfeito para isso naquela casa onde eu mesma já tinha montado e mantido uma escola de arte para crianças, por dois anos, junto com a Germana Monte-Mór e a Ruth, minhas amigas. Além de tudo, a casa tinha um bom quintal e, por isso, daria muito bem para brincar com água. Tinha também um muro grande que já estava pintado pelas crianças anteriores. Mas, infelizmente, não consegui realizar nada disso.

Em 1984, eu passei o ano todo meio maníaca. Eu critiquei tudo que tinha para criticar no Vera Cruz. Eu, absolutamente, deixei de ser política. Botei o dedo em todas as feridas da instituição e incomodei muito. Incomodei muita, muita gente. No fundo foi uma forma de manifestar a minha dor e o meu desespero com a morte da Tuxa. Parece que tudo o mais perdeu totalmente a importância, o sentido, eu perdi o sentido da vida. Eu, nesse ano, fui também uma pessoa completamente sem limites. Isso incomoda muito em qualquer instituição. É claro que, no final do ano, a Lucília, diretora do Nível II, me deu uma prensa:

– Gina, ou você se mantém adequada aos limites do Vera Cruz ou você sai.

Eu adorava a Lucília, sempre a achei uma pessoa fantástica, muito inteligente e muito sensível.

– Eu saio, eu respondi. Por causa de uma mania você pode perder um emprego de 10 anos, mesmo que durante 10 anos você tenha trabalhado direito, tenha sido muito eficiente... A doença é muito destrutiva, completamente destrutiva. Tanto na mania como na depressão. É foda... Em geral nenhuma instituição aguenta. Ela expulsa você.

7 de janeiro de 2012

Eu gostava de sair pela porta grande, da grande sala de jantar, onde tinha aquela mesona e aquela cristaleira enorme cheia de enfeites bonitos e atraentes. Eu descia os degraus da escada e contornava o "jardim francês", com aquele canteiro redondo e lindo no meio, grande. Ele era meio grande. Antes dele, à direita, tinha o banco marrom de ferro com mesinha redonda e três cadeirinhas. Eu saía pelo portãozinho e dava na alameda principal, que tinha todo um corredor de manacás-da-serra às suas margens. Em novembro, dezembro, aquilo virava uma festa de brancos e roxos. Tinha também um riachinho que percorria a alameda do lado esquerdo, que fazia aquele delicioso barulho de água corrente. Depois tinha aquela raiz estranha que saía da terra, quase na vertical. Era a minha "raiz". Toda vez que eu passava naquele pomar majestoso, eu ia cumprimentá-la. Mais à frente, à esquerda, tinha duas imensas moitas de bambus juntas. A primeira era de bambus mais finos, amarelos com listrinhas verdes. A segunda era de bambus grandes, grossos, verdes. Dentro era oco e, quando a gente entrava, parecia que estava numa gigantesca catedral gótica, natural. Era uma beleza! Uma beleza mesmo. Depois, eu virava e subia um caminho ladeado, à direita, por mangueiras centenárias e, à esquerda, por um murão "rosa-caipira". Logo, à direita, tinha a avenida das jabuticabeiras ancestrais. Eu parava bem no começo e ficava admirando, admirando um tempão. Depois, eu caminhava por ela até um trecho onde havia dois bancos, um de cada lado da alameda. Um de frente para o outro. Eu deitava sempre no da esquerda e ficava horas olhando o céu através das copas das jabuticabeiras. Era lindo! Lindíssimo! Grandioso! Depois, ia até o final da alameda, virava à esquerda e ia subindo pelo caminho de terra. No final desse caminho, à direita, tinha um jatobá enorme, maravilhoso, frondoso, antigo, muito antigo. Mais acima tinha um plano cimentado, retangular, com dois bancos, um em frente ao outro. Tinha também um arco para pôr trepadeira entre os bancos. Na descida, do lado direito, tinha a formosa "escadinha de água" que o Conde do Pinhal mandou fazer. Parece que ele copiou de uma estação medicinal da Europa. Ao longo dos degraus, que eram baixos e compridos, descia água corrente até lá embaixo. Parece que era bom para artrite, artrose, esse tipo de doença. Muitas vezes a gente ficava sentado nos bancos lá em cima, conversando por horas. Depois a gente descia pela escadinha ou pela terra e voltava para casa. Eu tive a sorte de poder me encontrar com esse pomar maravilhoso e fantástico durante 30 anos.

10 de janeiro de 2012

Ainda bem que o Celso voltou. Estava difícil ficar sem análise. Na segunda semana de férias dele, quando cheguei da Baleia, onde passei o *Réveillon* com Soninha, Fernão e filhos, eu estava muito triste e angustiada, não sabia por quê. Como eu fiquei morrendo de medo de estar entrando numa daquelas depressões profundas, sem saber ao menos quando ia terminar, achei melhor ligar logo para o Del Porto, na terça-feira. Só conseguimos falar na quinta-feira porque na quarta-feira foi meu aniversário e um monte de gente me ligou. E eu fiquei muito contente. O Del Porto aumentou o Pondera, um dos dois antidepressivos que eu já estava tomando. Passei, então, a tomar quatro comprimidos na quinta-feira mesmo. Alguns dias depois, eu liguei de novo para o Del Porto porque estava precisando tomar dois Dormonid para dormir ao invés de um, que era a dose habitual, e por isso eu passava o dia seguinte chapada, acabava dormindo praticamente o dia todo. Falei para ele, também, que na véspera tinha conseguido dormir, mas acordei às 3hoo, elétrica, com muita energia. Ele comentou comigo:

– Será que você está dando uma "virada", Regina?

Eu disse que achava que não, porque tinha passado os dias anteriores dormindo muito. Só assim consegui ficar sem a análise naquela semana... Evasão total... Fuga total... Até agora eu não sei o que estava me amedrontando tanto, qual era o bicho-papão.

O fato é que, dois dias depois, passei a noite toda em claro. Só consegui dormir das 9hoo às 10hoo da manhã e acordei cheia de energia para levar a Filó, minha gatinha, ao veterinário. Aí eu me convenci de que estava em mania e liguei para o Del Porto. Ele falou para eu começar a tomar 2,5mg de Zyprexa naquela noite mesmo, tomar só um Pondera na manhã seguinte e eliminar completamente o Wellbutrin 300mg, que era o outro antidepressivo que eu também estava tomando. Ele deu uma mudada rápida e radical na minha medicação. Sábio Del Porto! Até agora deu para segurar a mania, acho que dessa vez escapei a tempo. Ô inferno de doença! Saco! Estou cansada! Mas estou satisfeita por ter conseguido controlar a mania. Dessa vez nem gastei dinheiro excessivamente, pra falar a verdade, até agora me controlei bem.

Eu retomei a análise na quarta-feira passada, já tive duas sessões. Eu estava tão ansiosa por causa da mania e de outros assuntos que tinha para tratar com o Celso que acabei ligando para ele na terça-feira à noite, na casa dele, não consegui esperar a sessão da quarta-feira, às 15h30! Ele foi muito generoso e, na prática, fez uma sessão por telefone mesmo, me acalmando muito, muito mesmo.

O Celso é alto, magro e, segundo um dos meus acompanhantes, "bonitão". Eu também acho. Ele tem barba, bigode e também um sorriso lindo. Seus dentes são branquinhos e muito perfeitos. Mas pra falar a verdade, ele sorri pouco, ele é mais pra sério. Sério e "pão, pão, queijo, queijo". Ele é muito direto e isso é muito bom para mim, que gosto de me "evadir", me evadir, me evadir...

Ele também é muito inteligente, culto e sensível. Na mesinha, ao lado da cadeira dele, tem sempre vários livros: Mitologia, Filosofia, Escola de Frankfurt, Mircea Eliade. Só livros complicadíssimos. E isso me faz ter mais confiança nele, porque mostra que ele é curioso. Está sempre estudando, se informando.

A análise me ajuda muito a aceitar a bipolaridade, porque, pra falar a verdade, até hoje, quase 30 anos depois, às vezes ainda é difícil. Às vezes eu ainda me revolto muito por ter a doença. No ano passado, quando uma depressão séria me pegou, depois de uma fase longa de estabilidade, eu fiquei puta da vida! Eu me senti apanhada de "calça curta", mas o Celso, com toda a paciência do mundo, me convenceu de que era melhor viver do que me suicidar. A análise também me ajuda muito a tomar esse monte de remédios que tomo todo dia e a aguentar os terríveis efeitos colaterais. Outro dia eu contei. Tomo 12 comprimidos todo dia. Nem todos são remédios psiquiátricos. Nessas alturas, eu tenho que tomar também remédio para pressão, hormônio, cálcio etc. Como qualquer pessoa de minha idade tem que tomar tudo isso, sinto um certo consolo... Nada como a desgraça dos outros para consolar a gente. Que horror! Que pensamento mais mesquinho!

O Celso também é muito generoso. No ano passado, quando eu estava muito deprimida e não tinha acompanhantes, eu pedi o telefone da casa dele na véspera de um feriado longo de quatro dias. Ele me deu o telefone na hora. Graças a Deus, aguentei o feriado sozinha e não precisei ligar para ele.

Além de ser muito culto, para minha felicidade, ele também gosta muito de pintura. Na sua sala de espera, de um lado, tem uma reprodução linda do Van Gogh e, do outro, uma do Picasso, cheia de azuis, vermelhos e brancos. Tem também um aparelho de som que está sempre tocando música, em geral clássica, baixinho. Muitas vezes é Mozart. Por causa disso, eu retomei o contato com Mozart e comprei uns CDs para eu ouvir em casa. Curti e curto muito.

Eu fiquei no divã no início da análise, mas, depois, passei um tempão na cadeira. Devia ser medo, claro. Mas o Celso nem reclamou e nem criticou. No final do ano passado, eu voltei a deitar no divã e achei ótimo. Estou mais corajosa agora.

Teve um dia que, quando a sessão começou, o Celso me deu um cartãozinho de uma loja chamada Home Machê, porque eu tinha achado bonitos os vasos que ele comprou lá e colocou na prateleira da sala de espera. Eu fiquei surpresa com esse gesto. Achei que ele era um cara livre da ética rígida da Sociedade Brasileira de Psicanálise, o que é ótimo!

No começo da análise, de vez em quando, eu levava uns presentes para o Celso. Teve um dia que levei uma caixinha vermelha, em formato de coração, cheia de pequenos chocolates da Lindt, que eu comprei na padaria. Dei uma igual para Soninha e fiquei com outra para mim. É nela que ponho os remédios da noite que tomo antes de dormir, de manhã já a coloco no criado-mudo. Apesar disso, às vezes, eu me esqueço de tomar os remédios, como aconteceu no sábado passado. Eu só lembrei disso às 18h00 e, aí, não dava mais! Eu tomei só os da noite e lembrei que o Del Porto um dia me disse que pular só uma dose não era tão grave assim... No domingo, eu tomei tudo direito, de manhã e à noite! Viva! Haja saco!

A sala do Celso é bem ampla e iluminada, eu gosto disso. Do lado esquerdo tem o divã, encostado à parede, e uma *bergère* em cada extremidade. Ao lado da do Celso, tem a mesinha baixa com os livros. Como sempre levo um copo de água pra sessão, o Celso passou a colocar uma mesinha pequena ao lado da *bergère* ou do divã. Do lado direito da sala o Celso fez um pequeno escritório, com armário, mesa, computador, telefone. A sala tem também uma porta de vidro enorme que dá para um terracinho redondo. É bem bonito. O lugar onde o Celso senta tem uma janela que fica atrás da poltrona, mas, mesmo assim, é meio escuro. No meio da tarde, ele já tem que acender a luminária ao lado dele.

O Celso é um cara muito calmo, tranquilo e ponderado. Ele não faz drama com nada. Eu acho isso ótimo, principalmente para mim que sou turca e, por isso, muito intensa e exagerada nas emoções. Ele também não faz longas interpretações freudianas, kleinianas ou winnicottianas, ou, talvez, eu não perceba que ele faça. Graças a Deus! Ele é muito direto, é pão, pão, queijo, queijo, mesmo, e eu admiro muito essa grande competência que ele tem.

Um dia encontrei o Fábio Moreira Leite, que também foi paciente do Celso, e ele disse que nunca tinha conhecido um analista tão objetivo na vida. E o Fábio, assim como eu, tinha muita prática no assunto. Eu fiquei muito triste quando o Fábio morreu. Ele era muito inteligente, brilhante e completamente empolgado e envolvido com seu trabalho de artista plástico. Eu nunca vou esquecer aquele seu trabalho fantástico com carimbos.

O Jardim também gostava muito dele e até o convidou para ser seu interlocutor num dos cursos de gravura em metal que deu no SESC. Um dia, há muito tempo, eu fui no ateliê do Jardim comprar umas gravuras para dar de presente. Acabou que passamos a tarde conversando. Foi uma delícia! O Jardim me deixou ver todo o trabalho dele. Lá tinha milhões de gavetinhas cheias de gravuras lindas. Quando conversamos sobre o Fábio, deu para perceber que o Jardim tinha uma enorme admiração por ele. Eu até contei para o Jardim que tinha namorado o Fábio durante um tempo. Pra falar a verdade, sempre que eu encontrava o Jardim, acabava contando muitos episódios da minha vida para ele. Eu não sei nem por quê. Ele é um ótimo ouvinte. Superatento e supersensível.

12 de janeiro de 2012

A Filó é a gatinha vira-lata que a Marinês me deu 12 anos atrás. Quando chegou em casa, a primeira coisa que fiz foi pegá-la pelo cangote e passar um *spray* antipulgas, como a Marinês tinha recomendado. Foi um dos melhores presentes que eu ganhei na vida!

Logo, logo, ela começou a dormir no pé da minha cama e eu adorei. Ela era pequenininha, magrinha e muito delicada. Quando estava no meu colo e eu fumava, ela seguia a fumaça com o olhar, virando a cabeça. Depois, teve uma fase em que ela encarava a TV quando estava ligada. O que será que ela via?

Um dia ela estava brincando na mureta da área de serviço e parece que se enganchou num dos vasos, caindo lá embaixo. A sorte foi que um dos meus vizinhos, que gosta muito de animais, viu e levou-a, junto com a Preta, para o Hospital Veterinário Rebouças. Ela tinha tido uma hemorragia no pulmão e tinha quebrado uma patinha. Eu ia visitá-la todas as tardes, e os funcionários do Hospital me disseram que ela só comia quando eu estava lá.

A Filó é uma ótima companhia. É uma tigrinha com listas cinzas, brancas e pretas, é rajada, vira-lata total. Os olhos dela são lindos, e a gente se comunica pelo olhar, "olho no olho". Eu a ensinei a piscar, de vez em quando dá certo: ela pisca pra mim e eu pra ela. A gente "conversa". Eu acho isso o máximo! Vai ver que já estou ficando gagá... Quando eu chego já a encontro miando na porta e tenho que tomar cuidado para ela não sair. Outro dia ela conseguiu sair e foi até a porta do vizinho da frente, ainda bem que consegui pegá-la logo. Senão teria que subir um monte de escadas.

Às vezes, ela se empoleira no sofá, atrás de mim, e de repente eu vejo o vulto dela. Como todo gato, ela é completamente silenciosa. Outras vezes, se escarrapacha ao meu lado no sofá, o que é um pedido sutil para que eu coce sua barriga. Ela adora tomar banho de sol nas janelas. É incrível como os gatos adoram o sol. Ela vai perseguindo o sol pela casa até ele chegar no sofá.

Uma vez eu fui para um sítio com os amigos e, chegando lá, percebi que tinha deixado a Filó trancada em um armário. Fiquei desesperada. Uma das pessoas do grupo, porém, era veterinário e falou que a Filó ficaria bem até três dias, se o armário fosse bem ventilado. Ele era, então tive coragem de voltar no terceiro dia, bem cedo. Abrir a porta do armário e vê-la sair foi um alívio enorme. Outras duas vezes, sem querer, claro, deixei-a entre a veneziana de madeira e a rede que coloquei no apartamento, justamente para ela não cair mais. Assim que entrei no apartamento, ouvi os miados desesperados dela e fui soltá-la.

Eu achei que a Filó tinha direito a dar uma cria pelo menos. Uma vez, deixei-a numa clínica para cruzar antes de eu fazer uma viagem para Goiânia. Todos os dias eu ligava para a clínica para saber como ela estava. Meses depois, ela pariu quatro gatinhos, no pé da minha cama, claro. Uma noite acordei com os miados dos gatinhos que ela carregava na boca pelo apartamento inteiro. Era lindo de ver! Lindo!

No final do ano passado eu fiquei muito triste porque um ultrassom revelou que a Filó está com um tumor maligno no intestino... Eu fiquei arrasada. A gente, o Rogério, eu e o Hailton (AT), já foi três vezes levá-la ao Hospital Rebouças. Ela foi medicada duas vezes e reage bem. Agora come uma latinha de ração cremosa por dia, além da ração normal. Ela adora a ração cremosa e fica muitas vezes miando perto da geladeira, pedindo desesperadamente para a gente dar. A gente dá três colheres de sopa por dia, como a veterinária nos orientou, às 8h00, às 14h00 e às 19h30.

A sorte é que a Cida, minha empregada nova, adora a Filó e cuida bem dela, que se esfrega muito nos pés dela fazendo a maior festa..

Enquanto eu tomo o meu café da manhã, a Filó fica sentadinha no chão, do lado esquerdo, ergue a cabeça e espera até eu dar para ela um pouco de requeijão, na ponta do meu dedo. Ela lambe rapidamente e logo pede mais e mais. Ela lambe, lambe e lambe. E adora!

26 de janeiro de 2012

Foi nos anos 80 que conheci a Dagui e o Saulo. Mulher e marido. Maravilhosos. Mãe de santo e Pai de santo. Umbandistas. Corajosos. Generosos. Muito generosos. Formaram muitos "médicos", como a Dagui brincava, ao longo de vários anos. Trabalho árduo, muito bonito e profundo, de autoconhecimento. Muitos e muitos anos de dedicação total. Fé. Amor. Muito amor.

Foi a Rê Stella que me apresentou os dois, em meados de 1987. Eu tinha tido uma mania gigantesca, naquela vez em que fiquei em São Sebastião. Pintando, pintando e pintando. Tecidos lindos esticados no chão do corredor. E eu pintava... Um, com cor bordô, eu pintei inspirada no Pollock, o outro, verde-esmeralda, era mais árabe. Fiz um leve grafismo dourado nele. Discreto. Discretíssimo. Bem bonito.

Pomba-gira, pomba-gira, pomba-gira. A Dagui falou que naquele tempo todo eu tinha estado com um monte de pombas-gira em cima da minha cabeça. Me azucrinando. Me amaldiçoando. Me atacando. Me machucando. Elas faziam de tudo pra eu ficar louca. E eu fiquei. Bipolar. Louca. Louca, louquíssima. Louca total. Sem cura. Até o último dia da minha vida. Crueldade. Uma enorme crueldade. Quem será que fez isso comigo? Foi a Pi, ex-mulher do Sílvio, que era o meu namorado da época, com certeza que sim. Aquela filha da puta que, apesar de trabalhar com crianças com paralisia cerebral, é uma puta. Uma putona... É inacreditável...

A Dagui falou que a macumbeira ali era ela. Então era ela que ia desmanchar esse trabalho tenebroso. Ela só pediu pra eu ficar uma semana sem tomar café e sem usar as cores preta e vermelha. Eu deveria também acender uma vela para meu anjo da guarda. Eu esqueci e, quando percebi, já tinha ido trabalhar a semana toda com aquele casaco velho de veludo cotelê preto, finíssimo, que eu adorava... Mas os santos não me castigaram.

Também lá no Clube da Turma fazia bastante frio. Ela mandou, também, eu receber *jhorey* de "baciada". Eu não sabia nada acerca do *jhorey*, nem da existência da Igreja Messiânica. Ela pediu para o Saulo fazer um "culto de antepassados" para a Tuxa, na Messiânica. Eu nunca tinha ouvido falar desse trabalho maravilhoso de cura espiritual, através da imposição de mãos. Eu fui. O *jhorey* me fez muito bem. Levei a Helena na Messiânica para receber *jhorey*, e ela gostou muito. A gente saía da difusão se sentindo ótima, com muita disposição para enfrentar o dia.

Eu fiquei adepta do *jhorey* e da Messiânica. Uns cinco anos depois me tornei messiânica. Sou até hoje. Recebi meu *orikari* numa cerimônia solene e muito bonita. Precisei fazer duas vezes o curso! O ministro disse que era porque eu nem sabia andar direito, como ele observou bem... Eram os remédios. Malditos remédios. Benditos remédios. Em todo caso, extremamente necessários. Uma tentativa heroica de ter um pouco de saúde mental. Um pouco de paz. Um pouco de paz de espírito. A qualquer preço. Custe o que custar. Doa o que doer. Doa em quem doer. É foda. Fodíssima!

Depois de cinco anos frequentando com muita dedicação a Umbanda, eu tinha melhorado pouco. Muito pouco, considerando o esforço enorme para ir até lá, na lonjura onde é o Campo Limpo. Ir quase todo sábado não era mole. Apesar do fascínio pelos atabaques e pela "gira", eu me desencantei. Apesar disso, levei um monte de gente para fazer consulta lá. A Jussara, a Marlene, a Patrícia, a Helena, entre outros tantos. Muitos outros tantos. Ficavam todos maravilhados e encantados, como eu, fascinados mesmo. Os rituais eram, na verdade, muito bonitos. Aquele monte de mulheres com saias brancas rodadas. Os homens todos vestidos de branco. Os atabaques batendo, tocados por adolescentes bonitos e saudáveis, para inaugurar a gira. Tum, tum, tum... e os médiuns começavam a incorporar seus santos de cabeça. Era lindo! Lindo mesmo! Eu adorava ir lá!

Banhos de ervas. Arruda. Alecrim. Guiné. Mágicos banhos de ervas. Da Dagui. Da "mãe Dagui". Da Cabocla Guaciara, santa de cabeça da Dagui. Da Rosa, aquela baiana velhinha, desbocada, que também era santa de cabeça da Dagui. Pra falar a verdade, eu nunca entendi muito tudo isso, mas ficava absolutamente fascinada. Encantada. Eu adorava preparar meus banhos de ervas. Eu saía do Templo Mãe Guaciara e ia direto naquela chacrinha, em uma esquina da avenida Sumaré, onde uma velhinha tinha um terreno enorme com todas as ervas de que eu precisava. Lá tinha também uma árvore linda, que ficava carregada com bolas e mais bolas de flores cor de rosa. Eu babava com essa árvore. Era uma maravilha! Eu fazia tudo como a Dagui me ensinou. Pegava uma sopeira branca, bonita, e punha as ervas lá. Fervia a água e jogava sobre as ervas, até a metade da sopeira. Completava com água fria para ficar um banho morninho. Tomava um banho normal. Fechava a torneira, jogava o banho de ervas sobre a minha cabeça e, depois, abria o chuveiro para as folhas que caíam no chão saírem, elas não podiam ficar lá. Eu tinha que catar as folhinhas também. Depois não me enxugava, depois do banho de ervas a gente não pode se enxugar. Tem que deixar o banho secar no corpo, para afastar os maus espíritos. Para afastar o mau-olhado. Para afastar a inveja. Inveja que seca e maltrata a gente. Isso todo mundo sabe. Todo mundo já sentiu. Todo mundo já sofreu. Um dia na vida todo mundo já sofreu, e muito. Um dia na vida todo mundo já viveu. Inveja: pecado mortal e destruidor. Que mata. Que quer matar. Destruir. Arrebentar. Foder. Foder mesmo! Droga! Droga! Droguíssima! Por que será que alguns invejam tanto outros? Mesmo que eles sejam muito fodidos e tenham uma doença incurável, como eu. Não é choro nem vela. Isso é a pura realidade. A verdade total dos fatos.

Já faz muitos anos que a Dagui se dedica integralmente à "Casa do Zezinho", que ela fundou com seu grupo. Eu imagino que foi com seu grupo de médiuns. Eu não sei ao certo. Eu só sei que esse era o maior sonho da Dagui. Ela falava bastante nisso para a gente. Lá eles atendem 1400 crianças carentes, todos os dias, em tempo integral. Casa, comida, estudo. É assim.

Eu até estranho toda essa paixão que tenho pela Umbanda e pelo Candomblé. É algo só meu que, absolutamente, não tem a ver com a minha educação. Com a minha família ou com aquele meu colégio cheio de urubus negros. As freiras. As chatas das freiras. Eu só gostava de Madre Maria do Redentor, aquela inglesa divertida que me deu aula de desenho no ginásio. Rosáceas e mais rosáceas. Ela mandava a gente fazer rosáceas o tempo todo. Rosáceas coloridas. Bem bonitas. Eu adorava fazer rosáceas com meu compasso e lápis de cor. Eu pintava as ditas cujas bem de levinho com a minha caixa de lápis de cor. Eu também achava lindas aquelas faixas coloridas que a gente usava no colégio. Elas tinham mais ou menos três centímetros de largura, e a gente tinha que enfiar nos passantes. Primeiro na cintura, daí a faixa ia até as costas, a gente cruzava e puxava pelos ombros e, depois, por baixo dos braços, até dar um nó leve e um laço atrás do qual pendiam duas pontas. Era uma operação lenta e delicada que a gente repetia todos os dias. No primário, a gente usava uma faixa rosa, depois, uma faixa rosa-claro com risquinhos brancos, em seguida, uma bordô e, por fim, uma verde. Todo dia.

Todo dia.

Todo dia. Sempre. Sempríssimo.

"Todo dia ela faz tudo sempre igual, me sacode às seis horas da manhã".

Eu não sei por que grande parte das pessoas chamam a Umbanda e o Candomblé de "religiões primitivas". De primitivas elas não têm nada. São muito complexas, sofisticadas, têm uma simbologia muito rica. Riquíssima. Coloridíssima. Isso sim, elas têm mesmo. Como que alguma coisa que veio da África, berço da nossa ancestralidade, pode ser primitiva? E a arte Africana, é primitiva? E onde ficam aquelas máscaras fantásticas que inspiraram até Picasso? Me diga, me diga aí! Não digo que fico brava. Bravíssima. Guias, guias e guias. Cada uma delas simboliza um santo, uma santa. Azul-anil vivo, Ogum ou São Jorge. Azul-claro ou branco brilhante, Iemanjá ou Nossa Senhora da Aparecida. Amarelo-vivo, Oxum ou, pra falar a verdade, eu não sei mais a santa equivalente a Oxum na Igreja Católica. Preto e vermelho é Exu, o demo. O que era tão bonito que queria ser Deus. Virou demônio, o que abre as giras, o que abre a vida. Os caminhos da vida. Preto, preto, ou vermelho, vermelho. Branco é Oxalá. Sexta-feira é dia de Oxalá e, em homenagem a ele, a gente deveria se vestir de branco. Pra falar a verdade, eu nunca faço isso. Eu esqueço. Agora vou começar a fazer. Tenho uma calça branca de *shantung* nova, que é linda, e algumas blusinhas. Falta mesmo é uma calça branca de lãzinha. Acho que vou mandar fazer. Posso também usar um abrigo que é uma coisa bem mais simples e mais barata, e muito mais confortável. E as comidas de santo, então? Eu nunca tive a sorte de experimentar, mas, quem teve, diz que são comidas divinas. Requintadíssimas. Delicadíssimas. Levíssimas. Eu adoraria experimentar. Pelo menos uma vez na vida... Vatapá, mungunzá, acarajé de santo, deve ser tudo ótimo! Já pensou? Só imaginar os alguidares com comidas de santo já me dá água na boca. ALGUIDAR. Palavra linda. Como tem "al" no início, deve ser de origem árabe, como a gente bem aprendeu na escola. Eu acho os árabes fantásticos.

Eu sou suspeita para dizer porque meu avô era libanês, libanês mesmo. Ele foi mascate em Minas Gerais. Ele ia de casa em casa, no seu burrinho, vendendo rendas, panos, botões e não sei o que mais. Depois ele teve uma lojinha em Carmo do Rio Claro, que é a cidade mineira onde eles fazem aqueles doces de mamão e abóbora lindos, cheios de desenhos recortados de frutas e flores. Depois, ele veio para São Paulo e teve uma loja na 25 de março. Claro. Eu tenho o maior orgulho da minha origem libanesa, libanesíssima! Nada como ter "sangue novo". Eu sempre gostei e me orgulhei. Sangue novo de imigrante. Garra de imigrante. Esperteza, no bom sentido, de

imigrante. SAWAYA. Esse é meu sobrenome de libanesa ou pós-
-libanesa.

Eu acho graça porque às vezes, quando digo meu sobrenome para alguém no telefone, às vezes as pessoas perguntam
se é de origem japonesa. Imaginem, eu japonesa... Nem pensar... Aquela coisa toda certinha e reguladinha dos "japas" não
tem nada a ver comigo. Já a arte japonesa, isso sim! Eu daria
a vida para ter uma gravura do Hiroshigue. Daquelas bem bonitas. Coloridas. Levemente coloridas. Delicadíssimas. Salve,
mestre Hiroshigue! O mestre dos mestres da gravura japonesa.
Ozu, Ozu, Ozu. A gente viu um filme do Ozu outro dia aqui
na fazenda. Ele é o mestre do enquadramento. Não tem outro.
Não tem igual. Não tem mesmo. E os tecidos dos quimonos,
então? Maravilha. Total maravilha! Maravilha total. Flores
e folhas delicadíssimas. Desenhos absolutamente sutis. Eu vi
uma exposição fantástica de kimonos japoneses na Pinacoteca
do Estado. Até comprei o livro com as reproduções, de tão maravilhosos que eram. E valeu a pena comprar. Livro é o tipo
da coisa que sempre vale a pena comprar. Sou uma digna filha
do Dr. Sawaya, mesmo... Ainda mais livros de arte. Graças a
Deus, tenho uma bela coleção para ficar olhando, curtindo e
APRENDENDO.

E a comida japonesa, então? *Missoshiro, sushi, sashimi.*
Para falar a verdade, eu conheço só o mais básico, mas eu
adoro comer essa comida sofisticada e linda que leva tanto arroz e tanto peixe cru. E os *temakis*, então? São Paulo agora
está repleta de "temakerias", eu não entendo por que eu ainda
não experimentei. Não entrei em nenhuma. Na rua Tabapuã,
bem perto da minha análise, tem uma, mas eu sempre prefiro
ir no Fifties, comer um bom x-búrguer salada e um *milk-shake*
de chocolate ou morango. O Zyprexa dá mesmo uma fome
enorme, gigantesca. Não tem *milk-shake* melhor que o de lá.
Não tem mesmo. E aquelas batatinhas fritas sequinhas, então?
Nunca vi tão boas em outro lugar. É um manjar dos deuses.

Elas são perfeitas. Superperfeitas. Delicadas, cortadas fininho, e vêm naquela caixinha linda de papelão vermelho. Mostarda e *ketchup* para acompanhar. Pratinho branco pequeno. Fifties. Fifties. Fifties. De vez em quando, eu gosto de ir lá. Equilibrar os pensamentos, as intuições e os sentimentos depois da análise maravilhosa com o Celso Vieira de Camargo.

28 de janeiro de 2012

Papai foi da geração de brasileiros fundadora da USP, dos professores que substituíram os estrangeiros que vieram para fundá-la. Filho de imigrante libanês, batalhou pra chuchu. Vestiu a camisa até o último de seus dias. Suou a camisa. Suou. Suou. Suou. Nos deu um exemplo magnífico do que é lutar por seus ideais. Eu agradeço a Deus por ter tido esse pai maravilhoso, grandioso, brilhante. Não é exagero, não. Ele era tudo isso mesmo, tudo ao mesmo tempo. Brilhante, maravilhoso, grandioso, inteligente, inteligentíssimo!

Eu tive a sorte de ser a "queridinha" do papai. Não por mérito meu, mas simplesmente porque ele me escolheu. A gente se gostava muito. A gente se entendia muito. A gente se olhava muito. Olho no olho. A melhor recordação da minha infância era aquele olhar embevecido, doce, do papai me fitando. Aquele olhar árabe. Ele salvou a minha infância asmática. Eu vivia no pronto-socorro e dormia com um montão de travesseiros. Por isso fui uma criança adulta. Eu sempre me senti completamente rejeitada pela mamãe. E fui, fui mesmo. Afinal, eu tinha cara de turca. Talvez ela me rejeitasse porque eu era a filha mais libanesa de todas. Tudo que meus olhos "cor de mel" tinham de bonitos, o meu nariz grande tinha de feio. Nariz árabe, nariz libanês. Eu não me orgulhava nada dele. Aos 19 anos, fiz uma plástica fantástica com o Dr. Martinho. Foi muito bem-sucedida, porque ele tirou só o carocinho feio do meu nariz. Não teria cabimento cortar mais, afinal eu tenho rosto grande. Uma bocona grande, bonita e bem desenhada, como todos os Barros, Barbosa Barros, todos Camargo Andrade Barbosa Barros têm. A família da minha mãe é quatrocentonésima. De Campinas. Tem povo mais quatrocentão que o de Campinas? Vovô Barros foi um grande médico lá. Ginecologista. Até hoje tem um busto dele em frente à maternidade. Depois, eles vieram para São Paulo e passaram a morar naquela casa maravilhosa do Ramos de Azevedo. Parece que foi meio por acaso que foram parar lá, no bairro do Paraíso. Paraíso, nome lindo para um bairro. Eu não me lembro bem. Eu só me lembro daqueles vitrôs coloridos, fantásticos, que tinha na sala de jantar. Eles ficavam na vertical, formando um suave semicírculo. Um depois do outro, um depois do outro. Uma verdadeira alegria! A sala, do lado esquerdo, onde tinha os vitrais, era meio arredondada... A luz se filtrava colorida. Azuis, amarelos e vermelhos. Lá estava também aquela fantástica e imensa mesa oval de madeira pesada, onde deveria caber umas 15 pessoas. Vovô e vovó tiveram 13 filhos! Eu lembro muito bem de toda a sala. Os vitrais, a mesa com as suas cadeiras acompanhadas de uma soberba cristaleira. Todas as peças tinham detalhes em bronze, magníficos, lindos. Lembranças de infância. A gente tem as boas e também tem as más. A casa ficava na Rua Alfredo Ellis. Até hoje a gente se refere a ela como a "Alfredo Ellis".

– Você lembra daquele porão da Alfredo Ellis onde a gente brincava?

– Você lembra que o piso da copa era de ladrilhos brancos, minúsculos, sextavados?

– Você lembra da Sofia, aquela cozinheira fantástica da Alfredo Ellis? Ela fazia quitutes deliciosos.

– Você lembra daquele macaco que tinha lá? No jardim! E das jabuticabeiras?

– E daquela sacada de onde descia uma escadinha com a grade toda rendilhada que ia dar no porão?

Alfredo Ellis, boas e mágicas lembranças da minha infância. Eu adorava ir lá.

Eu não conheci vovô Zuza. O meu parto foi o último que ele fez. Eu o conheci só um pouquinho. Senti sua amorosidade. Quarenta dias depois, ele morreu, teve um infarto lá na fazenda Atibaia, que era do tio Tá e da tia Cecília. Tios maravilhosos. Encantadores. Eu bebi leite de luto! De muito luto. De muita tristeza. Ele era adorado por vovó e por todos os filhos. Devia ser uma pessoa muito carismática. Eu sempre ouvi dizer que ele era também muito charmoso e elegante, com seus belos ternos e bengalas com castão de marfim, de ouro, talvez. Vovó Úrsula era mais severa. Desde que tia Lúcia morreu, ela passou a usar luto fechado até morrer. Luto, preto, preto, preto. Até morrer. Eu só conheci vovó de luto. Sempre de luto. Lutíssimo. Doído e sofrido.

Tia Lúcia, pelo que todos contam, era uma mulher lindíssima. Tocava piano. Esqueci de dizer que na Alfredo Ellis tinha também uma sala de música, se não me engano, com um belo piano de cauda. Eu não me lembro muito bem. A memória trai a gente. Às vezes a gente escreve a memória do desejo, não memória da verdade. E por acaso existe verdade? No quê? Me diga. Me diga. Me diga. Onde? Como? Quando? "De perto ninguém é normal", como bem diz o Caetano. Só sei que aquela sala era linda. Até hoje, fechando os olhos, enxergo tudo. Ou quase tudo. Tinha também a sala de estar com aqueles móveis durinhos, bem formais, tapete, tapete, tapetão e duas cristaleiras lindas, cheias de objetos bonitos, atraentes. Objeto do desejo. Desejo. Desejo. Desejo.

Quando eu era criança, eu acho que desejei muito conseguir, pelo menos, mexer naqueles objetos. Nem pensar em abrir, em mexer, em pegar. NÃO PODIA, MESMO! NÃO, MESMO! Claro que eu ficava fascinada por tudo aquilo e queria mexer em tudo. Brincar um pouco. Brincar com cuidado... "Eu prometo que vou ter cuidado, vó". Até hoje sou apaixonada por objetos bonitos. Quase sem perceber, fiz uma pequena coleção de garrafas e vasos de vidros coloridos que ficam na prateleira branca da minha cozinha. Tem um pouco de tudo. Garrafas de cerveja que eu acho que têm um desenho interessante, a da "Norteña", por exemplo. Vasos coloridos. Turquesa. Eu amo a cor turquesa. É a de que eu mais gosto. Lá tem um vidro lindo turquesa-escuro com tampa e também um solitário, daqueles que é para pôr só uma florzinha. Verdes, vermelhos, amarelos. Lá tem vaso de tudo quanto é cor. Alguns eu comprei na feira do Bexiga, outros, na praça Benedito Calixto e outros, numa loja incrível que chama L.S., e fica na rua João Cachoeira. O problema é que tudo que tem na L.S., é muito caro, então eu vou pouco. Como a minha psicanálise é no Itaim, eu passo três vezes por semana pela rua João Cachoeira. Olho sempre a vitrine da L.S., e fico babando, mas não paro e não entro. Ainda bem que não dá nem tempo de fazer isso. A loja é tão fantástica porque é da Lúcia Steiner. Ela é filha do Benjamin Steiner, que foi um dos mais refinados e cultos antiquários de São Paulo. Eu nunca conheci ninguém com um olhar tão apurado para objetos como Lúcia e o marido. Eles trabalham muito com vidro, que eu adoro. Numa "crise consumitiva", eu comprei lá três pesos para papel, redondos, de vidro, lindos. Um é meio malhado de branco e preto fosco. Outro é transparente e tem uma espiral preta desenhada em toda a volta, por dentro. O terceiro, agora, eu não estou lembrando, só sei que é bonito, muito bonito. Quando eu estava reformando o apartamento, também comprei lá três garrafões vermelho-vivo, que eu botei no chão, na cozinha, e ficou muito legal.

Às vezes, eu consumo bastante, mais do que deveria, nas manias, então... mas, devido à bipolaridade, às vezes, eu fico trancada muito tempo em casa e, em ficando, curto muito contemplar meus objetos. É verdade, não é desculpa esfarrapada, não. Olhar objetos bonitos me faz bem. Muito bem. Ver TV também. Adoro as novelas da Globo. Talvez me consolem e ajudem a aguentar os trancos e os barrancos, eu não tenho dúvida. Possuir um pouco de beleza faz bem. Posse. Posse. Posse. Maldita posse. Pecado mortal? Pecado mortal? Acho que é problema meu. Educação católica. Culpa. Maldito mundo da culpa... Eu conheço pessoas que têm mil vezes o que eu tenho de objetos belos e não estão nem aí... Compram, compram e compram. No Brasil ou no exterior, onde estiverem. Itália, França, Japão, Londres. Marrocos, quem sabe. Na Sotheby's, quem sabe. Garimpam, garimpam e garimpam. No Marché aux Puces, em Paris. Portobello Road, em Londres. Eu achei a Portobello Road o máximo! Comprei um casaco tipo militar, azul-marinho, inesquecível. Onde estiverem, as pessoas compram, compram e compram, e fazem coleções fantásticas. Maravilhosas. Sem dúvida elas têm mais saúde mental do que eu por não terem tanta culpa e mandarem bala. Eu não consigo fazer isso e nem posso. Não tenho bala na agulha. Eu vou comprando devagar e com muito prazer o que eu vou podendo comprar. E morro de prazer.

No meu ateliê, que fica dentro do meu apartamento, do lado esquerdo da mesa de pintar tem umas quatro ou cinco prateleiras, repletas de "arte popular" que eu fui ajuntando ao longo da minha vida. Tem quatro casinhas de barro fantásticas, com frontão e tudo, que eu trouxe da Paraíba há uns 40 anos, quando passei um julho lá, junto com o Ivan. Tem um boi preto que eu trouxe de Cusco. Lá tem um lugar próprio para beber "chicha", quando terminam as colheitas e o povo comemora. É uma bebida de milho fermentada que eu vi vendendo no mercado, mas não tive coragem de beber. Depois me arrependi de não ter ao menos experimentado. Eu também trouxe do Peru duas réplicas de esculturas da Fundação Larco Herrera, que achei numa loja do aeroporto quando parti. Uma é um gato, com o lugar próprio para beber a chicha, a outra é um vasinho. Eu quase pirei quando visitei essa fundação, nunca imaginei que houvesse um acervo tão fantástico de cerâmica peruana. São milhões de peças belíssimas. Como na época eu fazia cerâmica, o entusiasmo foi enorme. Se eu for descrever todos os objetos que estão nas minhas prateleiras, eu não vou acabar nunca esse livro. Então, chega! Chega, Regina. Tome tento! Eu só vou contar que lá tem um monte de cerâmicas lindas e minúsculas que eu também trouxe do Peru. Tem dois caminhõezinhos carregados de frutas que cabem na metade da palma da minha mão. Tem um circo cheio de pessoinhas na arquibancada redonda que é inimaginável. Tem bumba meu boi. Tem vários. Um deles foi a Sara Carone quem me deu uma vez, quando veio do Nordeste. Que mais que tem? Não tô lembrando. Agora chega. Chega, mesmo. Tem também um fogãozinho amarelo de lata com o qual todas as pessoas se encantam. Ele está bem lá em cima. Árvores. Eu fui fazendo uma bela coleçãozinha de árvores, quase sem perceber. Árvores delicadamente recortadas a *laser*, na madeira fininha, agora eu não estou lembrando o nome da artista. Até o Jardim, no dia em que veio aqui em casa, pediu pra eu mostrar para ele o nome dela, a gente tem que destacar a arvorezinha do apoio para ver o nome. Pra falar a verdade, achei a tal arvorezinha bem semelhante às das gravuras do Jardim. Ele também é apaixonado por árvores, só que as dele dão de 10 a zero nas dela, claro. Tem também um conjunto de quatro palmeirinhas de metal escuro que todo mundo adora. É uma árvore linda, cheia de galhos com passarinhos, que um dia eu tive a enorme coragem de comprar na Benedixt. Valeu a pena. Ela é linda e eu curto muito até hoje; tem também duas árvores lindas de cerâmica do Megumi, fantásticas, são as mais bonitas.

Pra meu desespero, há pouco tempo abriu na Vila Beatriz, que é muito perto de casa, uma loja especializada em *design*, que se chama Casa Canela. Os objetos de lá são uma maravilha. Eu já cometi algumas ousadias lá. A última foi a compra de um vaso de murano transparente que está no limiar do cafona. Lembra uma ânfora grega, segundo a Helena. A Sara, quando viu, disse que jamais compraria um vaso como aquele. Ela é um barato. Livre, leve e solta. É por isso que adoro ela. Paguei o vaso em três ou quatro vezes, e é fato que ele ficou maravilhoso na minha salinha. Eu o coloquei naquele móvel abaixo da janela. Eu gosto tanto dele que voltei a comprar flores frescas semanalmente, lírios brancos bem compridos, antúrios vermelhos, rosas e outras flores. A cada semana uma escolha. A cada semana, uma curtição diferente. Acho que só por isso já valeu o gasto. Tem coisa melhor do que fazer um vaso novo, com flores diferentes a cada semana? Faz bem para a alma. Faz bem para o coração. Faz bem para tudo que a gente é. E também para o que a gente não é. Será?

29 de janeiro de 2012

Retomando... Papai, Paulo Sawaya, foi da geração fundadora da USP. Foi do primeiro grupo de brasileiros que substituiu os estrangeiros que criaram a USP. Como o Lévi-Strauss, por exemplo, entre muitos outros. Muitos eram judeus que fugiram da Europa em guerra.

Papai era muito apaixonado pelo que fazia e, quando ele queria, queria. E queria logo. A jato. Rápido. Ele era um homem de decisões rápidas e virava um trator. Eu, pessoalmente, acho que esse foi mais um ótimo exemplo que deixou para a gente. Nós todos somos meio tratores, nós, os 10 filhos que ele teve, que agora são nove. Quando a gente quer, a gente quer e manda bala, a gente age. Trabalha pra chuchu. Veste a camisa. Se entrega. Sobretudo no trabalho. Pelo menos eu. Com os meus namorados, que foram muitos, eu nunca fui assim. Talvez devesse ter sido. Talvez tivesse sido melhor. Mas eu não tenho o que reclamar dos meus namorados. Gostei muito de todos eles, e eles me fizeram muito bem. Bem mesmo. Paixão é doença, mas, às vezes, é bom. Bonzíssimo. Alimenta. Desalimenta. Desalimentante, mesmo.

Papai foi um dos fundadores da Sociedade Brasileira para o Progresso da Ciência, que nasceu lá em casa, junto com outros dois cientistas, um era o Dr. José Reis e o outro eu não estou lembrando o nome agora. Isso ocorreu lá pelos anos 50. Eu lembro uma vez que a gente viajou para Belo Horizonte com papai porque a SBPC foi lá. Foi o máximo! Eu adorei! Foi quando conheci Sabará, Tiradentes, Mariana. O barroco mineiro. Ouro. Ouro fosco. Imagens de santos belíssimas. O mistério das igrejas. Rezar. Eu gosto de rezar. Quando pequena, eu saía do Madre Alix, ia para casa de vovó e ficava rezando o terço com ela. Mistério. Ela me ensinava os mistérios do terço. Dolorosos. Gozosos. E os outros? Misteriosos. Ela tinha muita fé. Era supercatólica e morava em frente à Igreja São José, no Jardim Europa. Acho, imagino, que ela ia todos os dias à missa.

A Bete ficava lá embaixo vendo desenhos animados na TV, porque lá em casa não tinha TV, papai achava que TV era uma droga e que a gente tinha mesmo era que ler, ler muito, sempre, sempre. Sempre, sempre, sempre. Ele lia livros de todos os tipos. A Bete embaixo e eu lá em cima, com a vovó Úrsula, aprendendo a rezar o terço. Eu tinha dó daqueles pés inchadíssimos que ela tinha. Isso é uma das recordações de dor da minha infância. Eu achava aquilo um horror porque devia doer muito. Eles ficavam muito apertados naqueles sapatos pretos. Pretos. Pretos. Pretos. Que dó! E eu nunca a vi reclamar sobre isso. Ela, como as pessoas da sua geração, não reclamava nunca. Nunquíssima... Ela bordava vestidos lindos. Bordados muito sutis e delicados que a gente adorava. Eu nunca me esqueci daqueles bordados, daqueles vestidos da minha infância que eu amava. Vovó também fazia camisinhas de cambraia para bebês, que tinham os mesmos bordados delicados em azul-claro, rosa-claro, amarelinho. Seu bordado era um primor. Acho que naquelas alturas eu já era bem vaidosa. Como continuei sendo, até agora. Mentira! Até agora, não. Pra falar a verdade, eu ando bem desleixada. Verdade ou mentira? Quando posso, compro roupas de boa qualidade porque acho que elas disfarçam melhor a minha obesidade. Nada como uma boa roupa, com um bom corte e tecido bom, para disfarçar os pneuzinhos, ou pneuzões... Merda! Zyprexa, Zyprexa, Zyprexa... Um porre! Eu adoro roupa boa. Do Shopping Iguatemi. Lá tem a Erica's e a Sinhá, com alguns modelos de roupa que cabem em mim. Se estou com bala na agulha, compro lá, se não estou, vou até a Julmitex, na rua José Paulino, que tem alguns modelos bacanas bem em conta. O que eu mais gosto, na José Paulino, é daquele monte de camelôs. Echarpes, colares, *bijoux*. Eles vendem um pouco de cada coisa. Um pouco de tudo, até abridores de lata, descascadores de legumes, trim, tesourinhas e tesourões. Uma beleza! Eu não resisto! Eu adoro uma feira. Qualquer feira. Não adianta, eu sou uma turca mesmo.

De todos os sintomas colaterais, o que me deixa mais triste é mesmo a obesidade. Tenho dificuldade para levantar do sofá, do carro, da cadeira, de qualquer lugar... Não é mole carregar 20 quilos a mais, que equivalem a quatro sacos grandes de açúcar. Açúcar União. Açúcar da minha infância. Perdi muito em agilidade e em flexibilidade. Colesterol demais também faz mal ao coração. Tudo que é demais faz mal para alguma coisa. Já aprendi e aprendi bem, na marra.

Quando jovem, eu era naturalmente mais para a magra. Tinha um corpo bonito, sabia disso, e gostava disso. Seios grandes, cintura fina e quadril largo. O típico corpo da mulher brasileira, não é por nada. Eu era mesmo. Claro que eu gostava disso. Qual é a mulher que não gosta de saber que é gostosa e desejada? Ser uma mulher atraente e gostosa. Atrair os olhares masculinos é muito gostoso. A gente se sente mulher, mais mulher. Aos 63 anos, eu sinto muita falta disso. No Brasil, pelo menos, nenhum homem olha para uma mulher da minha idade. Quase nenhum. É raro acontecer. É a praxe. A praxe. A cultura secular brasileira. Mulheres de 60... fora! Foríssima. Todas as minhas amigas têm a mesma queixa. Claro que isso é triste. Tristíssimo. Então, a gente, quase sem perceber, vai ficando meio desleixada. A gente nem liga mais tanto para as roupas e as *bijoux* que a gente usa. A gente começa a preferir mais o conforto à beleza. A gente acaba preferindo usar um abrigo confortável e uma crocs, o que tem suas vantagens. Abrigo e crocs são duas coisas bonitas, baratas e confortáveis. Muito confortáveis. E andar de havaianas, então? Tem coisa mais deliciosa?

Agora comecei a me lembrar do tempo em que eu usava biquíni. Mamãe, que era muito severa e pudica, não me deixou usar. Eu comprei um biquíni meio grande, azul-marinho com um arremate branco, e pedi para a Soninha dizer para a mamãe que era presente de Natal para mim. A Soninha, minha eterna e querida aliada, topou a empreitada. Foi assim que pude começar a usar biquíni, como todas as moças da minha época faziam. Quase todas. Algumas mães eram ainda mais pudicas que a minha mãe e não deixavam de jeito nenhum que as filhas usassem. O meu primeiro biquíni era de helanca, uma helanca meio grossa, pra falar a verdade. Mais tarde vieram os de pano, era só achar um bom modelo, uns paninhos de florzinhas e depois mandar a costureira copiar. Tenho até hoje uma foto que papai tirou de mim na piscina da Fazenda Santa Rita. Eu estava numa posição de lado, de biquíni, Édipo, Édipo. Vai e volta. De um lado para outro. De outro lado para o um. É um tráfico de influência, influência de tráfico. Tráfico. Tráfico. Tráfico.

Traficar afeto é bom. Muito bom. Eu adorava papai, mesmo, e ele era, de fato, um cara adorado por muita gente. Em primeiro lugar por mamãe, fã total e absoluta dele. Depois, pela maioria dos filhos. Especialmente eu. Depois, por aquele monte de alunos da USP e de outros lugares. Vira e mexe tinha algum estudante nordestino morando com a gente até achar um lugar decente para morar. Nossa casa era modesta, mas muito aberta e movimentada. Sempre, ou quase sempre, tinha algum hóspede de fora morando conosco, e isso sem dúvida era muito bom para abrir a nossa cabeça para o mundo. Sair do "nosso mundinho", pequenininho, apertadinho, quando ele era assim ou estava assim. Pequeno e arejado. Desapertado. Desarejado. Desarejadíssimo.

Papai também fez parte, durante séculos, da Sociedade São Vicente de Paulo, criada por Frederico Ozanan, na França. É claro que ele foi presidente dessa sociedade por longos anos. Ele era, de fato, um cara ambicioso, muito ambicioso, simpaticamente ambicioso. Isso é óbvio, mais do que óbvio. Papai e mamãe tinham "os pobres" deles e, às vezes, iam levar cobertores para eles. Eu só acho estranho que nunca levavam a gente junto com eles nessa boa ação.

Papai também participava do Conselho da Cultura Inglesa. Entrou como aluno e foi parar no conselho, claro! Como sempre. Ambição. Ambição. Ambição. Saudável ambição. Ambição pelo bem dos outros. Nem sempre, é claro. Afinal, ele era um ser humano falível. Falível como qualquer outro ser humano. Ter ambição, sobretudo no trabalho, foi outro bom exemplo que papai nos deixou. Nesse sentido, pelo menos, somos todos ambiciosos, bastante ambiciosos. O Sylvio, por exemplo, jamais teria sido diretor da FAU/USP se não tivesse um mínimo de ambição. E ele teve a grande sorte de nascer, ou ter se tornado, político. Um bom político para defender as causas em que ele acredita. Coitado, na gestão dele pegou o abacaxi da reforma do telhado da FAU. Coisa que nenhum diretor antes dele conseguiu resolver. É muito estranho, pelo menos para mim, que um prédio criado pelo Artigas tenha esse tipo de problema, que parece insolúvel até hoje. Outro abacaxi que ele pegou em sua gestão foi uma greve de alunos, que não aconteceu só da FAU. De nós todos, só ele seguiu a carreira universitária. Em 64, era diretor do DCE e quase teve que se exilar porque assinou o manifesto dos sargentos. Ele era diretor do Diretório Central dos Estudantes, e o Serra, da UNE. Ficaram próximos, mais ou menos, por causa da política estudantil.

31 de janeiro de 2012

Eu escrevi este livro para ajudar outros bipolares e, especialmente, suas famílias, porque percebi que a minha fica em pânico quando entro em crise, sobretudo em mania. Até hoje, 28 anos depois de eu ter ficado bipolar. Espero que eu tenha conseguido ajudar bastante todo esse povo sofredor. Sofridíssimo. Porque esta doença é mesmo um eterno sofrimento. Um sofrimento enorme que vem de repente e vai de repente, sem avisar. Por isso é uma doença muito cruel, crudelíssima. Sofrida. Sofridíssima.

O maravilhoso foi que, ao escrever, eu fui exorcizando os demônios da minha bipolaridade. Eu não tinha a menor expectativa de que isso acontecesse, pudesse vir a acontecer. Os demônios da bipolaridade são fortíssimos. A gente tem que ter muita força para enfrentá-los. Tem que ter até vigor físico. Por isso, também, me fez muito bem escrever este livro. Agradeço a Deus!

XÔ, SATANÁS!

XÔ, LÚCIFER! FODAM-SE!

Não me encham mais, nunca mais, porque eu já cansei de frequentar religiosamente a Umbanda e o Candomblé para expulsar vocês da minha vida... E pra falar a verdade, não consegui. Quando eu sinto algo que não é do domínio do meu racional e nem da minha intuição, apelo para o jogo dos búzios. Até hoje. Eu respeito muito o Candomblé e a Umbanda. Há pouco tempo, inclusive, eu fiz um ebó e um buri, tudo na mesma noite, rituais de Candomblé. Mais uma vez entreguei minha cabeça para Iemanjá cuidar dela e eu sofrer menos. O mínimo possível. Por coincidência, meus santos de cabeça são Iemanjá e Ogum. Nossa Senhora da Aparecida e São Jorge. Tenho uma pequena imagem de cada um no meu quarto.

No início deste ano, aconteceu algo inacreditável, pelo menos para mim. Depois de eu sofrer durante 28 anos com a bipolaridade, quatro irmãos meus pediram, espontaneamente, uma reunião com o Del Porto para se informarem sobre o meu caso. Foi em fevereiro de 2011, quando a Tina estava passando um tempo aqui. O Zeca, o Sylvio, a Tina e a Soninha foram até o consultório do Del Porto. Ele disse que não faria mais eletroconvulsoterapia comigo porque gera mania. Disse também que eu estava muito sozinha e precisava muito de apoio afetivo da família para enfrentar a doença. Segundo o Sylvio, que é meio exagerado, o Del Porto teria até sugerido um rodízio de irmãos. Eu acho que dificilmente o Del Porto falaria isso. Ele é muito discreto e equilibrado.

O fato foi que o Sylvio se sensibilizou e foi por conta dele procurar outro psiquiatra, que é o Dr. Paulo Toledo, que tem também um grande conhecimento de Jung e de astrologia e valoriza muito a arte-terapia como instrumento de trabalho. Ele disse ao Sylvio que é muito importante o paciente formalizar o seu inconsciente através da expressão artística. O Sylvio, então, me "intimou" a passar as tardes das quintas-feiras com ele. Depois do almoço ele ficaria desenhando e eu, pintando. Eu topei, aliás, não tinha como não topar. Era uma intimação mesmo, e pra mim, até hoje, "irmão mais velho é irmão mais velho". Depois de um certo tempo, a gente começou só a drinkar uísque, beliscar castanha de caju e conversar.

A arte-terapeuta que o Dr. Paulo recomendou era muito simpática, mas era uma mocinha. Pra falar a verdade, sem falsa modéstia, eu dava de 10 a zero nela. Afinal de contas, já faz algum tempo que eu sou uma artista plástica profissional. Uma pintora. Uma boa pintora. Eu não queria perder tempo com aulas que não acrescentavam nada para mim e as abando-nei. Combinei com o Sylvio que, de vez em quando, eu leva-ria meu trabalho para o próprio Dr. Paulo fazer uma análise simbólica, porque ele é "bamba" nisso. Já levei uma vez, e foi muito bacana. Adorei esticar os panos pintados no chão e ver o todo. Agora que o Patrick Paul passou a morar no Brasil, também pedi que ele às vezes fizesse análises simbólicas do meu trabalho. Ele é um médico francês que desenvolveu um conhecimento esotérico excepcional, a partir dos dogmas da Igreja Católica. É o único guru católico que conheço. Já me consultei umas três ou quatro vezes com ele. Foi o Rogério que me apresentou.

5 de fevereiro de 2012

Espero ter deixado bem claro neste livro a importância de aprender a discriminar os primeiros sinais das crises para po-der debelá-las logo no início. A gente consegue. Treinando bastante, a gente consegue. Espero que também esteja claro que é importantíssimo ter um ótimo psiquiatra, no qual você confie muito. Procure, procure e procure. Você vai achar. É preciso respeitar religiosamente as consultas que ele marcar. Sejam semanais, quinzenais, mensais, o que for. Tomar religi-osamente os remédios que o médico receitar, exatamente no horário em que ele mandar. Treine-se para aguentar os efei-tos colaterais. Você tem que aguentar, é melhor do que ficar pirada e ser internada, o que é um verdadeiro inferno. Se você conseguir detectar o comecinho de uma mania ou depressão, lembre-se de que, se você não cuidar a tempo, ela pode resul-tar numa internação. Corra para o médico. Ele pode conseguir cortar a crise.

Caminhadas ao sol da manhã ajudam a manter a ESTABI-LIDADE, mas eu nunca consegui fazer isso. Existe pesquisa ci-entífica sobre o assunto. Não se esqueça disso. Se esforce. Encare uma dieta suportável para ficar menos obesa (o) e melhorar a autoestima. Se expresse, pinte, desenhe, borde ou faça o que quer, desde que esteja se expressando prazerosamente. Cerâmica, cerâmica, cerâmica. O contato com o barro, símbolo da "mãe terra", é muito benéfico. Tente, mesmo que seja difícil, construir um grupo de amigos e parentes para apoiar você na doença. Ajuda muito. Faça uma rede de amigos ou parentes que de vez em quando telefone pra você e pergunte se você está bem, se está tomando os remédios e aguentando os efeitos colaterais. Leia. Se informe. Leia muito sobre a bipolaridade. Quanto mais informação, maior a possibilidade de tecer parâmetros e elaborar estratégias para enfrentar a doença. Truques, pequenos truques, tipo deixar de manhã, no criado-mudo, os remédios da noite para você não esquecer de tomar. Com o tempo a gente vai descobrindo milhões de truques que ajudam muito. Muitíssimo.

Existem na praça alguns livros em português sobre "bipolaridade":

Uma mente inquieta, de Kay Redfield Jamisom, Martins Fontes, 1996.

Dos outros só sei os títulos:

Tristeza Maligna (depressão);

O Diabo do meio-dia (depressão);

Eu não sou uma, sou duas (bipolaridade);

À espera do sol (bipolaridade).

Acho que seria muito bacana se muitos bipolares resolvessem escrever suas experiências com a doença e publicar. A gente poderia formar uma imensa rede de ajuda. Um ajuda outro, que ajuda outro, que ajuda outro. Pode ser que alguém conheça um calmante que não interfira com os remédios. Algum remédio para tomar antes de dormir que nos livre dos Stilnox, Dormonid, Lexotam da vida e seus terríveis efeitos colaterais. Ou um chá para diminuir o apetite e se livrar de alguns quilos. Quem sabe? Fica aqui a ideia. Tomara que dê certo, eu adoraria conhecer as aventuras e desventuras de outros bipolares.

Para mim foi muito bom escrever este livro. Se escrever me fez bem, espero que também faça bem para você. Espero que seja um alimento, uma força, um incentivo para cuidar da doença. Afinal a pessoa que mais tem amor pela gente é a gente mesmo. Somos todos narcisos. Não dá pra disfarçar. Faz parte.

MEMÓRIA, 6 de fevereiro de 2012

4004-3535. É fantástico. Após 11 anos consegui decorar o telefone do banco. Onze anos! Apenas 11 anos! Memória derretida. Lítio, Zyprexa, bipolaridade. É foda. Foda, mesmo. Derrete tudo. Derrete a gente. LIQUEFAZ. LIQUIDIFICADEIRA. BATEDEIRA. *ORANGE JUICER.* MERDA. *JUICER.* Alô, alô, Realengo, aquele abraço!

ATRASO, 6 de fevereiro de 2012

É tudo assim! É sempre assim... Eterno atraso, atrasadíssimo... Um bipolar vive no eterno atraso. Finasterida. Receita de novembro de 2011. Encomenda de fevereiro 2012. Cabelo caindo. O meu cabelo ainda vai ficar caindo por falta do remédio. Só falta ser além de bipolar, ficar calva, aí, eu me suicido...

Ser bipolar é um porre mesmo. Atrapalha toda a vida. Em todas as suas singularidades.

DORES, 6 de fevereiro de 2012

Terreiro, terreiro, terreiro. Eu preciso de um terreiro para exorcizar. Para curar dores. Dores quase insuportáveis nas pernas. Eu preciso de um ebó e de um buri, pipoca, pétalas de rosas brancas e alecrim, arruda e guiné. Preciso de tudo isso. Além da bipolaridade, agora dores no corpo. Nas pernas, na cervical. A minha saúde agora está ótima! Coragem! Viva! Estou feliz, produtiva, apesar das dores terríveis nas pernas... Eu mesma tô achando que é melhor passar de 5mg de Zyprexa para 7,5mg para evitar uma mania, como aprendi com o sábio Del Porto.

Não adianta, eu esqueço tudo mesmo. Hoje cedo, a Sara falou que o entrevistado de hoje do Roda Viva é um cara muito bacana. Eu não consigo lembrar de jeito nenhum. Ótimo, vai ser surpresa total. Agora lembrei, é o Laerte, aquele humorista fantástico. O Laerte que ultimamente tem se vestido de mulher. Adoro o Roda Viva. Tem alguns entrevistados fantásticos. Teve um dia que, quando eu liguei para ver, o entrevistado era o Marcos Jank, filho da Tuxa, meu sobrinho! Ele é o bambambã do etanol. É presidente da instituição especializada em etanol mais importante do Brasil. E é uma simpatia. Morro de orgulho dele. Foi quem viu o acidente mortal da Tuxa, só percebeu que a vítima era a Tuxa, quando foi socorrê-la lá embaixo no barranco. Tinha apenas 21 anos! Na madrugada do velório, ele escreveu um texto lindo sobre a Tuxa. Nós fizemos uma homenagem para ela. Colocamos num papel muito bonito o retrato da Tuxa, numa paisagem linda, com céu azul de um lado e o texto do Marcos do outro, numa tinta discreta, suave, um azul-acinzentado. Enviamos para toda a família e para os amigos da Tuxa. Foi assim que a gente conseguiu ao menos homenageá-la. Mas, o que a gente queria, mesmo, era ter a presença dela entre nós até hoje. Aquela alegria, aquela energia, aquela força. Ah, como seria bom! Que falta eterna eu sinto dessa irmã querida, muito querida.

8 de fevereiro de 2012

Eu vou passar o Carnaval em Recife de qualquer jeito. Mesmo que eu vá sozinha. Já convidei a Vera há três dias, mas ela não responde nunca. Ontem convidei a Lia, e ela ficou de me ligar hoje de manhã, mas até agora, 16h30, nada. Fui visitar a exposição da Mira Schendel: Têmpera sobre juta, aglomerado, óleo sobre juta. Só podia ser judia! Tanto talento e competência! Têmpera sobre tela, aglomerado. Têmpera e madeira, têmpera acrílica, gesso e madeira. Técnica mista sobre juta, madeira, tela.

14 de fevereiro de 2012

Amanhã vou para Recife! Graças a Deus, Recife. Não vejo a hora de chegar lá. Caboclinhos, maracatus, frevos, tudo ao mesmo tempo. É o carnaval mais lindo do Brasil. Galo da Madrugada... Beleza!

Estou almoçando no restaurante da loja 62°. A comida é muito boa, mas é cara. Tudo, ou quase tudo, que é bom, é caro. O dia hoje foi cheio. Elas, da loja 62°, não quiseram ficar com os meus colares em consignação. Eu não sei por que, os colares que estavam lá dessa vez eram horríveis. Às vezes são lindos. Já comprei muitos lá. Depois comprei os patês da Filó. Antes já tinha ido cortar o cabelo, hidratar, pintar as unhas da mão.

Daí, fui para o Shopping Villa Lobos mandar transferir o celular novo para pós-pago. Não consegui. Fiquei uma hora esperando e daí consumi, comprei:

▷ Vestido lindo para levar para Sofia, em abril;

▷ Três jogos de lençol maravilhosos na Casa Almeida. Tenho fixação por lençóis. Comprei também duas almofadinhas lindas e muito macias, bordadas em estilo indiano. Meu sofá está superconfortável e alegre agora.

Na 62ª, eu perdi a cabeça e comprei várias coisas. Fico maluca nessa loja. Comprei lá uma bandeja linda, cor de rosa, para dar para a Tina. Eu preciso parar de consumir desvairadamente, senão não vou ter grana para ir para Londres e Paris, em abril. Às 17h30, eu estava no Del Porto, que achou muito legal eu ir para Recife. Achou que eu podia ir sozinha, visto que a Sara e a Lia não toparam. É muito difícil mesmo arranjar companhia. E olha que ofereci a viagem de graça para a Sara porque já tinha pago tudo para duas pessoas e ela é muito dura. Mesmo assim... Nada! Fiquei meio puta, mas encarei a viagem sozinha. Eu queria muito ir, aproveitar que estou bem.

Passei a noite toda em claro, ora arrumando a mala, ora escrevendo bilhetes para a Lena. Expliquei tudo que ela teria que fazer pra mim. O principal era cuidar da Filó, minha gatinha que está doente. No último dia ela ficou com o cocô mole e eu fiquei preocupada. Mas ela não chegou a ter diarreia, que é um perigo para ela neste momento.

Às 6hoo tomei um bom banho e me aprontei. Vim bem bonita. Vestido azulão bem leve e guias brancas e azuis de Iemanjá. No caminho para o aeroporto eu dormi, apaguei e só me lembro do Rodrigo me dizer para não ficar caindo em cima dele.

Voo terrível. Tudo apertado. Humilhação. Cinto de segurança com extensor! Que horror. Barriga enorme. Zyprexa, Zyprexa, Zyprexa. O preço é altíssimo, mas... estou estável. Isso que importa. Roncos, todo mundo roncava, menos eu. A minha bolsa enorme no meu pé... Incomodava. Bolsa verdona e dourada. De perua. Comprei na liquidação da Arezzo. Adorei! Agora estou curtindo ficar um pouco perua, nos detalhes. Finalmente cheguei. Quase chorei quando vi duas personagens do maracatu e um pessoal dançando frevo, logo no saguão das bagagens. Peguei de cara um carregador. Eu estava exausta. Na verdade curto muito mordomias. Lado quatrocentão? Pode ser. Tinha que fazer hora para chegar na hora de iniciar minha diária na entrada, no Hotel Aconchego, que é um aconchego. Passeio por Olinda, glorioso. O Sobral é o motorista. Gente boa, muito boa. Galinha de cabidela. Restaurante bem simples. Ele conhece tudo. Fui rezar na Igreja Nossa Senhora das Neves. Uma boniteza. Exaustão. Exaustão. O guia insistia muito para eu continuar o passeio. Fiquei irritada. Gritei com ele. Pedi desculpas. Dei R$ 10,00 e fui embora. Antes aquela vista maravilhosa do alto do morro em Olinda, onde a gente vê o mar naquela paisagem descortinada. Sem cortinas. Descortinadíssima. Tudo uma beleza. Uma boniteza. Eu amo Olinda e Recife. Amo muito. Ingressos para o Galo da Madrugada, para mim e o Sobral, ele topou ir comigo como "segurança"! É no sábado. Nem acredito. Ficaremos numa arquibancada tomando café da manhã e apreciando. Vai ser sábado. Depois de amanhã. É bem cedo. Às 8h00. Preciso descansar bastante para conseguir ir. Depois, Banco do Brasil, esqueci de pegar grana para viagem, em São Paulo... Olha só... Freud explica. Acho que eu queria tudo de graça.

Eu fiz tudo isso com grande esforço, mas valeu a pena. As pernas continuam doendo muito. O Duda disse que é por causa da depressão, da bipolaridade. Maldita doença que judia de mim. No hotel, dormi das 18h00 às 21h00. Direto. Daí, primeira providência: arrumar os remédios no criado-mudo. Eles vieram numa bolsa separada, que trouxe comigo. Se eu perdesse a mala, não perderia os remédios. PRUDÊNCIA, PRUDÊNCIA, PRUDÊNCIA. A bipolaridade requer muita:

▷ ORGANIZAÇÃO;

▷ PRUDÊNCIA;

▷ PÉ NO CHÃO;

▷ RECONHECER OS BENEFÍCIOS DOS REMÉDIOS. Mal com eles, pior sem eles.

Tomar, tomar e tomar. Deglutir, absorver. Deixá-los tomar conta do corpo, do cérebro. Para você viver razoavelmente bem. E talvez com o cérebro todo esburacado... O hotel é minúsculo. Mais parece uma pousada. Tem uma pequena piscina no centro. Em volta ficam os quartos. Como um claustro moderno. Numa beira da piscina, tem quatro espreguiçadeiras, no lado oposto, um bar e mesinhas redondas com quatro cadeiras cada uma. Estou escrevendo numa delas. Estou me sentindo muito bem e em paz. Maravilha! Nem acredito! Graças a Deus e a meu imenso esforço, porque eu não desisto mesmo!

16 de fevereiro de 2012

Ir à farmácia, comprar:

▷ talco;

▷ desodorante;

▷ Novalgina;

▷ Voltarem Retard, 100mg;

▷ bronzeador 30 Nivea;

▷ escova de cabelo;

▷ cigarro;

▷ Red Bull.

Esforço, esforço, esforço. As pernas doem muito. O Duda disse que é por causa da depressão. Foi a primeira vez que ele fez esse diagnóstico. Eu achei que estava com "fibromialgia". Ele disse que não. Ele estava meio seco nessa consulta. Depois dela, um dia no *shopping*, tomei um Voltarem, porque não aguentava a dor. Nunca senti tanta dor nas pernas, nos joelhos, nos braços e até nas pontas dos dedos dos pés e das mãos. Ela se espalhou. Continuei com o Voltarem. Adorei. Eu nunca tinha tomado antes. Só ouvia falar que é um remédio fortíssimo. Arrisquei. Acertei. O Celso, porém, não achou bacana a minha iniciativa e disse para eu falar com o Duda. Falei. Ele mandou substituir por Novalgina. O único problema é que o Voltarem não é bom para quem tem cólon irritável, como eu. Tive um pouco de diarreia. Mesmo assim tô com vontade de arriscar. Afinal, estou em Recife e quero aproveitar o máximo possível. A Novalgina não funciona tão bem como o Voltarem. Amanhã vou comprar. Comprei.

Mercado de São José, uma pequena lindeza tropical. Lembra o antigo Mercado Modelo de Salvador. Como era nos velhos tempos. Frutas, verduras, peixes, carnes e artesanato, guias de umbanda e candomblé... Adorei. De cara, ainda na rua, comprei de um ambulante dois guarda-chuvinhas minúsculos. Presente para o Rogério e o Sylvio. Símbolo do frevo. Lá dentro fiquei maluca. Máscaras fantásticas para tampar os olhos. Influência veneziana no Carnaval? Comprei para dar para a Sara, a Helena, o Rogério e o Sylvio. Comprei um trabalho fantástico, é uma máscara oval colada numa tela cujo fundo é preto. Deve ter uns 30cm x 40cm. É um trabalho fortíssimo. A máscara é tridimensional e toda recoberta com lantejoulas brancas, douradas, pretas e azuis. Tem um pouco de vermelho, são as cores da bandeira de Recife. Lantejoula, lantejoula, lantejoula. Lantejoulas coloridas. Coloridíssimas.

É o Recife. Por isso que amo esta terra. Amo muito, mesmo! Amo demais! Toalhinhas vindas provavelmente do Ceará, de renda renascença. Outras bordadas a mão, outras a máquina. Mais presentes: para as secretárias do Duda, para a secretária do Del Porto. Esqueci, ou melhor, não tive tempo de comprar no Natal, eu estava deprê no Natal. Aprendi com a Helena e a Margarida a fazer um "armário de presentes". Outro dia fui numa loja bacana, lá na Vila, que chama Ô de Casa. Comprei um monte de presentes que eram uma lindeza, que são para levar nos almoços de segunda-feira da Soninha. Se bem que agora vou deixar de ir para ir aos Vigilantes, como recomendou o Duda.

Eu não aguento mais esse peso. Essa obesidade. Ir ao banheiro no avião foi um tormento. Sempre é. Pra andar. Pra levantar. Pra tudo. De manhã, quando venho tomar café da manhã aqui no hotel, morro de vergonha da obesidade e da dificuldade para andar, que nesse horário é enorme. Depois de tomar duas Novalginas, melhora. Depois de um tempo em pé, melhora.

Voltei do Mercado de São José, dei um mergulho na piscina para refrescar e dormi um pouco. Tenho sentido necessidade de fazer essas pausas. Então, faço mesmo. É a terceira vez que passo o Carnaval aqui, não preciso ficar fissurada em visitar isso, visitar aquilo, visitar tudo.

À noite, depois de um bom banho, fui comer uma moqueca no Bargaço, um restaurante chique, caldinho de feijão e uísque de entrada, no aperitivo. Eu estava com vontade de tomar um bom uiscão. Depois a moqueca, divina: peixe, pirão, farofa amarelinha de dendê, arroz branquinho. Trouxe três quentinhas, amanhã já tenho com o que encher a barriga. Casquinha de siri também. Duas. Fome enorme. Durante o dia só besteiras. Cocada preta e cocada branca, divinas. Café expresso bem tirado. Adorei! Adorei! Adoreisíssimo! Comer é bom pra segurar a onda e em restaurante bom é melhor ainda.

17 de fevereiro de 2012

IR:
A partir das 16h00, rua das Moedas.
Concentração do cortejo, NANÁ VASCONCELOS!
Batuqueiros e cortes das 10 nações de Maracatu de Baque Virado: Aurora Africana / Encanto do Pina / Leão da Campina / Oxum Mirim / Raízes de Pai Adão / Estrela Brilhante / Porto Rico / Cambinda Estrela / Gato Preto / Encanto da Alegria / MARACATU B.S. CRUZEIRO DO FORTE. AFOXÉ ARA ODÉ. Voltar para o hotel.
19h30 – 500 batuqueiros de maracatu, sob a regência de NANÁ VASCONCELLOS.

18 de fevereiro de 2012

IR:
8h – Galo da Madrugada, voltar para o hotel, Polo das Fantasias, Praça do Arsenal;
16h – Maracatu Mirim de Baque Virado, Nação Erê;
16h30 – Desfile de bonecos gigantes;
17h – Caboclinhos 7 flechas mirim, rua da Guia, Rampa do Arsenal, rua Bom Jesus, avenida Rio Branco;
19h – Maracatu Baque Virado Leão Formoso de Olinda;
19h30 – Maracatu de Baque Virado Leão da Campina.
IR:
Instituto Ricardo Brennand, Oficina do Francisco Brennand, Recife antigo;
Domingo – meia-noite – Tambores Silenciosos, Passeio de catamarã, Porto de Galinhas, restaurante Biruta, Bairro do Pina, à noite.
Comprar algodão cru, embalar colagem de máscara e despachar.

18 de fevereiro de 2012

Voltei, Recife! Foi a saudade que me trouxe pelo laço! Pelo braço! Alceu Valença.

...quero sentir a embriaguez do frevo...

Pierrôs,
Colombinas,
Marinheiros,
Marinheiras,
Presos,
Enfermeiras,
Presas,
Duquesas,
Diabinhas,
Diabinhos...

Tem de tudo.

Tudo isso é o Galo da Madrugada! Acordei às 7h00 da manhã e cheguei lá às 10h00 com o Sobral. Andei três quilômetros para chegar na sede do Galo! Andava, a perna doía. Parava. Sentava um pouco quando doía. Andava e parava. Sobral com a maior paciência, com medo que eu perdesse a saída do Galo. Mas deu tudo certo. Chegamos ao camarote, que na verdade era uma laje coberta, a tempo. Deslumbramento! Deslumbramento! Deslumbramento! É o único termo que define o carnaval de Recife.

Ei, pessoal!

Ei, moçada!

Carnaval começa no Galo da Madrugada...

Eu tenho verdadeira paixão por este carnaval. Comprei mais um monte de adereços de pena. Vou pendurar tudo lá em casa, na sala, no meu quarto, onde couber... As fotografias que eu tirei descrevem o Galo da Madrugada muito melhor que as palavras. Acabei de ver as fotos, ficaram bem bonitas. Tudo é luz, tudo é cor, tudo é brilho! Muita luz, muita cor e muito

brilho! Um imenso descortinar de luz, cor e brilho. Tudo é a mais pura alegria. Pessoas felizes. Pessoas cantando muito alegres:
moçada,
velhinhos,
criançada.
Ninguém resiste ao som incrível dos frevos e dos maracatus, das marchinhas.
Ontem à noite fui à cidade antiga apreciar os maracatus com a mulher do Sobral, como acompanhante terapêutica... Tô muito descolada, arranjei até AT aqui em Recife... Ela se chama Marlise.
Ei, pessoal!
Ei, moçada!
Carnaval começa no Galo da Madrugada...
A manhã já vem surgindo e clareia a cidade... cristais...
O Galo também é de briga, as esporas afiadas...
Ontem à noite teve uma hora que vi uma moça dando um tapa. Não resisti e pedi para ela para eu dar um também. Ela olhou espantada para mim e depois para o amigo dela. Ele assentiu com a cabeça, e eu dei "um tapa na pantera". Daí, ele abriu uma caixinha cheia de baseados perfeitinhos! Eu agradeci e disse que não podia fumar. Merda! MERDA! Merda de doença! A maconha atua nos mesmos canais que os remédios, então é perigoso. Merda de doença que me rouba todos os prazeres. Já não chega a obesidade. Não posso nem queimar um fumo. No Galo da Madrugada ia ser o máximo dar uma bola.
IA. IA. IA.
O Rogério ligou. Ele tá superpreocupado porque estou sozinha aqui. Ligou para saber se eu tinha chegado do Galo da Madrugada. Conversamos bastante. Ele recomendou que eu não vá visitar em Olinda aquele grupo de mineiros que estava aqui e agora foi para lá. Alugaram uma casa lá, tem três cozinheiras e 3500 latinhas de cerveja! Eu já tinha pensado e con-

cluído que são mesmo é um bando de machões mineiros que vêm passar o carnaval em Olinda para beber, beber, beber e comer todas as gatinhas possíveis. O Rogério acha que poderia até pintar alguma violência sexual pela competição que existe entre os homens. Eu já tinha pensado nessa hipótese também. TÔ FORA. Amanhã eu vou para Nazaré da Mata, às 12h00, para ver o Encontro dos Maracatus. Tô louca para ir. Sempre fui louca pelos maracatus.

20 de fevereiro de 2012

A cerveja do hotel é boa, está sempre bem geladinha. Apesar de sempre tomar Skol, aqui tenho preferido a Heineken porque é a que está mais gelada de todas. E é gostosa. Nem forte nem fraca. As pernas agora não doem, porque estou sentada. Mas, quando eu ando, elas doem muito. Parece que a parte posterior das minhas coxas e da barriga da perna estão sendo "ALFINETADAS O TEMPO TODO". Dói muito, muitíssimo. Só uma doida como eu para vir passar o carnaval em Recife neste miserável estado de saúde. Mas quando perguntei ao Duda se eu deveria ou não fazer a viagem, ele liberou. Resumo da ópera: muito Voltarem e muita Novalgina, para "segurar a onda".

Mas tá valendo a pena aguentar tanta dor. A viagem está sendo fantástica, absolutamente fantástica. Ficar em Nazaré da Mata, contemplando e fotografando os maracatus foi maravilhoso. Fiquei tão comovida com a "beleza" e a "verdade" dessa expressão de cultura popular que quase chorei. Quase mesmo. Tive que me segurar. Quando vi, estava no meio do maracatu, fotografando, não sabia nem como sair. Festa de luz, de brilhos, de cores. Festa de luz. Imensa luz espiritual, transbordante. O cravo preso na boca, o símbolo do "sagrado". Aqueles velhinhos bem velhinhos, segurando com devoção a enorme e sagrada roupagem coloridíssima, reluzentíssima. Eles transpiravam dignidade, integridade e FÉ. MUITA FÉ. Coragem. Vida, com v maiúsculo, segurando com coragem e ardor aquela roupagem linda e pesadíssima. De turista ali tinha só eu e mais dois ou três, graças a Deus. Um rapaz da rádio local veio me entrevistar. Adorei! Adoro dar entrevistas. Falei que foi o Antônio Carlos Nóbrega que me aconselhou vir até Nazaré da Mata ver os maracatus. Só que isso foi há séculos, há uns 20 anos, quando vim para Recife na primeira vez. Mas eu nunca esqueci e sempre sonhei com esse dia, que aconteceu agora. Eu nunca imaginei que a doença fosse dar esta brecha para eu viver de novo um carnaval maravilhoso em Recife. Graças a Deus, manifestado no Sobral e na Marlise, meus anjos da guarda recifenses, eu estou aproveitando muito esta viagem.

Lá em Nazaré vi uma coisa muito antiga acontecer. Pessoas estavam sentadas na calçada, em frente às suas casas, para esperar o maracatu passar. Armaram mesinhas cobertas com um toldinho e nelas botaram um monte de copos cheios de água para os passantes sedentos. Claro que, sedenta como sou, por causa dos remédios, fui logo avançando na água. É esse Nordeste generoso e delicado que eu amo. Quem é que não gosta? Eu adorei ficar uma tarde inteira numa cidade pequena, no interior de Pernambuco, apreciando o maracatu com seus guizos e os caboclinhos. Passavam também dois caboclinhos antes dos maracatus. Penas, penas e mais penas. Arcos e flechas, são os caboclinhos. Deu para fotografar tudo.

Ontem teve um encontro de maracatu, desde às 6hoo da manhã até às 20hoo, lá em Nazaré da Mata. Eu não quis ir, não sei por que, achei que vê-los no dia anterior e também à noite, no centro da cidade, no Marco Zero, tinha sido emoção demais. Eu não sei. Eu não sei. Eu não sei bem. Eu só tinha a clareza de que não queria ir. Embora, raciocinando, achasse que era a melhor coisa a fazer. Afinal, vim de São Paulo sonhando com os maracatus, seus reis e rainhas, suas cores e luzes. Seus guizos religiosos. Suas cortes. Mas eu estava necessitando de horizontes abertos, de sal, sol e mar. Talvez para digerir todas as emoções do carnaval até então.

Dia 15 — terça-feira – desembarque, Recife
Dia 16 — quarta-feira – Olinda
Dia 17 — quinta-feira – Marco Zero, Mercado São José
Dia 19 – sábado – Galo da Madrugada
Dia 20 – domingo — Nazaré da Mata
Dia 21 — segunda-feira – Porto de Galinhas
Voltei, Recife, foi a saudade que me trouxe pelo braço...
Tomar umas e outras e cair no passo...

21 de fevereiro de 2012

Acabaram de passar pelo bar do hotel dois "presidiários" que provavelmente vão para Olinda, apesar de estar chovendo canivetes. Chove, estia, chove, estia. Estia, chove...

Ontem tive muita sorte, pois fez sol e fui conhecer Porto de Galinhas, que eu adorei, e Calhetas, que tem uma vista deslumbrante. No meio do trajeto, passamos pelo Cabo de Santo Agostinho. Estamos bem no alto do morro. Descortinou-se uma vista fantástica do penhasco. Marzão verde, marzão azul. Uma lista colada na outra formando a imensa paisagem. Imensidão de céu. Imensidão de alma! Toda esta beleza preenche muito a alma, o coração, a cabeça. Essa viagem de ontem me fez um bem danado.

Tomei dois banhos de mar. No primeiro, fiquei com um pouco de medo. As ondas, aparentemente calmas, na verdade eram fortes e me derrubavam. Fiquei um pouco tensa, mas amei finalmente tomar um banho de mar, já que no *Réveillon*, na Baleia, estava tão deprê que não tomei nenhum. Banho de mar para mim é a REDENÇÃO. REDENÇÃOTÍSSIMA.

Depois do primeiro banho, pegamos a estrada de novo, o Sobral e eu, em direção a Porto de Galinhas. Paramos para almoçar em um *self-service* muito bom. Comprei um vidrão de compota de jaca e dei para o Sobral. Falei que era pelo tanto que ele tinha cuidado de mim no Galo da Madrugada. Claro que no final da temporada vou dar uma boa gratificação para ele. Sem ele, eu não estaria aproveitando a metade do que estou aproveitando desta viagem.

Porto de Galinhas. Coqueiral. Imenso coqueiral, mar, areias. A cidadezinha é grande. Paramos na Praça 6. Tomei um banho de mar bem demorado, daqueles que os dedos da mão começam a ficar murchos. Mar calmo, sem ondas, só um pouco de correnteza. Saudades enormes daquela prainha de São Sebastião que era nossa. Só nossa. Para mim é claro que, quando eu saio procurando praia, é a ressonância da Praia do Sonho ou do Cabelo Gordo de Dentro que está batendo em mim.

Banho de mar. Cerveja geladinha. Uma senhora muito bonita e simpática perguntou o meu nome, de onde eu era. Perguntou se o Sobral era meu companheiro! Eu expliquei a presença do Sobral ali, ela entendeu. Mas ela falou com todas as letras que Porto de Galinhas é a praia da elite de Recife. Ela não me ofendeu, foi muito simpática. Pra falar a verdade, acho que continuo até hoje tendo "cara de elite". Cara de? Hoje não brigo mais com isso, como na adolescência. Hoje usufruo. Uso a cara de elite, a educação de elite a meu favor. Em algumas circunstâncias, é um instrumento poderoso. Demorei para me certificar de que "ter boas maneiras" e ser "bem-educada" ajuda muito na vida. Viva, Dona Sônia Sawaya! A mulher mais "lady" que eu já conheci. Quando estava bem.

Voltando à "vaca fria". Porto de Galinhas é uma praia imensa. Coqueiral imenso, muitas pousadas e um hotel gigante numa das extremidades. O centro estava bem cheio e movimentado. Lojinha de artesanato, de roupas, pequenos restaurantes, a maior muvuca! Vi de relance algumas roupas com pano africano e quase parei para olhar. Resisti. Bravamente resisti. Saco! Sinal que não estou em mania. Estou conseguindo me controlar, apesar de ter verdadeira paixão por panos africanos, pelas estampas maravilhosas que eles têm. Depois fomos pra Calhetas apreciar a vista para o mar, do alto do penhasco. O caminho de terra é péssimo. Muita gente deixa o carro no meio do caminho e vai a pé. Lá eu comprei doce de caju, de pasta de caju, de goiaba, em potinhos pequenos. Comprei também uma sacola linda de palha por R$35,00 e também um conjuntinho cafona de três borboletas para pendurar na parede. O que me atraiu foi o roxo das asas. Imaginei esse roxo na parede amarela da minha casa. Talvez fique bonito... Talvez. Se não ficar, dou de presente para alguém.

Em Porto de Galinhas comprei uma caravela maravilhosa, com as velas todas enfunadas, por R$50,00! O vendedor queria R$70,00, mas eu negociei. Fiquei até com vergonha. O trabalho é lindíssimo. De Calhetas voltamos para Recife. Resolvi que de hoje em diante, quando eu tiver grana, venho passar os feriados prolongados aqui em Recife. Tendo grana é muito mais fácil do que eu imaginava, agora que reaprendi a viajar, claro. E que conto com a presença do Sobral aqui.

Já são 14h45 e eu ainda estou no hotel porque acordei com uma diarreia pastosa. Achei melhor tomar logo dois envelopes de Questran e dar um tempo para ver como o intestino se comporta. Não atrapalhou mais. Acho que agora dá pra sair. Vou tomar mais Imosec, só tenho uma caixa. O intestino estava tão bom desde o final de ano que eu achei que não precisava de mais do que isso. Prevenir é melhor do que remediar... Saco! Nunca achei que ia ter tanto problema com intestino na vida.

23 de fevereiro de 2012

Hoje o dia foi uma delícia. Como tinha planejado na véspera, acordei, tomei café da manhã e fui pra piscina. O café do hotel é muito bom, dá uma boa forrada, dá até pra não almoçar. Toda manhã como bastante melancia e depois uma tapioca deliciosa recheada com coco. Tomo também um suco de cajá, de graviola ou de outras frutas nativas, que eu adoro. Hoje, como eu estava faminta, comi também dois mínis pães franceses com presunto e queijo. Como o café da garrafa térmica é horrível, eu peço logo um expresso. Eu tenho a maior vontade de tomar café da manhã de camisola, eu adoro ficar a manhã toda de camisola. Mas hotel é hotel. As formalidades sempre me enchem o saco...

Eu já tomei café de maiô e de saída de praia, porque o dia estava bonito e eu queria curtir um sol com calma. Eu estava um pouco envergonhada de ficar de maiô na frente daquela mineirada atacada, mas encarei.

Tinha uma moça que já estava tomando sol, e a gente começou a conversar. Ela é paulista também, mora no Campo Limpo e se chama Polyana! Ela disse que é mesmo a Polyana encarnada, que faz eternamente o "jogo do contente", como a do livro... Odeio gente que é poliana, como a minha mãe que, fora das crises, era absurdamente poliana. Talvez por defesa. Deve ser por isso que eu desenvolvi um espírito crítico muito aguçado e até exagerado.

Mas a moça era muito simpática. Ficamos conversando. Ela conhece a Casa do Zezinho! Mora no Campo Limpo, e a Casa do Zezinho é lá. Chegou uma amiga dela. Paulistana, negra e bem legal. Trabalha com eventos em um banco. Depois chegou o namorado dela, alemão branquíssimo. Depois uma senhora mineira, mora em Ouro Preto. Que sorte a dela!

Eu, a Polyana e a amiga estávamos falando sobre empregadas. A mineira logo se enturmou no papo. Mil observações. Mil palpites, mil conclusões.

▷ Toda patroa já foi roubada por alguma empregada. Fiquei consolada. Não é só comigo que acontece, não sou tão paranoica assim... Até agora não me conformo porque a Cida, minha última empregada, me roubou logo o colar indiano com pedrinhas de âmbar que foi da Tuxa. Merda! Paguei todas as verbas rescisórias e mandei passear. A nova empregada se chama Lena. Tô apostando nela.

▷ Se a empregada é boa, invista nela. Trate muito bem. Todos os direitos e condução, é óbvio. Dê limites claros. Empregada não é amiga, é empregada. E todas querem ficar sendo "amigas". Foi assim que "estraguei" várias empregadas, a Preta inclusive. Como sou bipolar, a minha relação com as empregadas é mais difícil do que para uma pessoa normal. É muito mais difícil... Dificílimo. Na depressão montam em mim. Na mania, têm medo de mim. Na estabilidade, ficam surpresas e disputam o poder comigo. Não suportam me ver bem, dando limites claros. É foda! Esse capítulo "empregada" na minha vida é foda! Como diz a Miriam: mal com elas, pior sem elas.

Depois de tanto papo, tanto sol, tanto bronzeador, me vesti para sair. Liguei várias vezes para o Sobral. Não consegui contatar. Deixei três recados no celular. Nada... Fiquei chateada, mas resolvi pegar outro táxi. Tinha que ir na Geraldo Araújo Tecidos, deu problema na compra ontem. Quando ouvi o recado no celular, fiquei gelada. Na verdade, o erro foi do Joel, vendedor, que me vendeu alguns tecidos por um valor maior que o verdadeiro. Como fiquei com crédito, é claro que preferi trocá-lo por mais tecidos maravilhosos... Credo! Já comprei ontem quase 200 metros de algodão cru! O algodão de Recife é um dos melhores do Brasil, se não for o melhor, fiquei super-feliz com a compra. Comprei também uns 50 metros de percal branco, para quando eu quiser ter um fundo branco na pintura. É claro que, encantada com os padrões, as estampas, comprei também tecido floral e três cortes de tecido xadrez, bem fininho, um mais lindo que o outro. Minha origem árabe estava cantando dentro de mim! Eu adoraria ter conhecido meu avô Jorge Sawaya, que foi mascate. Adoraria mesmo! Mas a vida não quis assim. Quis de outro jeito. É de outro jeito que eu vivo.

Convidei o Sobral para almoçar comigo no Leite. Eu sabia que era um bom restaurante, o Felipe, amigo do Sylvio, que indicou. Mas eu não tinha ideia de que era um restaurante finíssimo, requintadíssimo, antiquíssimo. Eu não tinha a menor ideia de que ele era tudo isso. Acho que foi demais para o Sobral, tanto é que hoje ele sumiu completamente. Eu quis homenagear e, talvez, na melhor das intenções, tenha humilhado. Sei lá... A conta foi caríssima, é óbvio. O Sobral fez questão de conferir... Saco! A água mineral servida lá é Leite e também tem um vinho português feito especialmente para o restaurante. O rótulo é Leite, escrito em letras elegantes e discretas.

Duas, ou melhor, várias saias gigantes plissadas, beges, pendem do teto. Luminárias grandiosas, origamis lindos! Tudo é lindo, tudo é *art déco*, anos 20, 30, o desenho das cadeiras, inclusive, do bar, das mesas. O serviço é impecável. Os guardanapos dobrados sobre os pratos imensos parecem uns microtransatlânticos. Claro que eu, "branquinha", entrar lá com um senhor negro dos seus 60 anos, grisalho, causou o maior *frisson*. Mas, como todo mundo lá é "muito fino" e muito educado, não houve nenhuma manifestação. Graças a Deus!

Depois, o Sobral disse que ficou morrendo de vergonha enquanto comia lá. Ele já é bastante grande, poderia ter dito que não iria e pronto. Mas não resistiu a um bom arroz de polvo com coco ralado. Envergonhado ou não, o primeiro comentário do Sobral sobre o restaurante foi:

— É muito fino!

E é mesmo, um restaurante de altos executivos e banqueiros, pelo que ouvi. E eles querem sempre o melhor. Sabem o que é melhor. Sabem muito bem o que fazer com o nosso dinheiro. O Leite é também um restaurante frequentado por políticos importantes. Eles também sabem muito bem o que fazer com o nosso dinheiro... Depois, Casa da Cultura. Pena. Que pena! As pernas doíam muito. Só fui a três boxes. Comprei uma toalha de mesa de *richelieu*, maravilhosa, duas para bandeja de café em renascença, e uns sachês bonitos para dar de presente de renda renascença, em forma de coração. Uma graça. Mas as pernas doíam, doíam e doíam. Então voltei correndo para o hotel. Já eram também 17hoo. Fiquei aqui, vi a novela das 18hoo e jantei *carpaccio* de carne. Hoje vou sair sozinha mesmo. Não tem por onde. Mas já estou meio grogue com estas duas caipirinhas de... esqueci o nome da fruta... cajá.

24 de fevereiro de 2012

Praias onde fui:

▷ Candeias, antes do pedágio;

▷ Praia do Paiva, onde tem o pedágio;

▷ Itapuama: primeiro banho de mar, ondas fortes;

▷ Entrada de Praia de Pedra do Xaréu, bom para pescar;

▷ Porto de Galinhas: praia mansa, segundo banho de mar, arrecifes.

Na volta:

▷ Calhetas, vista linda do alto do morro;

▷ Gaibu, mansa, arrecifes;

São João, dias 23 e 24 de junho, Caruaru, cheio, ou Garanhuns, mais vazia. Clima mais frio.

Praias:

▷ Itapuama, Calhetas e Gaibú pertencem ao Cabo de Santo Agostinho;

▷ Porto de Galinhas é localizada no município de Ipojuca;

▷ Tamandaré só tem pousadas;

▷ Praia dos Carneiros, banho de argila;

▷ Maragogi/Alagoas.

25 de fevereiro de 2012

Estou no avião, voltando para São Paulo, triste de deixar Recife. De deixar o mar. De deixar a magia dessa cidade. Outra noite, quando jantei no restaurante Biruta, que é pé na areia e tem um segundo andar com uma vista maravilhosa para a praia, pensei em morar uns tempos em Recife. Me faria muito bem. O mar. O mar. O mar. Amar, amar, amar. Ritmo mais tranquilo no geral. Calma. Menos violência. Andar de carro com os vidros abertos. Me enturmar com algum grupo de artistas malucos de lá. Deve ter. Com certeza tem. Será? É necessário meditar sobre o assunto. Libertação. Morar em Recife me parece uma libertação. Sobretudo da família. Sempre a família. Não sei por que... Gaiarsa me socorre! Me ajuda a entender.

Ontem, dia puxado. Embalar as compras. Sobral maravilhoso. Fez praticamente tudo sozinho. Não aguentei. As pernas e a coluna doíam. Muito. Dor, dor e dor. Me maltratando. Preciso enfrentar. Aquaterapia. Caminhar. Aula de dança. Fisioterapia. É muita coisa. E quando vou pintar? Dentista. Análise. Aula do Jardim. Consulta com Del Porto. É muita coisa, preciso me organizar bem. São Paulo. Passaporte, a primeira tarefa. Continuar a tomar sol no Pinheiros, a segunda tarefa. Voltar para a análise. Tô com saudades. Tô sentindo falta... Acertar a vida econômica. Pra variar gastei muito mais do que podia. Paguei nove quilos de excesso de peso. Mandei sete volumes por transporte terrestre para São Paulo. Tomara que chegue mesmo. Ficar atenta aos *e-mails*. Lena: prestar atenção aos recados e anotar. Estou cansada. Cansadíssima. Louca para chegar em casa e ver a Filó. Pegar no colo. Olhar para os olhos dela. Graças a Deus tive a boa ideia de pedir para o Ricardo ir me buscar no aeroporto. Por que não pedi para o Sylvio ou o Rogério? Afinal eles são irmãos... Sei lá. Não sei, não. Eu adoraria se um deles tivesse tido a ideia de ir me buscar. Mas...

27 de maio de 2012

Cheguei de volta a São Paulo dia 25 de fevereiro. O Ricardo (AT) foi me buscar no aeroporto como eu tinha pedido. Ele é um santo, superdisponível e generoso no seu trabalho. Fomos comer uma *pizza* na Oficina de Pizzas perto daqui de casa, na rua Purpurina. Eu estava ótima, eu pelo menos achava que estava, contei toda a viagem a Recife para ele.

Dez dias depois, porém, eu deprimi. Cancelei a excursão com a CVC para a Europa. Do jeito que eu estava não dava para ir. Eu não tinha ideia, como sempre, de quanto tempo aquela deprê ia durar. Um mês, quatro meses, um ano? Esse é um dos infernos da doença. Um grande inferno. Um corte na vida, sem data para começar e para acabar. A gente fica inerte. Sem energia. Fica tudo parado. Tendo psiquiatra, tomando remédios ultramodernos, mesmo assim, a gente fica à mercê da doença. Esse demônio é mais forte que nós. Por mais que a gente tente domá-lo, a gente não consegue. Não consegue mesmo. É um inferno. A doença é demoníaca. É cruel. É terrível. É insalubre.

Em seguida chegaram os extratos dos meus cartões de crédito e aí eu deprimi de uma vez total, totalmente. Pelo tanto que eu gastei, R$50.000,00, percebi que tinha tido uma hipomania ou uma mania mesmo. Gastei uma fortuna! Como que eu não percebi que estava em mania, acordando muito cedo em Recife e gastando, gastando, gastando, comprando, comprando e comprando. Pelas datas dava para ver que a mania começou alguns dias antes de eu ir para Recife, aqui em São Paulo, e terminou uns dias depois de eu voltar. R$50.000,00, uma fábula! Mesmo tendo comprado em Recife mais uma mala e um sacola grande para trazer o que eu tinha comprado, eu não desconfiei de nada! Voltei com nove quilos de excesso de peso! Nove quilos de toalhinhas de renda, toalhonas artesanais lindas, roupinha para o bebê da Carol, uma infinidade de coisas... Fora os adereços de carnaval que eu comprei com o maior entusiasmo: máscaras, saiotes de pernas, as sombrinhas típicas do frevo, tudo multifacetado de cores. Eu fico fascinada por cor. Eu amo as cores. Eu pirei! Eu fiquei desmiolada com tanta cor! Cor, cores e cor. Azuis-anil, vermelhos, amarelos. Tudo lindo! Tudo indescritível!

Como pagar, eis a questão. Fiquei arrasada porque não percebi quando a mania chegou. Culpa, culpa, culpa. Fiquei morrendo de culpa, de angústia, de tristeza, apavorada. Como pagar? Angústia, angústia, angústia. Como eu não percebi a mania chegar, eu que me achava uma craque em evitar manias? Na verdade, ao longo da doença, consegui evitar muitas,

muitas mesmo, percebendo a mania chegar e ligando para o Del Porto na hora certa. O mais difícil, sem dúvida, é perceber os primeiros sintomas. A gente tem que estar alerta, muito alerta. A gente tem que estar atenta. Para mim, começar a acordar cedo e estar às 7h00 tomando café na cozinha é o primeiro sintoma. Começar a me encantar com tudo e a gastar muito dinheiro é o segundo. Existem outros sintomas: pensamento acelerado, energia em excesso, autoritarismo com todo mundo, muita irritação. Parece que a gente tem um demônio dentro do corpo. Sem dúvida, a gente tem um demônio dentro do corpo. Eu ouvi dizer, ou li, ou fantasiei, que os bipolares na Inquisição eram tidos como bruxos e por isso eram queimados. Será? Será que pareço uma bruxa para algumas pessoas? Já não chega ser artista plástica e ter uma gata? De certa forma é ser uma espécie de bruxa. É alguém que transforma isso naquilo. Alquimia. Transformação. Bruxa. Ouro. Mistério. "Os alquimistas estão chegando! Em lindos discos voadores de cristal forrados de veludo rosa". Tenho ouvido muito esse cd do Jorge Benjor. É lindo!

Foi o Zeca que me orientou para eu conseguir resolver as dívidas. Foi um processo angustiante e desgastante, com vários sustos. Ele colocou à minha disposição a Maria, secretária dele, que é muito eficiente. Ela sempre me ajuda nas situações difíceis como essa. O Ricardo também me ajudou muito. Ele fez três tabelas com as somas das parcelas dos cartões de cada mês. Vou ficar "lisa" até setembro. Saco! A gente estava tão aflito para se situar que até fomos ao Santander no domingo à noite para pegar um extrato do mês! É o fim mesmo! Quantas vezes ainda terei que passar por esse inferno, eu pensava. A doença é incurável. Terror. Terror. Isso é um terror. O único futuro previsível e certo na minha vida é ter crise e mais crises e, por causa da idade, cada vez mais frequentes. É desalentador. Muito desalentador. É um futuro povoado de horror. De loucura. Do horror da loucura. Uma barra! Se a gente não esquece, a gente não vive. Não vive mesmo. Tem que esquecer e tem que lembrar. É foda! O Del Porto me deu de novo a dupla Wellbutrin e Pondera para a depressão passar e eu me equilibrar. Eu melhorei e fiquei bem mais animada graças a esses antidepressivos. Sábio Del Porto, na última consulta, na semana passada, ele pediu para eu diminuir gradativamente o Pondera e também o Zyprexa, um estabilizador, que eu ainda estava tomando. Graças a Deus ele tirou, assim eu vou poder emagrecer um pouco, pelo menos. Agora estou só com 1000mg de Depakote, estabilizador, Wellbutrin 300mg e Dormonid 15mg. É até pouco perto de outros tempos. Essa depressão ocorreu em fevereiro, março e abril. Até que foi rápida, agora eu estou bem.

Eu estou aproveitando ao máximo o meu bem-estar. Voltei a desenhar num cadernão e a fazer aquarelas. Copiei várias vezes uma fotografia linda que eu tirei há muitos anos, em São Sebastião: pedras, a vista da Ilha Bela, céu, mar, sol. Tudo que eu amo. É uma vista que eu contemplava muito quando me sentava no gramadinho em frente a casa, tomando uma cervejinha. A ilha ia mudando de cor: roxo, verde, azul, cinza, preto. Era um espetáculo magnífico, matissiano sem dúvida. Foi um privilégio enorme ter acesso a essa paisagem durante tantos anos. Graças ao papai, que foi quem descobriu e fez lá o Laboratório de Biologia Marinha para a USP. Ele realizou com muito esforço e trabalho o sonho dele. Ele trabalhou tanto, por paixão. E por isso eu sempre o admirei muito! Eu acho o máximo quem tem uma paixão na vida e consegue realizá-la. Eu vivi intensamente a minha paixão pela arte e educação. Foi muito realizador. Agora vivo a paixão pela pintura, que na verdade é muito antiga. Acho que eu nasci com ela.

Nesta última quarta-feira, à noite, tive mais uma sessão "contas" com o Ricardo. De novo somar, dividir e dividir mais ainda. De novo telefonar para os bancos para saber o saldo e os últimos lançamentos. Conferir com o talão de cheques.

Um saco! Eu estava exausta por causa de gripe forte que tinha pegado há uma semana. Deixei praticamente tudo nas mãos do Ricardo, que é muito organizado e tem a maior paciência. Eu não aguento mais fazer contas e ter angústia por causa de dinheiro. Eu já tive muito isso na vida. Esta fase pós-mania é bem difícil de viver. Na mania de 2008, a mais grave que eu tive, foi muito mais fácil resolver porque eu tinha dinheiro aplicado. Eu mesma resolvi tudo sozinha, paguei tudo quando saí da clínica. Tendo dinheiro é fácil, é só pagar. Poupo na depressão e torro na mania, um inferno. Fico sempre sem nada. Eu não quero mais viver isso.

Eu não me conformo por ter torrado R$50.000,00! Eu torrei duas possíveis viagens confortáveis à Europa. A viagem tão sonhada há tanto tempo! Há uns vinte anos, passar uma semana com a Tina em Londres e ir com ela fazer uma viagem, passando por Paris e indo depois para a Itália, Roma, Veneza, Firenze, a Galeria Uffizi, contemplar a grandiosa arte da Renascença. Em Londres, Rothko, Turner, Constable, entre outros. Ver ao vivo a sala do Rothko na Tate Galery, eu tenho paixão pelo Rothko. Por que será que ele se suicidou? Eu sinto muita falta de ver os originais ao vivo. É muito diferente ver a reprodução de uma pintura ao invés de ver a pintura original. Eu ainda vou conseguir fazer essa viagem. Vou conseguir juntar dinheiro de novo. Eu preciso me informar. Eu preciso continuar a me formar. O artista está sempre se formando. Todo mundo e cada um estão sempre se formando. O ser humano está sempre se formando. Uns dias mais, outros dias menos. Mas todos os dias um pouco, pelo menos.

Eu tenho lembrado muito de uma passagem daquele livro, *Uma Mente Inquieta*. Quando a autora teve uma mania grave, ao ficar diante de pilhas de contas, o irmão dela entrou na sala com duas taças de champanhe, ajudou-a fazer as contas e também emprestou o dinheiro para ela poder pagar. Fiquei morrendo de inveja desse episódio da vida dela. Até recentemente eu me virei sempre sozinha e foi muito duro para mim. Por três vezes não consegui cobrir os cheques da mania e por isso fiquei cinco anos sem cheque e sem cartão. No total, quinze anos. Um inferno! Uma dureza! Por conta dos gastos exorbitantes das últimas manias, agora tenho uma dívida com o banco que só irá vencer em 2021. Isso se eu não tiver outras manias avassaladoras. Acho que nessas horas o apoio da família é fundamental. Quem gasta muito dinheiro na mania, gasta porque está doente, não por falta de responsabilidade. Gastar muito, compulsivamente, eu não sei por que, é um dos "sintomas" da doença. As pessoas precisam tentar entender, por mais absurdo que pareça. Entender e ajudar. Levar a pessoa para um bom psiquiatra que saberá medicar. Ajudar a pagar as dívidas, por mais malucas que sejam. A pessoa não teve culpa. Ela é doente. Ela tem uma doença grave. Às vezes, gravíssima!

Perdas fazem parte da doença. Perdas. Perdas e perdas. Todo mundo sofre perdas na vida, mas os bipolares perdem mais. Mais vezes. Uma vez eu estava numa puta depressão, e a Fanny Abramovich me convidou para escrever dois livros para a editora Ática. Um seria sobre a minha filosofia de trabalho como arte-educadora, outro, sobre o uso da sucata nas oficinas de arte e educação. Apesar de afundada na depressão, topei. Logo em seguida veio uma mania devastadora. Conclusão: não consegui escrever os livros. Perdi uma grande chance na vida. Só consegui pensar no título do livro sobre a minha filosofia de trabalho: "Navegar é preciso, viver não é preciso". Eu adoro esse pensamento do Fernando Pessoa. Teve uma outra vez em que o Luís Camargo me convidou para escrever um capítulo para o seu livro sobre Arte e Educação. Eu estava deprimidíssima. Recusei na hora, apesar da insistência dele. Eu já sabia, já tinha aprendido que não iria conseguir estando naquele estado lamentável. Conclusão: perdi, por causa das depressões, duas ótimas chances de escrever sobre o meu trabalho. Até hoje não publiquei nada sobre ele, mas também não corri atrás. Apesar dos anos que passaram, a memória e a emoção sobre esse trabalho continuam muito vivas dentro de mim. Foi um trabalho feito com muita paixão. Quem sabe um dia eu ainda escrevo. Pelo menos tenho montanhas de "slides" (que coisa antiga!), através dos quais registrei o trabalho.

18 de agosto de 2012

Agora só penso na minha exposição de pintura cujo *vernissage* será no dia 20 de setembro, na galeria Garcia. Fiquei um tempão sem escrever porque deprimi de novo. Ô inferno considerável! As crises não são só mais frequentes com a idade, como diz o Del Porto, elas passam a ser frequentíssimas. Só neste ano tive:

▷ uma depressão em janeiro, resquício da de dezembro de 2011, o *Réveillon* foi terrível;

▷ uma mania em fevereiro, em São Paulo e Recife;

▷ uma nova depressão em março, abril e meados de maio;

▷ um período de estabilidade do fim de maio até o fim de junho;

▷ uma nova depressão em julho, suicida, desesperadora, descomunal;

▷ um período de estabilidade em agosto, que dura até agora, graças a Deus!

Estou torcendo para que dure muito! *Dio mio*, me ajude, me ajude muito a ficar bem legal para conseguir fazer e curtir a minha exposição tão sonhada!

O Jardim é o curador da exposição. Na verdade, quando percebi que eu tinha uma produção significativa do meu trabalho, pedi para alguns artistas virem aqui avaliá-la. O primeiro, claro, foi o Jardim, que acompanha o meu trabalho desde 1994 e é o meu anjo da guarda. Eu confio completamente nele porque ele é uma das pessoas mais íntegras e honestas que conheço. Quando acabou de ver cuidadosamente as pinturas, ele me olhou e disse, simplesmente:

– Agora você precisa de uma galeria.

Eu quase caí de costas, porque o Jardim é também exigentíssimo com o trabalho. Eu não imaginava, mesmo, que ele fosse dizer isso. Adorei! Fiquei muito feliz!

Pedi também uma supervisão para o Fajardo, que eu conheço de longa data, desde a famosa Escola Brasil. Ele foi muito bacana. Chegou aqui e me disse: "Me mostre tudo que você tem para me mostrar". E eu mostrei aquele mar de coisas. Pra falar a verdade, até me esqueci de mostrar um monte de trapinhos pintados que juntei durante 20 anos. Ele me aconselhou a entelar meus trabalhos, visto que pinto sobre algodão cru esticado, muito esticado, sobre uma mesa de 2m x 1m. Também me aconselhou a pendurar todos os trabalhos numa mesma sala, para ter noção do conjunto. Achei muito sensato tudo que ele disse, foi daí que nasceu a ideia de fazer a exposição. Claro que ninguém iria me emprestar um espaço tão grande para pendurar os trabalhos.

O Fajardo me animou a continuar o trabalho tendo a maior liberdade possível e usando todos os instrumentos que tenha vontade de usar: pincéis, pauzinhos, bisnagas de tinta etc. O que me der na telha. Falou também sobre o prazer de pintar, de fazer arte. Ele mantém até hoje o mesmo discurso da Escola Brasil, que eu adoro, ele é uma "síntese ambulante" da Escola Brasil. A visita dele foi muito gostosa e estimulante. Daí a um tempinho até pensei em chamá-lo de novo porque fiquei com algumas dúvidas, mas achei que seria um exagero. Tenho que aprender a me virar sozinha. Pôr em prática os conselhos que ele já deu.

Pedi também a opinião da Stela Teixeira de Barros, que é uma ótima e respeitada crítica de arte. Ela não me pareceu muito entusiasmada com as pinturas, para falar a verdade. Criticou o uso da bisnaga como instrumento. A bisnaga em questão é uma dessas que vêm na mesma caixa que a tinta para pintar cabelo. Eu esvazio a bisnaga e a encho de tinta, de modo que ela se torna uma caneta, uma espécie de caneta com o traço bem regular. É essa regularidade que a Stela criticou. Mas como pinto com as bisnagas há 30 anos e desenvolvi a maior técnica, vou continuar usando. A Stela gostou muito dos trapinhos pintados, disse que o meu gesto é bonito e coerente. Disse também que quer acompanhar o meu trabalho. Isso é o melhor de tudo.

Outra pessoa para quem pedi uma supervisão foi o Patrick Paul. Pedi para ele fazer uma leitura espiritual do meu trabalho. Ele acha que os pássaros de cerâmica indicam uma busca espiritual e as pedras, uma vontade de fincar raízes na terra. Acha que devo tentar juntar essas duas coisas, isso seria o meu trabalho espiritual, a minha meditação. Ficou fascinado por uma pintura de 1994, onde consegui juntar essas duas coisas. Eu o presenteei com ela, e foi divertido dar uma carona para ele, levando-o com a pintura até sua casa.

O Megumi e a Naoko já tinham conhecido o meu trabalho em 2011. O Megumi disse que o meu trabalho tem imanência material, transcendência, espiritualidade e verdade. Dessas quatro qualidades, a que me interessa mais, a que eu busco mais, é a verdade. A verdade implacável. Anteontem eles vieram aqui para ver a minha nova produção e adoraram. Me abraçaram muito, me elogiaram muito. Fiquei até sem graça. Me agradeceram muito por ter eu mostrado o meu trabalho. Eles são delicadíssimos. O Megumi disse que gostou porque o trabalho é generoso e eu não faço concessões. Não fico "estetizando". Ele acha que sou radical e direta nas minhas pinturas. Acha que devo entrar em contato com instituições públicas como Pinacoteca, MAM etc. Também me disse para eu ler vários livros de Bachelard, entre os quais só tenho *A Psicanálise do Fogo*. Mas ainda não li. Comprei há séculos porque achava que teria a ver com as oficinas de arte que eu dava para crianças e adultos. O Megumi me desvenda completamente, é impressionante! Fico até meio sem jeito quando ele fala sobre o meu trabalho e sobre mim.

Pedi também para o Sérgio Fingermann vir ver o meu trabalho, mas não deu certo, por minha culpa. Eu tinha marcado uma data e um horário com ele, mas, no meio do caminho, resolvi fazer a tal exposição. Mandei os trabalhos para o moldureiro. Conclusão: na data marcada eu não tinha mais trabalhos comigo. Tentei remarcar a data com o Sérgio, mas não deu certo. Acho que fui indelicada com ele. É uma pena porque fui aluna dele durante dois anos e meio, há uns 10 anos, e então ele já conhece o meu trabalho. Além disso, acho que ele é um ótimo pintor e gravador e o admiro muito. Seria muito bom para mim se ele visse o meu trabalho. Quem sabe ele vá à exposição e dê para a gente conversar um pouco.

O Sylvio, meu irmão, foi um crítico tenaz do meu trabalho, desde o início de 2012, e me incentivou muito. Uma pressão quase insuportável. Funcionou, me botou pra frente. E a exposição saiu. No final do ano eu estava completamente exausta e esgotada de tanto trabalhar.

23 de setembro de 2012

Estou sentindo um estranhamento enorme desde o *vernissage* da exposição. É quase uma confusão mental. Um desentendimento. Realizar esse antigo sonho está mexendo profundamente comigo. Sinto que estou começando uma vida nova e isso mexe muito comigo. Dá um medo enorme, que vem junto com uma felicidade enorme por ter conseguido e por querer conseguir mais.

No *vernissage* ficou muito claro o espanto das pessoas com o meu trabalho, com a qualidade do meu trabalho. Elas se surpreenderam muito! A Ana disse que essa foi a melhor exposição que ela viu nos últimos cinco anos. E ela é artista! Disse que estava saindo alimentada, que estava muito diferente depois de ver a exposição, que antes ela era uma pessoa e depois outra. Era tudo o que eu gostaria de ouvir de alguém. É exatamente assim que eu me sinto depois de ver uma boa exposição. Esse comentário dela foi um grande presente.

Fiquei muito feliz com a presença do Megumi e da Naoko. Eles admiram muito o meu trabalho e me dão a maior força. O Jardim chegou supercedo e ficou um tempão. Pediu para ser apresentado ao Sylvio e bateu um papão com ele. Depois disso, o Sylvio me disse que o "Jardim me adora". Mais tarde, a Dodora veio encontrar com o Jardim, ela estava muito bonita, iluminada. Esse é um casal iluminado de verdade.

Adorei encontrar os meus amigos lá. Eles ficavam muito contentes e surpresos vendo o trabalho. Da sobrinhada, foram a Heloísa Helena e o Guilherme, filhos do Paulinho, e a Bia e o Roberto, o Duda, a Licó, o Carlinhos com a Pila e os dois filhinhos lindos, filhos da Soninha. Senti falta dos filhos do Rogério, não foi nenhum, nem o Lica, que é meu afilhado! O Tiago também não foi. Não foi nenhum filho da Tuxa. E nenhum deles deu um telefonema, ou mandou um telegrama, qualquer coisa assim. Fiquei sentida. Depois do *vernissage*, o Joca e a Drica foram à exposição, e fiquei feliz ao ler a mensagem deles no caderno de assinaturas. O apoio da família é fundamental nessas horas. Mas eles não têm ideia do quanto é importante para a gente expor, do quanto é um momento especial e do quanto é difícil chegar lá.

A grande surpresa da noite foi o Dr. Saito comparecer trazendo um vaso enorme e lindo de orquídeas! Ele é meu dentista da vida inteira. E trouxe junto toda a família de japonesinhos, fez questão de tirar fotografia. O afeto brota de lados que a gente nem imagina! A Regina, secretária dele, também veio. Fiquei muito contente com a presença deles. Outra surpresa foi receber flores do pessoal da Special Size quando cheguei à exposição, e, além disso, as vendedoras da loja vieram. Elas são umas graças, sempre me atendem muito bem quando eu vou lá, naquela loja maravilhosa de roupas, onde tudo cabe em mim. A Quinha, amiga de velhos tempos, também compareceu e ficou fascinada pelo trabalho. Ela não se continha de tanto entusiasmo. Entrar no Facebook valeu a pena porque resgatei velhos amigos que eu adoro e que foram até lá: a Quinha, a Roberta, o Samu, a Fátima Golan, a Fu. Por causa da dor na lombar, que reflete nas pernas em muitos momentos, eu fiquei sentada lá fora conversando com as pessoas. Essa parte da galeria é muito simpática, tem uma árvore grandona e parece um pátio. Eu achei também que era melhor deixar as pessoas à vontade lá dentro, contemplando os trabalhos. Por incrível que pareça, passei a noite toda sem fazer um xixi, só fiz no final, antes de ir embora.

No final da exposição, ficou um grupo conversando lá fora: o Pedro e a Paula, a Fanny Abramovich, a Germana, a Sara, eu, o Antônio e o Pierre, a Marinês e a amiga dela, fotógrafa. Estava uma delícia. Quase não acreditei quando vi o Pedro e a Paula chegando, há séculos que eu não encontrava com eles. Outro casal que adorei encontrar, logo no início da festa, foi a Bia e o Pedrão. Eles estavam deslumbrados com o trabalho e disseram várias vezes que era o melhor trabalho que eu já tinha feito. Senti falta da Lucinha Whitaker, embora soubesse que era aniversário dela nesse dia. Mas ela jurou que vinha me dar um beijo. A Preta foi também e estava linda, fez o maior sucesso com os acompanhantes e a minha família, todos adoraram ela. Digo para todo mundo que a Preta é a minha segunda mãe, e ela fica toda feliz. Foi e voltou comigo, e dormiu aqui em casa. Eu, não é por nada, também estava linda. Fiz maquiagem no cabeleireiro, e o Eduardo fez um penteado com caracóis, todo levantado para cima. Pra falar a verdade, fiquei um pouco com cara de madame e não gostei muito disso. Mas fiquei bonita. Só tive que tirar os cílios antes de ir porque estavam incomodando muito. Os olhos começaram a lacrimejar, e a maquiagem dos olhos ia borrar. Fui com uma calça, uma camisetona preta, decotada, e, por cima, um quimono de seda, aberto, que nunca tinha usado. No início do *vernissage* fiquei um pouco aflita por não ver a Soninha e o Fernão, que são sempre superpontuais, mas, lá pelas 21h30, eles chegaram e eu sosseguei. Eles são muito importantes para mim e eu queria que conhecessem o meu trabalho.

Outra coisa boa que aconteceu é que vendi bem: dois quadros grandes para a Bia, um para o Zeca e a Mazinha, um para a Soninha e o Fernão. Vendi também três desenhos para a Bete, um para o Celso e um para o Paulinho Portella. Ontem o Ricardo disse que tem uma pessoa interessada em comprar mais um quadro grande, que ele reservou até terça-feira. Fiquei surpresa por não ter vendido aquele quadro que parece uma "ventania alaranjada", eu achava que ia ser o primeiro a ser vendido. Se não vender, é ótimo porque adoro ele e vou pendurar aqui em casa. Vendi também várias cerâmicas. Vender é bom porque dá para recuperar o dinheiro investido na exposição e equilibrar de novo as finanças. Quem sabe sobre até um pouco para eu poupar para a minha sonhada viagem à Europa, ou a Buenos Aires, que eu não conheço ainda e que é mais barato e mais perto, vou de CVC e pronto.

A presença dos irmãos no *vernissage* foi muito importante para mim! Foram todos: Paulinho, Rogério, Sylvio, Zeca, Tomi, Soninha e Bete. O Paulinho ter ido é um verdadeiro milagre, e o Tomás estar em São Paulo e não garimpando no Pará, é outro! Foram também a Teresinha, a Sandra Sawaya, a Maria Alice e a Maria Stela Farah. A Rosalie Sawaya avisou que não poderia ir devido a problemas de saúde. Já da família Barros não foi ninguém! Não é fantástico isso?! Nessas horas o apoio da família é fundamental, mas acho que as pessoas não sacam isso, não sacam mesmo! A Tina passou um *e-mail* desejando sucesso, e eu adorei! Até a Fanny Abramovich e a Ida Parente foram, e eu adorei também! Elas são amigas muito leais! E legais! No total foram umas 90 pessoas.

Eu tenho bebido bastante depois da exposição. Bebi no final do dia na sexta-feira, no sábado, no domingo e estou tomando um uísque agora, ao escrever. Na verdade, um Jack Daniel's, Old Time. Não imaginei que fosse ficar tão perturbada com o sucesso do meu trabalho, mas estou. Na sexta-feira e no sábado não fui lá, dei um tempo. Estava exausta e descansei bastante. Hoje, segunda-feira, fui no final da tarde e fiquei superemocionada, de cara, ao ver os meus desenhos através dos vidros, quando estacionei o carro. Aquela parede de desenhos que o Jardim montou ficou linda mesmo! Ficou leve e arejada, apesar de os desenhos serem muito fortes. Nas duas paredes ao lado, o Jardim colocou as duas telas com um desenhão quase agressivo de árvores em amarelo e preto. Uma delas tem um fundo amarelo e um texto do Leminski escrito em vermelho. A outra, que eu fiz sobre um lençol branco, ficou com o fundo branco. Foi essa que a Bia comprou. Na segunda sala estão os trabalhos mais alegres e luminosos, "radiosos", como diz o Sylvio. Hoje, ao ver a exposição de novo, tive certeza de que consegui colocar o meu espiritual na arte e fiquei muito emocionada. Também me emocionei muito, quase chorei ao ler o que as pessoas escreveram no livro de presença. Eu queria ficar sozinha na galeria, mas tive que ser educada e ficar conversando com o Ricardo. Em parte foi bom porque ele desabafou e reclamou do dia em que gritei com ele porque os convites já tinham 10 dias de atraso e não estavam prontos! Se eu não assumisse os convites sozinha, como assumi, eu ia simplesmente morrer na praia! Ainda bem que deu tudo certo, se bem que tive que gastar R$3.000,00 com Sedex e R$2.000,00 com a impressão do convite numa outra gráfica, que a Helena recomendou.

Texto do catálogo da exposição "Paisagens Interiores": "As criações de Regina Sawaya brotam de uma autêntica manifestação interior. As paisagens que gera, seja no desenho, na pintura ou na cerâmica, são retratos de uma alma. Isso não significa que sejam harmoniosas. As dissonâncias presentes trazem consigo as vivências de um ser em ebulição. Uma dessas manifestações está no desenho. Marcado pela liberdade e pela forma audaciosa de conduzir a linha, carrega em cada imagem o desejo de buscar caminhos próprios, ou melhor, expressões únicas, para dar vazão a uma voz interior irrequieta e sempre inconformada. Na pintura, esse raciocínio se revela por meio do uso da cor. As pinceladas geralmente largas e a sobreposição de camadas de desenhos e de construções de fundos e de bases estabelecem um fazer pleno de sensibilidade. As imagens sugeridas são bem menos importantes do que o processo que se consolida no mágico ato de fazer. Esse mesmo mistério se faz presente nas cerâmicas. Um jardim de pedras esmaltadas com cores quentes e paisagens sutis instauram um entendimento da técnica como reino de alternativas, em que é necessário experimentar sempre – máxima que caracteriza a obra de Regina Sawaya, como um todo".

Oscar D'Ambrosio

Doutorando em Educação, Arte e História da Cultura na Universidade Mackenzie, é mestre em Artes Visuais pelo Instituto de Artes da Unesp. Integra a Associação Internacional de Críticos de Arte (AICA — Seção Brasil).

5 de dezembro de 2012

Só conhece o prazer de sair de uma depressão um deprimido. Estou começando a sair da deprê. Eu percebi isso no dia em que resolvi colocar uma rodela de tomate, uma folha de alface e uma colherzinha de maionese *light* no meu insosso sanduíche de pão integral e queijo branco. Foi um pequeno prazer. Eu não sentia nenhum prazer há três meses. Adorei também ir dirigindo sozinha para a análise, ontem, em vez de ir com o Hailton (AT) de táxi. Adorei ver o catálogo da exposição do Baselitz. Uma maravilha! Depois comecei a ver o livrão do Monet para estudar as pinceladas dele. Há muito tempo não curtia ver um livro de arte. E eu tenho um monte deles. A exposição acabou no dia 2 de outubro, e no dia 15 eu deprimi. Me lembro da data porque foi o dia em que tive que mandar sacrificar a Filó. Foi uma das decisões mais difíceis da minha vida, mas ela estava muito magra e fraquinha, devido a um tumor no intestino que não era possível operar. Também já estava velhinha, tinha 14 anos, não conseguia mais nem pular no sofá. Tentava e não conseguia. Eu fiquei arrasada com a morte dela. Foi e é uma perda irreparável. Estou de luto até agora. Lembro dela com muita saudade. Aquela coisa linda, adorável e mansa que ela era! Meiga, amorosa, companheira. Me faz muita falta. Uma enorme falta. Vinte dias antes, eu tinha levado a Filó ao veterinário. Ele já queria sacrificar, mas como ele disse que ela ainda teria algumas semanas ou até alguns meses de vida, apostei nisso. Não queria me separar dela de jeito nenhum. Sempre disse para a Preta, minha empregada, que eu queria morrer antes da Filó. Mas não foi assim que aconteceu. É uma pena que esses animaizinhos tão queridos vivam tão menos que a gente. A Filó viveu 14 anos, foram 14 anos de amorosidade e ternura dela para mim. Ela foi uma grande companheira no meu cotidiano. Sinto muita gratidão por ela. Até hoje morro de saudade dela, morro de falta. Uma falta que é enorme. A Filó morreu, e eu mergulhei numa profunda depressão. Na primeira semana nem consegui sair de casa. O Hailton foi um santo e foi ao banco para mim, depositar e retirar dinheiro, e ao supermercado comprar cigarros, congelados etc. Eu estava arrasada, inerte, sem vida, de luto total. No começo da depressão senti muita tristeza, angústia e uma fraqueza enorme. O Del Porto receitou Wellbutrin 300mg e Pondera 20mg. Com o tempo comecei a melhorar, mas a depressão não passava. Na segunda consulta, quando eu já estava tomando 30mg de Pondera, o Del Porto quis aumentar para 40mg, e eu sugeri que ele me desse o Pristiq, pois, uma vez, tomei só 50mg desse remédio e saí da depressão em onze dias. Foi um desastre. Desta vez, o Pristiq não funcionou bem. Aos poucos, o Del Porto teve que subir para 100mg e depois para 200mg, a dose máxima. Eu sentia muita tontura devido ao Pristiq. Tinha que ficar deitada a maior parte do tempo. A fraqueza enorme continuava e continuava. Sentia efeitos colaterais na cabeça também. Parecia que tinham uns elásticos dentro da minha cabeça e eles eram repuxados. Esse efeito colateral é terrível. Eu sofri bastante com tudo isso. Tomar banho era uma tarefa muito difícil e demorada. Eu sentava e ficava esperando alguns minutos até ter coragem de entrar na ducha. Tinha medo de sentir fraqueza no meio do banho. Antes de me enxugar, ficava sentada alguns minutos também. No dia de lavar a cabeça, o banho era mais difícil ainda. Eu ficava muito cansada no meio do banho. Deixava a porta destrancada para poder chamar a Preta para me ajudar, caso fosse necessário. Mas nunca foi. No café da manhã, às vezes, eu me sentia tão mal, tão frágil, que pedia para a Preta me dar a mão. Ela ficava de pé ao meu lado, e eu recostava a cabeça no ombro dela. Ela agradava o meu cabelo e me chamava de meninona. Nesses momentos difíceis, a Preta me ajuda muito, muitíssimo. Devagar, muito devagar, os efeitos colaterais foram passando e eu fui melhorando. A fraqueza, no entanto, não passava. Eu não consegui ir à festa de aniversário da Bete por pura falta de energia. Também não consegui ir naquele jantarzão de Natal que a Soninha oferece todo final de ano para as famílias Barros e Sawaya porque estava com a energia a zero. Graças a Deus, no dia vinte e quatro eu estava um pouco melhor, e deu para ir passar o Natal com a Soninha, o Fernão e a sobrinhada. No dia 31 de dezembro, à tarde, de repente, senti o meu corpo com muita energia e parecia que eu ia ter um daqueles surtos místicos de mania, como já tive algumas vezes antes. Consegui me controlar, procurei ficar calma, sentei no sofá e pensei e pensei. Concluí que a única coisa a fazer era ligar para o Del Porto, só ele poderia me ajudar. Por sorte, ele atendeu de cara o celular. Me mandou tomar 2,5mg de Zyprexa na mesma hora e diminuiu o Pristiq de 200mg para 100mg.

Nos dias seguintes comecei a passar muito mal durante o café da manhã. Acordava me sentindo bem, mas, conforme ia me alimentando, a energia ia diminuindo, diminuindo. Eu acordava ao meio-dia nessa época, aproveitando que estava em férias da análise. Sempre fui dorminhoca. No final do café da manhã me sentia completamente exausta e suava muito no rosto. A única coisa que conseguia fazer era me deitar de novo. Ficava na cama até às 18h00, imóvel. Só descansava, não voltava a dormir. O curioso é que a partir das 18h00 eu melhorava, até que, às 21h00, estava me sentindo ótima. Fiquei vários dias assim, me senti completamente perdida. Não sabia a quem recorrer. Finalmente resolvi ligar para o santo do Del Porto. Ele me disse que deveria ser algum problema de glicemia no sangue. Eu contei que tinha hora marcada para ir no Dr. Carlos, gastro, no dia seguinte. Então ele insistiu para que eu fosse, disse que o Dr. Carlos, além de gastro, é um ótimo clínico geral.

O Dr. Carlos mandou eu medir a glicemia duas horas após o café da manhã e o almoço durante quatro dias e também a pressão, sentada e deitada, uma vez por dia. Quando ele tirou a minha pressão no consultório, deu baixa, 10 por 6. O Hailton foi um santo e foi comprar os aparelhinhos para eu fazer essa mensuração, visto que eu não conseguiria por só me sentir bem após às 18hoo. Mandei os relatórios para o Dr. Carlos, que me ligou e disse que a glicemia no sangue estava muito alta, me mandou tomar um remédio chamado Glifage (metformina). Comecei a tomar, mas o mal-estar após o café da manhã não passava de jeito nenhum. Eu não me sentia mais deprimida. Depois das 18hoo, quando passava a me sentir bem, tinha vontade de desenhar, pintar e escrever. Liguei para o Del Porto contando isso e ele diminuiu o Pristiq de 200mg para 150mg e mandou ligar para ele uma semana depois.

A depressão passou, mas a energia não voltou. Na última consulta, o Del Porto me deu uma dura e falou que metade da minha falta de energia é devido ao sobrepeso. Ele fez os cálculos, como sempre faz, e me mandou perder 30kg. Dessa vez ele foi bastante severo comigo. Cheguei a pesar 123kg, peso que nunca tive na vida. Já tinha conseguido emagrecer um pouco e estava então com 118kg. Foi boa a dura dele porque adquiri a consciência que carrego sempre seis pacotes de açúcar de 5kg. É mesmo um grande absurdo. Eu tinha conseguido, no final de agosto do ano passado, ir a uma reunião dos Vigilantes do Peso e, por isso, tenho comigo aquele caderninho com os pontos dos alimentos. Só que eu esqueci quantos pontos posso fazer. Só lembro que é em torno de trinta. Não consegui voltar aos Vigilantes do Peso até agora por pura falta de energia, mas pretendo voltar logo. Já fiz essa dieta umas quatro vezes e sempre emagreci. Teve uma vez que consegui eliminar 18 quilos, mas levei dois anos para obter esse resultado. No dia em que parei para ler direito o caderninho de pontos, tive uma crise aguda de mau humor e irritação. Percebi que teria que comer muito menos do que imaginava. Fiquei completamente frustrada e puta da vida, me consolei um pouco ao verificar que pelo menos uma colher de sopa de açúcar é só um ponto. Pelo menos dá para comer de vez em quando morangos com açúcar, e eles agora estão maravilhosos. Dá também para a Preta fazer aquela vitamina de leite com morangos que eu adoro tomar no café da manhã. Regime é regime. A gente tem que ter muita disciplina mesmo. Uns dias depois já fiquei mais conformada com a tabela de pontos e passei a consultá-la sempre. Ontem, porém, tive uma consulta com a minha clínica geral e, ao me pesar, fiquei superdecepcionada. Constatei que, apesar de meus esforços no ultimo mês, só consegui manter o peso. Nada além disso. Afinal, eu me controlei e parei de comer castanha de caju e amendoim enquanto via televisão. Substituí essas iguarias por um copo de iogurte que não tem a menor graça. O perigo na dieta é se desesperar com a decepção e voltar a comer feito uma louca. Por enquanto estou conseguindo continuar a me controlar.

A Dra. Mônica, que é minha clínica geral, também quer que eu perca 30kg. Como estou um pouco diabética, devido ao sobrepeso, ela receitou uma injeção que tenho que aplicar na barriga e que terei que tomar todos os dias, essa injeção tem como efeito colateral a diminuição do apetite. Eu fiquei um pouco assustada, mas topei. Acho que agora topo qualquer parada para emagrecer, estou me sentindo muito desconfortável devido ao sobrepeso. Andar é dificílimo, assim como levantar da cama, do sofá, entrar e sair do carro. É um verdadeiro inferno. Fora comprar roupas legais, que é um verdadeiro desafio. Agora encontrei uma loja em Moema onde pelo menos eu gosto de algumas roupas. Tenho comprado sempre lá, e é bom porque dá para pagar em três parcelas. Só que às vezes, sem perceber, compro umas roupas meio bregas que depois fico detestando usar. Daí me desfaço delas. O meu armário tem sempre vários tamanhos de roupa, para quando estou com 100kg, para quando estou com 110kg ou 118kg. É um esforço grande me manter razoavelmente arrumada, decente, "correta", como dizia a mamãe. Logo depois que a Filó morreu, fiquei com diarreia. O intestino é o meu órgão sintoma. A diarreia não passou totalmente até agora. Já são três meses tentando curá-la. Eu comentei isso com a Coca, minha amiga, e ela sugeriu que eu fizesse acupuntura com o acupunturista dela, o Rafael, que também trata com uma dieta chinesa. Perguntei ao Dr. Carlos o que ele pensava dessa ideia, e ele achou que seria bom tentar. "Talvez você consiga tomar menos remédios", ele disse. Achei a postura dele muito aberta e passei a gostar mais ainda dele como médico. O Rafael trata a gente em casa, e eu já fiz três sessões de acupuntura. No final da primeira sessão, ele disse para eu dar uma cochilada porque faria bem para mim. Dormi profundamente por uma hora. Quando acordei, senti o meu corpo todo vibrando de energia e o sangue pulsando nas veias. Fiquei surpresa e até um pouco assustada, pra falar a verdade. Fiquei mais um tempinho quieta na cama. O curioso é que depois disso não tive nem condições de tomar banho. A energia estava a zero. Achei muito estranho e desisti. Depois do almoço eu já estava me sentindo bem, faltei à análise, mas aproveitei para fazer um monte de coisas que tinha que fazer. O dia rendeu. Adoro quando o meu dia rende. Eu disse para o Rafael que o meu principal problema é a falta de energia que sempre me persegue. De repente "cai o fio da tomada". Contei para ele que todos os meus irmãos têm muita energia, assim como papai e mamãe também tinham. Contei também que, para conseguir montar a minha exposição, tive que tomar muitos energéticos: Gatorade e também aqueles saquinhos com energéticos que eu levava na bolsa para segurar a barra. Entre agosto e setembro eu me entupi de energéticos por causa da exposição. No que tange à alimentação, até agora ele só mandou acrescentar gengibre. Ele vai acrescentar outros alimentos na semana que vem. Estou fazendo duas sessões por semana, mas o objetivo é diminuir para uma por semana, depois para uma por 2 semanas e enfim parar. Estou com uma esperança muito grande de que esse tratamento me ajude a ter mais energia para viver, para desenhar, para pintar, para eu poder fazer tudo o que me interessa fazer.

30 de julho de 2013

A Preta é um capítulo à parte na minha vida, e que já dura vinte e seis anos. Ela é uma mulata clara, simpática, apesar de séria, e anda sempre muito estilosa. Usa sempre roupas muito caprichadas e muitos balangandãs. Correntinhas de ouro no pescoço, brincos dourados e anéis, e a cada dia usa um relógio diferente. Ela tem uma coleção de relógios, que ela adora. Um badulaque novo é com ela mesma. Quando sai de casa, ela está sempre impecável. Roupa bonita, bem lavada e bem passada.

A Preta é muito inteligente e centrada. É uma pessoa forte, que tem eixo, força de vontade e determinação. Tem também muita energia. Faz tudo com muita rapidez. É muito afetiva e gosta muito de mim. Aqui em casa ela lava, passa, cozinha e arruma. Vem de segunda à sexta-feira, sempre com a maior disposição, o maior pique. É também autoritária e, se eu não tomar cuidado, ela acaba mandando em mim.

A Preta não é só uma empregada, é uma companheira de vida. Ela me dá muito apoio. Ela conhece bem as fases da minha doença e sabe lidar muito bem com elas. Quando começo a ficar em mania, ela me avisa. Ela tem horror a que eu fique maníaca e comece a gritar com ela, a gastar muito dinheiro e a ficar muito autoritária. Na depressão ela me observa quieta enquanto tomo o café da manhã. Quando estou muito angustiada, ela fala:

– Está muito difícil, dona Regina?

Outro dia eu estava com efeitos colaterais tão fortes que pedi para ela me dar a mão, e ela deu e esperou passar. Foi uma ajuda e tanto. Sei que posso contar sempre com ela, e isso é o melhor de tudo. Quando estou bem, a gente conversa um pouco. Falamos dos produtos de beleza da Avon que a síndica do prédio vende para nós. Falamos de roupas, de moda, de comida, de vários assuntos. Sem dúvida é uma bênção ter alguém como a Preta trabalhando comigo há tanto tempo. Ela me ajuda muito a dar conta da doença, ela me apoia sempre. Ela é uma verdadeira mãe para mim.

1 de agosto de 2013

Eu gosto muito do meu psiquiatra, que é o Del Porto. Sou paciente dele há vinte e seis anos, fora cinco de traição, como ele brinca. Eu fui aluna dele na cadeira de Psicopatologia na faculdade São Marcos. Já dava para perceber que ele é um cara brilhante e que tem uma vasta cultura, o que eu prezo muito.

O que eu mais admiro no Del Porto é a sua paixão pela psiquiatria. Ele realmente faz o que gosta. Vibra com as drogas e os remédios novos. Vai a muitos congressos, em vários países. Eu, como paciente, claro que preferiria que ele ficasse no Brasil... Outro dia, na sala de espera, uma senhora estava comentando o quanto o Del Porto trabalha. Ele trabalha muito, já chegou a ligar às 21h30 para me orientar. A Vani, secretária dele, anota num caderno o nome de todos os pacientes que ligam durante o dia para pedir que ele ligue à noite. Terminadas as consultas do dia, o Del Porto começa a ligar. É puxado.

A consulta presencial com o Del Porto é uma grande conversa. Através dela, ele percebe qual é meu estado de humor para então poder me medicar. No início da consulta, conto como tenho passado ultimamente. O tempo todo ele faz anotações na minha ficha. Depois tira a pressão, ouve o coração e então faz as receitas dos remédios. Ele é um ótimo ouvinte, talvez porque, quando jovem, foi terapeuta existencial. Mas também gosta de falar bastante durante a consulta. Ele é muito generoso e até me deu o número do seu celular, o que já me ajudou muito muitas vezes.

Apesar de toda sua competência, o Del Porto é uma pessoa simples e acessível. Não faz pose, apesar de ser considerado por muita gente como o melhor psiquiatra de São Paulo. Também não faz *marketing*.

Ele furou comigo na mania de 2008, a pior que eu tive. Fui internada duas vezes. Mas errar é humano. Ninguém é perfeito. Já passou. Por cinco vezes eu pedi uma segunda opinião e por cinco vezes eu voltei. Na última vez, o Antônio e o Carlos Moreira me recomendaram que eu voltasse a me tratar com o Del Porto porque ele é um ótimo psiquiatra e tem toda minha história psiquiátrica nas mãos, o que ajuda muito, sobretudo na hora de escolher os remédios.

Para mim, hoje, o Del Porto é um bom amigo que cuida muito bem da minha saúde mental com uma alquimia de gramas e miligramas de remédios que só ele sabe fazer. Adoro ele!

16 de maio de 2014

O Hailton é um descendente de japonês com aparência exótica. Usa um cabelo grisalho comprido, que vai até a cintura. Prende o cabelo num rabo de cavalo ou numa trança, usa um minúsculo brinco dourado numa das orelhas, carrega sempre uma mochila que não larga em canto nenhum. Ele brinca sempre com os porteiros do prédio e com o *valet* da padaria Letícia. Quando vou sozinha à padaria, o *valet* pergunta:

— Onde está o japonês?

O Hailton é meu acompanhante há 12 anos. O seu único defeito é não saber dirigir, então andamos de táxi.

Ele tem uma ótima formação. Cursou psicologia na UNIP, estudou por dois anos Neuropsicologia na UNIFESP e fez formação em psicanálise no Sedes. Atualmente clinica e também trabalha como acompanhante terapêutico.

Ele é muito profissional e tem iniciativa. Um dia, quando eu estava dirigindo o carro, dei duas cochiladas rápidas. Imediatamente ele escreveu um *e-mail* para o Del Porto, que me mandou fazer uma tomografia de cérebro. Eu havia sofrido uma microisquemia na zona branca do cérebro, coisa que é comum ocorrer na minha idade.

O Hailton é muito generoso e solidário. Em uma época, eu fiquei muito mal devido à glicemia alta. Eu sentia muitas tonturas e muito enjoo. O médico mandou medir a glicemia e a pressão por vários dias. O Hailton foi comprar os dois aparelhos para mim, uma vez que eu não conseguia ir. Na semana em que minha gatinha morreu, fiquei muito deprimida e não consegui sair de casa, então o Hailton foi ao banco para mim e ao supermercado comprar congelados. Ele é muito disponível, sempre pronto a ajudar.

O Hailton me acompanha quando estou muito deprimida e não consigo ir sozinha à analise e ao dentista. Assim que eu fico bem, ele não me acompanha mais. Eu gosto muito dele, me sinto segura com ele. Ele é muito discreto e meio misterioso, até hoje pouco sei da vida pessoal dele.

17 de maio de 2014

Eu adoro o Ricardo, que é meu acompanhante há nove anos. O Ricardo é um cara muito inteligente e muito sensível. Além de tudo tem senso de humor e é um gato, com profundos olhos azuis.

Ele tem uma ótima formação: cursou Psicologia em Uberlândia, sua cidade natal, e fez mestrado e pós-graduação na USP. Sua tese de mestrado foi sobre a arte no metrô em São Paulo, ele se interessa por arte contemporânea. É uma ótima companhia para visitar exposições de arte. Trabalha clinicando e atuando como acompanhante terapêutico.

O Ricardo me acompanha aos sábados à tarde e uma vez por semana, à noite. Quando estou muito deprimida, eu nem consigo sair no sábado para ir a um cinema com ele. Nós ficamos então aqui em casa conversando e conversando na cozinha. Eu me sinto amparada por ele e aos poucos vou me sentindo melhor. Quando chega a hora de ele ir embora, nunca quero que ele vá. Os "sábados em casa" atravessam o tempo das depressões, neste ano já faz três meses que não consigo sair de casa, mas agora a depressão já passou e vou conseguir. "Conseguir" é para mim o verbo da depressão. No final do dia, eu me digo: "Hoje consegui ir à analise, ou ir ao Del Porto , ou ir ao dentista, ou ir ao cinema, ou a uma exposição de arte".

O Ricardo é muito generoso e quando não consigo sair de casa para comprar os remédios tarja preta, ele vai para mim. No último sábado ele foi comprar cigarros para mim, eu estava desesperada porque os meus estavam acabando.

Uma vez, quando eu estava muito deprimida, ele chegou aqui em casa com uma bandeja de docinhos para mim. Eu adorei! Outra vez, ele trouxe um bolo inglês para comermos juntos com o café, e ainda teve uma vez em que trouxe uma caixa de sorvete Chicabon. Nós dois adoramos comer e, às vezes, quando ele me acompanha para ir à análise, depois nós nos esbaldamos tomando um *milk shake* de chocolate no Fifties. O Ricardo é um cara muito doce, amoroso e afetivo.

Quando precisei fazer quatro sessões de eletroconvulsoterapia, o Ricardo me acompanhou dentro da sala de cirurgia. Nas ocasiões em que fui internada, ele me visitou várias vezes. Ele é muito generoso e delicado. O Ricardo é uma pessoa muito importante e querida pra mim.

20 de maio de 2014

Eu tenho plena consciência do privilégio que tenho por contar com tantas ajudas: psiquiatra, psicanalista, acompanhantes terapêuticos, a Preta, a família, os amigos. Dou graças a Deus por contar com todas essas ajudas que amenizam o meu sofrimento e me ajudam a enfrentar as crises.

Eu me lembro bem do Paulinho entrando na clínica com duas sacolas cheias, uma com material de higiene pessoal e outra com frutas. Ele também instalou um computador no meu quarto para eu ter com o que me distrair e emprestou um minúsculo rádio de pilha. Eu adorei poder ouvir música! Eu me lembro bem das longas conversas telefônicas com a Tina, minha irmã que mora em Londres. Ela sempre me ajudando com aquela enorme força positiva que ela tem. Lembro da Bete entrando na clínica com uma sacola cheia de lãs e agulhas de tricô para eu ter com o que me distrair. Lembro das inúmeras conversas que tive com o Tomás sobre a doença, ele sempre interessado em saber que remédios eu estava tomando. Lembro muito do Sylvio me visitando nas quintas-feiras para discutir a minha pintura comigo. Todas essas lembranças boas me ajudam muito nos momentos difíceis que atravesso.

Escrevi este livro a conta-gotas, nas fases em que estive estável nos últimos quatro anos. Senti prazer em escrever. O texto fluiu fácil da minha mente. E como toda história que começa tem um fim, aqui é o final desta história.

*

Adverte-se aos curiosos que se imprimiu este livro em nossas oficinas, em 25 de outubro de 2017, em tipologia Libertine, com diversos sofwares livres, entre eles, LuaLATEX, git & ruby.
(v. ca5deeb)